Knaur

Über die Autorin:

Hanne Tügel arbeitet als Wissenschaftsredakteurin in Hamburg. Für ihre Reportagen wurde sie mehrfach ausgezeichnet. *Projekt Schlaraffenland* ist ihr erster Roman.

Hanne Tügel

Projekt Schlaraffenland

Roman

Knaur

Besuchen Sie uns im Internet:
www.droemer-weltbild.de

Originalausgabe 2001

Umschlaggestaltung: ZERO Werbeagentur, München
Umschlagabbildung: Visum, Hamburg / Rudi Meisel
Satz: Ventura Publisher im Verlag
Druck und Bindung: Clausen & Bosse, Leck
Printed in Germany
ISBN 3-426-61888-5

5 4 3 2 1

Für Detlef,
den großen Inspirator

Tod im Schlaraffenland

***** HOROSKOP *****

FISCHE
19.2.–20.3.

Fassen Sie keine übereilten Entschlüsse! Was als nahe liegende Lösung erscheinen mag, ist nicht immer die optimale.

Hamburger Abendblatt

Michael Koniezko war Fisch. Aber er glaubte nicht an Horoskope. Außerdem las er keine Zeitung.

Katharina Quast war ebenfalls Fisch. Auch sie glaubte nicht an die Sterne. Eigentlich. Ihr Horoskop las sie trotzdem. Und interpretierte es falsch.

Aber du, Menschenkind, höre, was ich dir sage,
und widersprich nicht wie das Haus des
Widerspruchs.
Tu deinen Mund auf und iss, was ich dir geben
werde …

Hesekiel 3,1

An einem Freitag um 16.13 Uhr löste sich der Geist von Michael Koniezko von irdischer Zeitrechnung und seiner leiblichen Hülle. Von dem Ort aus, der intern Schlaraffenland genannt wurde, fuhr er gemächlich gen Himmel. Ließ sich vom Wind um die Spiegelglasfassade des Fosco-Hauptgebäudes treiben, schwebte in Spiralform empor an den Abteilungen EDV (Stock 0 und 1), Operations Research (2 bis 4), Controlling (5), Sales Management (6 bis 9), Marketing (10), Communications (11). Umkreiste dreimal die Chefetage und entschwand zuletzt durch eine Duftwolke unendlich süßer Schwere, die aus dem Kamin der Keksproduktion stammte.
Der Geist verließ einen Körper, den sein Besitzer in den letzten Jahren dem Heroin und dem kulinarisch-technischen Fortschritt geopfert hatte. Sie schieden in Frieden.
Zum Todeszeitpunkt hielten sich zwei Frauen in unmittelbarer Nähe auf. Die beiden waren Studentinnen der Fachhochschule und unterzogen sich einem seltsamen Ritual. Sie hoben winzige Becher an den Mund. Schlossen die Augen. Nippten. Schlürften, schmeckten, verzogen das Gesicht. Spuckten aus. Leckten sich die Lippen. Kosteten erneut. Schnitten Grimassen. Wiegten die Köpfe. Schüttelten sich. Tippten Begriffe in eine Tastatur. Holten tief Luft. Hoben das nächste Becherchen an die Lippen.
Nippen, schlürfen, schmecken, spucken. Ablenkungen waren unerwünscht. Null Sichtverbindung und komplette Schallisolierung lautete die Baunorm für das Sensoriklabor. Die Testkoster sollten keinesfalls in Versuchung geraten, sich zu verständigen, auch nicht durch Klopfzei-

chen. Die Tür zum Gang und die Durchreiche waren während der Verkostung geschlossen zu halten. Das Schlaraffenland war ein einsamer Ort zum Sterben.

Schmecken, spucken, nippen, schlürfen … niemals mehr in diesem Leben. Zog ein Hauch von Wehmut durchs Labor im Augenblick jenes unwiderruflich letzten Atemzuges? Flackerten die Monitore für einen Moment, um Trauer zu signalisieren? Durchsuchte das Textprogramm die Festplatte in aller Eile nach einem passenden Gebet?

Wenn es so war, blieben die Impulse zu fein für menschliche Antennen. Für Sekunden überkam die beiden praktizierenden Schlaraffinnen in den Kabinen 10 und 12 ein Gefühl unerklärlicher Melancholie. Irritiert hielten sie inne. Aber da war nichts Unheimliches, konnte nichts sein. Da war nur die Prozedur, die ihre Sinne vollständig in Anspruch nehmen sollte.

»Probe D: strenge walnussartige Note. Fettstufe 7 …«, tippte die Probandin aus Kabine 10 in die Tastatur, vielleicht ein wenig hastiger als zuvor. »Probe E: wässrige Komponente. Fettstufe 1. Probe F: tranig, Fettstufe 10. Probe G: feines, federleichtes Aroma, Fettstufe 3 …« Federleicht? Sie hielt inne und fuhr mit der Zunge zärtlich über ihre Lippen. Ja, federleicht passte. Verblüffend, wie gut manche Fettproben schmeckten. Sie setzte den Becher, in den sie den Rest hineingespuckt hatte, noch einmal an. Und trank ihn mit einem Zug aus, bevor sie sich der Probe H zuwandte.

Auf der Suche nach den Kinoseiten stieß Katharina auf ihr Horoskop. Pseudokryptisch wie üblich. Die wichtigste Entscheidung, die an diesem Abend noch vor ihr lag, war die Frage, ob sie nach dem Film den Spanier oder den Ita-

liener ansteuern würden. Hunger hatte sie jetzt schon. Und nichts zu essen, obwohl sie bei ihrem Job sozusagen an der Quelle saß. Aber die Kreationen aus der Versuchsküche waren für Mitarbeiter tabu.
Vielleicht sollte sie sich selbst irgendwo als Astrologin bewerben. Oder noch besser: als Astro-Psychologin. Freudianische Sterndeuterei war mit Sicherheit aufregender als der Job »im Zentrum der Geschmacksvielfalt«. Damals hätte das aktuelle Horoskop als Warnung neben der Stellenanzeige stehen sollen.
Ihre Kollegen hatten es wie üblich geschafft, ihr als Jüngster den Spätdienst am Freitag aufs Auge zu drücken und um zwei zu verschwinden. Wer immer routinemäßig dran war, kam spätestens Mittwoch mit nicht allzu zerknirschter Miene in Zimmer C4 019. »Ach, Frau Quast, könnten Sie vielleicht ausnahmsweise diese Woche …« Katharina führte Buch über die Ausreden. Diesmal war es Schwanensee. Kulturveranstaltungen führten die Liste der offiziellen Begründungen eindeutig an. Anscheinend galten Besuche im Möbelhaus oder langfristig geplante Sauna-Expeditionen nicht als ehrenwert genug, den Dienst zu vernachlässigen. Sie hatte nur am Anfang den Fehler gemacht, am Montag nach einer angeblichen Opernpremiere zu fragen. Zum Ausgleich nahm sie sich die Extravaganz heraus, regelmäßig die Mittagspause zu überziehen. Ohne Begründung.
Katharina hatte nichts gegen die Spätdienste. Wenigstens war keiner da, um zu kontrollieren, wie gewissenhaft sich die Juniorpsychologin in C4 019 in den letzten Stunden der Woche mit den statistischen Auswertungen der Verkostungen beschäftigte. »DSA dringend«, stand mit dickem roten Filzstift auf dem Hefter auf ihrem Schreibtisch. Warum war die neue jugendliche Eierlikör-Quarkspeise

bei allen Testern unter 35 durchgefallen? Die Antwort konnte warten.
Sie stellte den Ordner in den Schrank und vertiefte sich in die Zeitung, die ihre Schwanensee-Kollegin dagelassen hatte. Sie war bei den Karrieretips (»Nie im ersten Berufsjahr eine sichere Stelle aufgeben!«), als irgendetwas sie aufschrecken ließ. Ein Geräusch? Sie lauschte, aber es blieb still. Leichtes Frösteln überkam sie. Sie zog die Jacke fest um die Schultern und schaute auf die Uhr. Erst 16.13 Uhr. Noch fast vier Stunden bis zum Kontrollbesuch. Und dann endlich Feierabend!

Schlürfen, schmecken, spucken, nippen. Ein Tester starb. Der Kult lebte weiter. Offiziell hieß das Schlaraffenland DFS – eine Abkürzung für »Degustation fett/sauer«. Es lohnte sich, in den Kreis der freiwilligen Mitesser aufgenommen zu werden. Die Geschmacksnerven der Wissenschaft zur Verfügung zu stellen brachte hier 50 Mark pro Mahlzeit, doppelt so viel wie üblich. Voraussetzung war ein überdurchschnittlich gut ausgeprägter Geschmackssinn und eine hohe Ekelschwelle.
Die Schlaraffen blickten mit dem Dünkel der Spezialisten auf die Rest-Tester herab. Geschmackswelten trennten DFS von den anderen Unterabteilungen des Sensoriklabors, DWK (Degustation würzig/knusprig), DFF (fruchtig/frisch) und DSA (süß/aromatisch). Dort wurden fertige Gerichte probiert. Dort drängelten sich die – nicht selten schon übergewichtigen – Kandidaten mit Heißhunger nach neuen Kreationen von Knabbersnacks und Cornflakes, Fruchtjoghurts und Götterspeise, Schokolade und Karamellen.

Für DFS war das Labor ständig auf Freiwilligen-Jagd. Hier gab es nichts als Rohstoffe pur, Neuheiten aus den Experimentierlabors der Fosco-Chemiker. An Sauer-Tagen standen Konservierungsflüssigkeiten für eingelegte Gemüse auf den Tabletts: Tunken für Salz- und Gewürzgurken und Säurekompositionen für Konserven von Artischocke bis Zucchini.
An Fett-Tagen gab es mal echtes Fett, mal Surrogat. Fett und Pseudofett in allen Konsistenzen: hart und bröckelig, streichfähig, schmalzig, glibberig, sahnig, flüssig. Öle, die mitunter schmeckten wie Motordiesel. Öle, die schmeckten wie ranzige Pisse.
Und die neuen Öle und Fette, die anders schmeckten, als Öl und Fett schmecken durften. Wie Probe G. Es war der Befehl des HERRN, auf ihren Genuss zu verzichten. Er hatte ihn, Michael Koniezko, ausersehen, ein Zeichen zu setzen und seinen Leib als Opfer zu bringen.
Keine übereilten Entschlüsse fassen, hatte eine leise einschmeichelnde Stimme gemahnt. Die andere, bekannte hatte sie übertönt: Die Zeit ist gekommen. Heute.
Wie immer hatten die Küchenhelferinnen die Tabletts verteilt, bevor die Verkoster ihre Kabinen betraten. Jede Abteilung besaß ein Dutzend dieser fensterlosen Kästen, klein wie Gefängniszellen im Lande der Liliputaner. Sechs Kubikmeter Recyclingluft waren zum Atmen vorgesehen. Und ein Kunstdruck an der Wand zur ästhetischen Aufmunterung.
Die Beleuchtung minderte den Kunstgenuss allerdings beträchtlich. Speziallampen tauchten das Innere des Quaders in ein durchdringendes Gelb. Der Trick diente dazu, die Eigenfarben der Essensproben abzutöten. Die Verkostungsklaven sollten ganz Nase, ganz Zunge, ganz Schlund sein.

Die an diesem Freitag entschwindenden Sinne gastierten wie üblich in Kabine 11. Mit List, Zähigkeit und einem Bibelzitat (»Wer den Armen hilft, dem wird nichts mangeln«) hatte sich Koniezko vor Jahren »seine« private Kabine erkämpft. Der neue Forschungschef Kostas Psolakis hätte solche Eigenwilligkeiten von vornherein abgelehnt. Aber zu seinem Vorgänger hatte Versuchskaninchen K. ein gutes Verhältnis gehabt. Er hatte ihn sogar überredet, den vorhandenen Kunstdruck (Stillleben mit Karpfen und Weintrauben) gegen eine Reproduktion von Pieter Bruegels berühmtem Schlaraffenland-Gemälde eintauschen zu dürfen.

Das Bild hatte Koniezko gefallen, obwohl es ein beunruhigendes und eigentlich unchristliches Werk war. Er hatte Mitleid empfunden mit den abgebildeten Schlemmern, die fettbäuchig mit offener Hose und offenem Mund neben ihrer immer noch überreich gedeckten Tafel lagen. Und die dennoch alles andere als glücklich wirkten. Die Satten waren übersättigt, geschafft, angeekelt. Fertig mit den Genüssen dieser Welt. Orgienmüde. Lebensmüde.

Koniezko hatte mit den Schlemmern auf dem Bild wenig gemein gehabt. Er war klapperdürr und knochig, seine feinen schwarzen Haare fielen strähnig bis zu den Schulterblättern, und seine Blässe hatte schon zu Lebzeiten erschreckt. Und doch hatte er wesentlich zufriedener als die feisten Bruegel-Gestalten gewirkt. Er wandelte mit Sandalen, einem milden Dauerlächeln und einer zerlesenen Bibel durch die Welt. »Einem fröhlichen Menschen schmeckt alles wohl, was er isst«, hatte er kurz nach Bezug von Kabine 11 in penibler Schrift auf den Rand des Druckes geschrieben.

Obwohl seine äußere Erscheinung das Gegenteil suggerierte, war Koniezko ein Top-Tester von Fosco gewesen. Der jahrzehntelange Drogenkonsum hatte weder seinen Geschmacksnerven noch seiner Selbstdisziplin etwas anhaben können. Er war zuverlässig fünfmal pro Woche um 16 Uhr zur Stelle, nicht ein- oder zweimal wie die anderen. Ob Juli, November oder April – er radelte mit einem rostigen robusten Vehikel aus Vorkriegszeiten zum Hinterausgang und machte es mit einem monströsen Schloss am Werkszaun fest.

Unter den Wissenschaftlern galt der »heilige Michael« als Phänomen. Länger als sechs Monate hielt es sonst kein Verkoster im Schlaraffenland aus. Koniezko hatte, mit einigen Unterbrechungen, sechs Jahre hinter sich gebracht.

Er wusste, sie würden ihn vermissen, denn er hatte ein instinktives Gespür für attraktive Aromakompositionen besessen und ein noch besseres für die optimale Textur von Speisen. Aus irgendeiner Grille der Natur heraus war der Junkie von DFS – sensorisch betrachtet – der personifizierte Otto Normalverbraucher. Was er einigermaßen genießbar fand, würden später die Kunden in ihren Einkaufswagen zur Kasse schieben. Was er ablehnte, wurde erfahrungsgemäß ein Flop.

Die Food-Designer schätzten seine bei aller Präzision kreative Ausdrucksweise; Koniezko hatte im Leben vor den Drogen Germanistik studiert. Mancher Begriff aus Kabine 11 hatte den Weg in die Werbung gefunden. Unvergessen etwa die Wortschöpfungen »megaromatisch« für Spreewald-Gurken, »würzgigantesk« für Peperoni à la Matador oder »con gusto flambiente« für die gesamte Tex-Mex-Konserven-Serie.

Manchmal war er ins Philosophisch-Zynische abgeglitten. Etwa bei seiner Charakterisierung der Neobutter, eines ausgeklügelten Konstrukts aus entfetteter Trockenmilch,

Soja-Eiweiß und Buttersäurearoma: »Endlich noch mehr weniger. Oder besser: Die ultimative Geschmacklosigkeit.«

Koniezko war kein Freund der Fett-Tage mehr. Er hatte bei sich selbst eine Gier registriert, die mit Abscheu gepaart war. Besonders, wenn bestimmte seltsame Soja-Komponenten im Spiel waren wie neuerdings regelmäßig. Bei seinen Schlaraffen-Kollegen war es anders. Er sah, wie sie die Kabinen fast beschwingt verließen, wenn sie von den ultra-innovativen Ersatzstoffen gekostet hatten.

Ihm hatte der HERR immer häufiger befohlen, die Apokalypse aufzuschlagen. Hesekiels Prophezeiung zu studieren. Und immer wieder die bittersüße Geschichte von der Vertreibung aus dem Garten Eden zu lesen, in der die Warnung festgeschrieben stand, von verbotenen Früchten zu kosten, »denn welchen Tagen du davon issest, wirst du des Todes sterben ...«

Hätte Koniezko den Terminplan der Degustationen gekannt, hätte er seinen Geist dennoch überredet, ihr gemeinsames Vorhaben zu verschieben, sowohl aus religiösen wie aus kulinarischen Gründen. Schon am Montag hätte die letzte Speisung, ganz wie bei ihrem Herrn am Kreuz, aus Essig bestanden. Natürlich einem innovativeren Produkt, als es zu Zeiten von Pontius Pilatus im Handel war. Fosco testete ein neues hochpreisiges Balsamico-Sortiment, nach Rebsorten differenzierte Spitzenessige in den Varianten Chianti, Cabernet und Spätburgunder.

Zu spät.

Am Tag seines Dahinscheidens gab es Öl. Zumindest so etwas Ähnliches. Das letzte Mahl wurde in zwölf Styroporbechern dargeboten, die mehr oder minder entfettete Pflanzenöle enthielten, darunter wieder die Soja-

Spezialvariante. Er schmeckte sie heraus und witterte Verderben.
Die verlangte Reihung der Proben nach geschätztem Fettgehalt fiel Koniezko leicht. Ein einziger Fehler in der Mitte der Skala – das war ein Spitzenergebnis. Seine Nachbarinnen hatten mit ihren Urteilen weiter danebengelegen.
Nur die Begriffswahl verriet, dass die Sinne des Todgeweihten in düsteren Sphären weilten. Die letzten Kommentare eines Mannes, der zu den besten Probanden gehört hatte, die das Schlaraffenland je betreten hatten, lauteten: Probe A: *Kotz.* Probe B: *Oberkotz.* Probe C bis J: *Gurglgrrhhhh. Rotzkotz. Kotzbrock. Edelkotz. Sudelwürg. Fettwürg. Ekelwürg. Platzwürg. Platzpeng …*
Bevor er das Tablett mit den Bechern sorgfältig in die Durchreiche zurückstellte, griff auch Koniezko noch einmal zur Probe G. Er spitzte die Lippen und spuckte sie auf den Bruegel. Dann setzte er sich wieder und formulierte seinen knappen Abschiedsbrief. »Corpus für die Wissenschaft. Geist bleibt lebendig. Jesus Christus sei mit euch. Amen. MK.«
Danach begab er sich auf dem Stuhl in eine halb liegende Position, die Füße so weit von sich gestreckt, wie es der Raum erlaubte. Er wollte, so gut es eben ging, dem jungen Mann auf dem Bild in Bruegels Schlaraffenhölle ähneln. Die Spritze lag bereit. Ohne weiteres Zögern machte Michael Koniezko sein Vorhaben wahr. Er befreite sich mit einer Überdosis Heroin vom Zwang, weiterhin auf Öl, Essig, Rauschgift oder andere weltliche Essenzen angewiesen zu sein.
Wie jeden Abend zwischen 16.45 Uhr und 17 Uhr schob ein türkischer Laborhelfer in weißem Kittel und weißem Häubchen seinen Servierwagen durch die Gänge, öffnete

Durchreichen, räumte die Tabletts ab und entsorgte Styroporbecher, Spucknäpfe, Servietten. Die Probanden waren um diese Zeit längst verschwunden. Es gab keinen Grund, einen Blick in Kabine 11 zu werfen.

Von seinem Fenster aus sah Kostas Psolakis, wie das Dreiergespann aus der PR-Abteilung, das ihm den Tag gestohlen hatte, das Gebäude verließ. H_2O, entschied er. Atom 1, blond und beherrschend, stolzierte im Zentrum, Atome 2 und 3, klein und dunkel links und rechts angedockt, versuchten die Bindung möglichst eng zu halten.

Man munkelte im Werk, die Communications-Chefin habe ihre beiden Assistenten nicht nur nach Beflissenheit, sondern nach Statur ausgesucht. Die beiden waren fast einen Kopf kleiner, wenn ihre Herrin ihre höchsten Stöckel trug, wie sie es heute tat. Vorhin war von irgendeinem geheimnisvollen Freitagabend-Event die Rede gewesen, und der etwas größere kleine Beflissene hatte angemerkt, dass vorher vielleicht noch genug Zeit für einen Drink im »Cairo's« bliebe. Ein Taxi fuhr vor; Atome 2 und 3 lösten die Bindung kurzzeitig auf, flitzten zu den Türen, hielten sie auf. Atom 1 bestieg auf der Beifahrerseite den Fond; das Molekül vereinigte sich erneut. Der Wagen fuhr weg.

Psolakis ging zum Schreibtisch zurück. Heute wünschte er sich, er hätte einen Flugsimulator oder irgendeinen albernen Flipper auf seinem Büro-PC installiert. So blieb seinen Händen nichts zu tun, als Fussel vom Jackett zu zupfen. Er betrachtete das Gekräusel, das angeblich irgendwann einmal zu einem Kamel gehört hatte. Seinen breiten Bauernhänden sah man den Gastarbeitersohn noch an. Sie passten nicht zu den manikürten Nägeln. Er rieb die kleine Verät-

zung am Daumen, die von einem Experiment mit Putzmitteln aus der Kinderzeit rührte.
Die Uhr, die auf seinem Terminal blinkte, zeigte 17:38. Nach Chicago-Zeit 10:38. Die entscheidende Sitzung drüben hatte angefangen. Eigentlich war es kaum vorstellbar, dass sich die Amerikaner zu diesem Zeitpunkt auf das Projekt einließen. Aber Mark Sweenie war ein Teufelskerl. Wenn einer sie überzeugen konnte, war er es.
Manchmal verstand er seinen Chef allerdings nicht mehr. Wie konnte er in diesem Stadium das Werk noch weiter als bisher für die Öffentlichkeit zugänglich machen? Fast drei Stunden lang hatte Psolakis mit den PR-Schwätzern gestritten. Sie bestanden darauf, Teile des Labors in ihre Publikumsführungen miteinzubeziehen. »Total Transparence« hieß der Slogan. »Aber Herr Doktor Psolakis, das war doch mit Amerika und Herrn Sweenie abgesprochen. Irgendein unverfängliches Plätzchen wird es doch wohl geben in Ihrer Hexenküche!«, hatte die Communications-Chefin geflötet. Die links und rechts von ihr platzierten Assistenten hatten im Gleichtakt genickt.
Sein Labor! Der Wutausbruch war fruchtlos geblieben. Jede Order, die von den Amerikanern kam, galt als heilig. »Innovativer Communications-Approach«, »Dialog-Offensive« – er konnte das Gewäsch nicht mehr ertragen. Wann zum Teufel sollten seine Leute ihre Arbeit machen? Und konnte diesen Dialogfredis niemand klarmachen, dass diese Arbeit nicht aus Äpfelreiben und Kartoffelschälen bestand? Verdammt, Fosco war keine Großküche, sondern eine Chemiefabrik, deren Output zufällig einen gewissen Nährwert hatte. Hoch sensibel. Zwei Grad mehr im Kühlraum, und die Bakterienkulturen konnte man vergessen. Eine Verunreinigung, und die Enzymproduktion war gefährdet …

»Wunderbar, genau das müssen Sie kommunizieren«, hatte Miss Plappermaul begeistert gesagt und tatsächlich in die Hände geklatscht. »Regen Sie sich ab, Doktor. Keiner will in Ihr Allerheiligstes. Unsere Gäste wollen ein bisschen Flair schnuppern, ein bisschen Zukunft naschen ...«
»Und wo soll das enden? Wann laden Sie Greenpeace ein oder diesen selbst ernannten Lebensmittel-TÜV, ESSkalation oder wie der Verein heißt?« Sein Sarkasmus war abgeprallt. Sechs kommunikationstrainierte Augen hatten ihn angestrahlt. »Das ist Step three, Doktor, lassen Sie uns bei Step one beginnen.«
Das Telefon klingelte. Es konnte noch nicht Chicago sein. Wenn doch, war die Sitzung sehr kurz gewesen. Zu kurz. Er atmete einmal tief durch. Die Männerstimme an seinem Ohr war herrisch. »Dies ist eine Warnung. Wir sind über Ihre Machenschaften informiert.« Psolakis erstarrte. »Bitte? Was, wwwer sind ...?«
»Das tut im Moment nichts zu Sache«, beschied die Stimme. Dann schien es Gerangel am anderen Ende zu geben. »Durchs Tuch sprechen, sonst erkennt er Sie doch!« kommandierte der Mann flüsternd, und Psolakis vernahm ein charakteristisches quietschendes Kichern. Dann war Mimi dran. Ohne Tuch. Aufgekratzt legte sie los. »Hab ich es geschafft? Hab ich dir einen Schreck eingejagt, du Böser? Ich hab Peter angestiftet, dich anzurufen. Weil du jetzt Feierabend hast. Feierabend. Feierabend. Du musst nach Hause kommen. Peter muss jetzt gehen. Er hat die Hecke beschnitten. Ich habe ihm geholfen.« Peter war der neue Gärtner. Mimi wollte Lob für ihren Streich.
»Ich komme bald«, hörte sich Psolakis matt sagen. »So bald ich kann.«
Lustlos fing er an, das Material aus seinem Posteingangskorb durchzublättern. An den aktuellen Patenten der Kon-

kurrenz blieb er hängen. Ein strukturiertes Proteinprodukt aus Weizen, ein porös expandierter Fleischersatz. Er stieß einen anerkennenden Pfiff aus. Die Schweizer hatten es geschafft. Inosinmonophosphat als Geschmacksverstärker war keine dumme Idee.

Was noch? Ein Kindernährmittel aus einer Getreideaufschlämmung und porolysiertem Malz. Er überflog die Offenlegungsschrift: Vorgelatinierte Instantgetreideflocken, Mineralzusatzstoffe auf Calciumbasis, elekrolytisches Eisen, synthetische Fruchtaromen. Zusatzerhitzung im Tangentialerhitzer ...

Das große Problem war: Die PR-Schwätzer hatten mit Sicherheit so eine Patentschrift noch nie angeschaut. Sie glaubten wirklich an den Schmus von naturreiner Frische, den sie in die Welt posaunen ließen. Aber vielleicht war es für alle Beteiligten besser so. Wahrscheinlich würde sich Miss Plappermaul in ihre Boss- oder Joop!- oder Was-immer-Kostüm-Röckchen machen, wenn sie verstünde, was wirklich hinter dem neuen Universalfett steckte, oder vom Sonderforschungsbereich Wind bekäme.

Insofern war Sweenies Philosophie, jedem nur das zu sagen, was er unbedingt wissen musste, und jeden denken zu lassen, er wüsste alles, dann doch genial. Falls sie Erfolg hatte. Wenn nicht, wären die Tage von Forschungsdirektor Kostas Psolakis möglicherweise genauso gezählt wie die von Miss Plappermaul. Überleben würden höchstens die beiden Allzweck-Atome.

Es war 11:18 Uhr Chicagoer Zeit, als der Gong ertönte, der Nachrichten in der Mailbox signalisierte. Psolakis atmete tief durch und öffnete den elektronischen Briefkasten. Sweenie teilte den Triumph in gewohnt knapper Form mit. »Projekt F. kann anlaufen. Nehme die Nachtmaschine via Frankfurt.«

Das Telefon klingelte wieder. Er hob den Hörer vorsichtig ab und legte ihn auf die Schreibtischplatte, bis Mimis neuer Temperamentsausbruch vorbei war. In die Pause hinein sagte er: »Ja, Liebes. Ich weiß. Ich komme. Sehr bald.«
Er ließ seiner jungen Rachegöttin Zeit zu nörgeln, dass sie es satt habe. Ob er nicht wenigstens am Freitagabend. Sein Sweenie könnte in Chicago vergammeln ... Sie besäße ein Freitagabendfrauenrecht auf Champagner.
Er hauchte einen Kuss in den Hörer und legte auf. Trommelte mit den Fäusten auf die Schreibtischplatte. Oh ja, es gab Grund für Champagner. Und es gab Hoffnung, dass er Mimis Wünsche, die von Monat zu Monat anspruchsvoller wurden, auch in Zukunft würde erfüllen können.
Projekt F. kann anlaufen.
Es war geschafft. Er war nie der Typ Chemiker gewesen, der das Molekülroulette akademisch-theoretisch betrieb. Er probierte, bis es funktionierte. Kleiner talentierter Panscher, hatte sein Doktorvater gesagt und ihm beinahe die Promotion verweigert, als er hörte, dass er seine Reagentien regelmäßig in den Ausguss gekippt hatte.
Nun hatte sich der Panscher als Genie erwiesen.
Die Stelle am Daumen juckte. Es war weitsichtig gewesen, dass er sich nicht für die Pharmazie entschieden hatte, sondern für die unter Chemikern eher verachtete Lebensmittelforschung. Aber Medikamente brauchten nur Kranke; Essen brauchte jeder. Und die in Nahrungsrohstoffen enthaltenen Substanzen waren chemisch mindestens genauso interessant wie manches Arzneimittel. Und ebenso brisant. Glücklicherweise ignorierten die Aufsichtsbehörden das. Alle starrten auf die Gentechnik wie das Kaninchen auf die Schlange. Aber mit den in den letzten Jahren entwickelten Methoden der Molekularbiologie und Strukturchemie konnte ein talentierter Panscher auch ohne gro-

ße Gen-Tricks Zauberkunststücke anstellen. Und nun hatte er mit der Sojafraktionierung ein gutes Händchen gehabt. Die Nachricht bedeutete Triumph. Nur dass er ausgerechnet jetzt in der Sommersaison noch weniger Zeit zum Tennis haben würde, war schade. Mimis Trainer war gut; ihre Rückhand kam inzwischen mächtig scharf. Außerdem machte es sich bemerkbar, dass sie 18 Jahre jünger war als er und fast so groß wie Lindsay Davenport. Wenn er nicht aufpasste, würde sie ihn irgendwann vom Platz fegen. Glücklicherweise war Ehrgeiz eine hoch komplexe Synapsenkombination, die sich in ihrer Neurochemie selten einstellte.

Er zupfte liebevoll an den Saiten des Dunlop-Schlägers hinter seinem Schreibtisch, die Erinnerung an die Scientist-Championship Boston 1981. Sein größter Erfolg. Fünfundzwanzig war er gewesen. Bald würde er alle Zeit der Welt haben, den Trainingsrückstand aufzuholen. Sein Vertrag sah vor, dass ihm drei Promille aller zusätzlichen Gewinne aus dem Projekt zustanden. Melbourne im Mai nächsten Jahres wäre wohl noch zu früh; aber die Chemistry-Championship in Vegas im nächsten September müsste zu schaffen sein. In der Klasse 45plus, in der er dann antreten konnte, rechnete er sich reelle Chancen aus.

Psolakis schaltete den Computer aus. 18:51 Uhr. Vor zwei Jahren hatte alles noch düster ausgesehen. Aber dann hatte bei Fosco Mark Sweenie das Ruder übernommen, der Mann mit der goldenen Nase für Zukunft und Innovation. Er hatte ein offenes Ohr dafür, was ein talentierter Panscher mit Enzymen alles anstellen konnte.

Sweenie hatte es geschafft. Projekt F. sollte anlaufen. Nun durfte nur nichts mehr schief gehen.

»There is a black, magic bullet ...« Katharina pfiff abwesend eine Melodie aus dem »Black Rider«. Zu den bedeutsamen Aufgaben im Spätdienst gehörte es zu kontrollieren, ob die Helfer die Tabletts ordentlich abgeräumt hatten, ob die Lüftungen in den Kabinen ein- und die Computer der Probanden von DFS, DWK, DFF und DSA ausgeschaltet waren. Eine angemessene Herausforderung für eine Psychologin mit einem Jahr Oxford und Einser-Diplom. Tür auf. Tür zu. Tür auf. Tür zu. Achtundvierzigmal. Dann Licht aus. Feierabend.

Tür auf. Tür zu. Bis Nummer 11. Als Katharina die zusammengesunkene Gestalt im gespenstischen gelblichen Licht der Degustationskabine sah, als sie den »heiligen Michael« und seine makabre Schlaraffenland-Inszenierung erkannt, die Spritze in seinem Arm gesehen, seinen Puls (nicht mehr) gefühlt und seine Zeilen an die Nachwelt verdaut hatte, war ihre erste Reaktion: Scheiße, er hat es getan. Die zweite: Verdammt, warum ausgerechnet hier? Die dritte: Wen rufe ich jetzt an?

Sie stellte die Frage zurück. Keine übereilten Entscheidungen ... Eine Zentraleinheit im Gehirn befahl ihr, jetzt sehr vorsichtig und sehr klug vorzugehen. Gedankenverloren pfiff sie weiter ihren Black Rider. Sich überstürzt mit 110 oder 112 auseinander zu setzen war nicht zwingend. Toter als tot ging nicht. Oder hieß es töter? Außer ihr war auf jeden Fall kein lebendiger Mensch mehr in diesem Trakt. Sie hatte Zeit zu überlegen.

Es war kein guter Zeitpunkt für einen Toten im Labor. Soweit sie wusste, gab es ein Enzym-Projekt, von dem alle Eingeweihten in Psolakis' Umgebung geheimnisvoll wissend tuschelten und das anscheinend kurz vor dem Abschluss stand. Das konnte der Forschungschef wohl vergessen, wenn die Polizei hier gleich mit Tatütata ange-

rauscht kam und fröhliches Durcheinander spielte. Seinen Job womöglich auch. Und sie ihren.
Es bedurfte keiner besonderen psychologischen Kenntnisse, um zu wissen, dass Boten die Strafe für schlechte Nachrichten bekamen. Mark Sweenie, dem obersten Chef bei Fosco, wurden zwar geradezu mythische Talente in den unterschiedlichsten Bereichen angedichtet, aber Mitleid, Fairness und Herzensgüte gehörten ihres Wissens nicht dazu. Einer seiner viel zitierten Standardsätze hieß: »Ich bin offen, mir alle eure Probleme anzuhören – wenn ihr sie gelöst habt.«
Katharina holte tief Luft, ehe sie die Privatnummer von Kostas Psolakis wählte. Es klingelte sechs, sieben, acht Mal. Dann wurde der Hörer abgehoben und gleich darauf lautstark zurück auf die Gabel geknallt. Immerhin schien jemand da zu sein. Wahrscheinlich würde sie mit irgendeinem Dreijährigen darüber verhandeln dürfen, ob sie dem werten Herrn Papa eine Leiche melden durfte.
Beim nächsten Versuch stellte sich heraus, dass es sich bei dem vermeintlichen Kleinkind um eine offensichtlich schwer beschwipste Dame handelte, die nach zwölfmaligem Läuten glaubhaft versicherte, sie würde Kostas umbringen, wenn er es wagte, sich in die Nähe des Hörers zu begeben.
Beim vierten Mal fauchte Katharina in den Apparat, dass der liebe Kostas ihr die Hölle heiß machen würde, wenn sie ihn jetzt nicht ans Telefon … Diesmal war er selbst dran. Auch er schien leicht angetrunken. Bis er hörte, was passiert war. Seltsamerweise fing er nicht an zu fluchen, sondern warb fast unterwürfig um ihren Beistand. Er bat sie, nichts anzurühren und auf ihn zu warten. Erging sich in blumigen Erklärungen. Letztlich kam heraus, was sie schon geahnt hatte: Selbstmord hin oder her – die Firma konnte

sich einen Toten im Labor nicht leisten. Erst recht keinen Drogentoten, den die Pathologen vorwärts, rückwärts, seitwärts, durchwärts in die Mangel nehmen würden.
Sie sagte ihre Kinoverabredung ab und versuchte, kühl zu überlegen. Die Reaktion von Psolakis war deutlich gewesen. Er wollte die Polizei überhaupt nicht einschalten. Er würde Katharina mit einiger Sicherheit beschwören, ihren Fund zu vergessen. Wie mochte die unterlassene oder verzögerte Meldung eines Selbstmords juristisch gewertet werden? Verwerflich war sie sicher. Aber auch strafbar? Wohl kaum. Wenn doch, wäre mit Sicherheit eher der Vorgesetzte verantwortlich als eine Untergebene im Schockzustand, die er unter Druck gesetzt hatte.
Sie war bisher die Einzige, die Michaels »Testament« gesehen hatte. Es konnte nichts schaden, es einzustecken. Nachdem sie den Karozettel in ihrer Tasche verstaut hatte, kam ihr ein zweiter Gedanke. Der Fotoapparat! Irgendwo im Labor wurde zu Demonstrationszwecken eine Kamera aufbewahrt. Katharina hastete durch den menschenleeren Gang zum Sekretariat, wühlte sich durch Schreibtischschubladen, fand den Apparat, die Schachtel mit den Filmen, schaffte es, einen hoch empfindlichen, einzuspannen, zurückzugehen, auf den Auslöser zu drücken. Voilà: der heilige Michael, noch leichenblasser als sonst, von vorne, von hinten, von der Seite. Sie steckte den Film zu dem Zettel und brachte den Apparat an seinen Platz zurück.
Während der hektischen Aktivität überkam sie plötzlich eine irreale Ruhe. Ein Entschluss reifte. Wenn es nach ihr ging, bräuchte es keinen Toten im Labor zu geben.
Sie hatte Koniezko gemocht und wusste einiges über ihn. Ein Einzelgänger mit dem Wort des HERRN im Mund. Ein harmloser Streuner, der mal in dieser, mal in jener Obdachlosenunterkunft schlief und, so oft es ging, im Freien. Wenn

es überhaupt Menschen gab, die sich über seinen Verbleib wundern würden, waren es jedenfalls mit Sicherheit nicht solche, die in einem über jeden Zweifel erhabenen Lebensmittelkonzern herumschnüffeln würden. Auch der vertrottelte Pförtner am Hinterausgang war kein Problem. Das Fahrrad war eine Schwierigkeit, aber sie war lösbar.
Der Selbstmord war keine Katastrophe. Er war eine Fügung. Langsam ging Katharina noch einmal zurück in die Kabine 11. Hielt eine Art private Totenmesse. Fuhr Michael sacht mit der Hand über die gelblich bleiche Stirn. Wisperte: »Arme Seele! Mögest du jetzt sein, wo immer du hinwolltest. Und verzeih den Überlebenden, denn sie wissen nicht so genau, was sie tun.«
Sie schloss die Tür und ging in ihr Büro zurück.
Schemenhaft tauchten vor ihrem inneren Auge Karrierestationen auf, die einer exzellenten und flexiblen Psychologin auf den Leib geschneidert schienen. Chefin eines neu zu gründenden Sektors Experimentelle Food-Psychologie. Bereichsleiterin für Food-Design und Psychophysik. Koordinatorin der Hauptabteilung Life Sciences. Es würde in jedem Fall wichtig sein, bald dem großen Mark Sweenie vorgestellt zu werden.
Sie hörte, wie Finger den Code an der Tür zum Verkostungslabor eintasteten. Die Tür ging auf. Vor ihr stand der Forschungschef. Er war fast einen Kopf kleiner als sie, trug eine Rolle mit schwarzen Plastikmülltüten in der Hand und war kreidebleich.

Ehe der Geist, der Michael Koniezko verbunden gewesen war, die allerletzte Stufe der Loslösung vollzog und unwiderruflich in die jenseitigen Sphären hinüberglitt, spähte

er noch einmal hinab auf den Ort der irdischen Existenz, den er verlassen hatte. Es war eine sternklare Nacht, vom halben Mond in fahles Licht getaucht.
Die Stadt war müde. Rathaus und Kirchen waren mit Scheinwerfern angestrahlt; doch es war kaum jemand mehr unterwegs, der Augen für Schnörkel, Stuck und Statuen gehabt hätte. Ein paar Fahrzeuge suchten den Weg zu ihren heimischen Parkplätzen. Ein Angetrunkener erleichterte seine Blase in eine Zementmischmaschine. Eine Eule im Park schreckte ein Entenpaar auf und beendete die Berg-Arbeit eines Maulwurfs.
Auch die Fabrik ruhte. Fast.
Der Geist sah im Inneren zwei Gestalten gestikulieren, die ihm bekannt schienen und sich über den Körper beugten, der bis zum Nachmittag sein Körper gewesen war. Eine seltsame Perspektive.
Er spürte eher Verwunderung als Empörung, als die beiden Figuren schwarze Plastikmüllsäcke entrollten, Maß nahmen, erneut heftig gestikulierten. Ungeschickt mühten sie sich, das leblos und starr gewordene Bündel aufzurichten, das vor ihnen auf dem Stuhl lag. Sie mussten feststellen, dass zwei 80-Liter-Säcke bei weitem nicht ausreichten, alle Extremitäten einer leblosen hageren Gestalt hineinzuzwängen.
Die ungeübten Bestatter begannen hektisch, weitere Säcke zu zerschneiden. Sie opferten eine ganze Rolle Paketklebeband, ehe sie ihr Ziel erreicht hatten. Das Resultat blieb armselig. Es erinnerte an eine aus der Form geratene wulstige Teppichrolle. Koniezkowurst in Tesa-Polyethylen-Darm gewickelt.
Die beiden hoben die Last an, versuchten sie ein Stück weit zu tragen, setzten sie wieder ab. Blieben eine Weile ratlos neben ihrer Rolle stehen. Der Mann raufte sich die Haare,

stampfte mit den Füßen auf. Seine Hände zupften unentwegt und unkontrolliert an seiner Kleidung.
Es war die Frau, die auf die entscheidende Idee kam. Ein Servierwagen aus der Versuchsküche wurde zweckentfremdet und vor Kabine 11 geparkt. Das Transportgut wurde, so gut es ging, in Längsrichtung aufgeladen. Das Fußende schleifte noch am Boden, aber es ging vorwärts. Der Mann zog, während die Frau Zwischentüren aufhielt und auf Lastenfahrstuhlknöpfe drückte. Einmal schrammte das Wägelchen gefährlich nah an einer Hydrokultur entlang und kollidierte anschließend mit einem Heizkörper. Die Ladung verlor die Balance und rutschte zu Boden.
Der Herr über Sack und Wagen verlor endgültig die Nerven. Er ließ das Gefährt im Stich und schüttelte energisch den Kopf. Er hastete zurück zur Kabinen-Galerie, griff in seine Aktentasche und tippte mehrmals verzweifelt eine Nummer in ein Mobiltelefon ein. Erfolglos.
Die Frau wartete eine Weile, bevor sie den Wagen stehen ließ und dem Mann folgte. Sie hörte sich einen Wortschwall an, nickte verständnisvoll und redete eine Weile beruhigend auf ihn ein. Widerstrebend ließ er sich zurückgeleiten. Sie übernahm Kommando und Steuer. Er hielt die Türen auf. Es gab keine weiteren Zwischenfälle.
Im Tiefgeschoss erreichte die Prozession einen Raum mit der Aufschrift »Kühlkammer 3«. Das Thermometer zeigte 45 Grad minus.
Der Supersack fand seine Ruhestätte hinter zwei hoch beladenen Paletten. Der Mann schob den leeren Rollwagen zurück. Er bewegte sich wie ein Automat. Die Frau trottete in einem gewissen Abstand hinter ihm her. Ein paar Mal blickte sie nach oben zu den Neonröhren, als ob sie in der Decke einen Beobachter vermutete.
Der Geist wandte seinen Blick ab und ließ ihn noch einmal

zurück in jenen Kühlraum schweifen. Er erinnerte sich an ein Sprichwort aus Holland, das er zu Lebzeiten gehört hatte: Eine tote Maus spürt keine Kälte. Die Holländer hatten Recht.

Dennoch verband ihn nach wie vor eine gewisse Zuneigung mit dem in Plastik verpackten Wesen in der Kühlkammer. Vielleicht war es sinnvoll, die endgültige Loslösung von der irdischen Existenz noch eine Weile aufzuschieben. Es ging nicht nur darum, auf eine würdigere Bestattung zu warten. Was dort unten geschah, schien es wert zu sein, weiter verfolgt zu werden.

Heimkehr eines Helden

FLUG LH 3180 CHICAGO–FRANKFURT

Als Dinner servieren wir Ihnen:

* * *

❖ Krebspie à la Campagne in Hummerschwanzsauce mit frischem Koriander

❖ Rohkost »Tricolore«

❖ Schweinelende »Madeira« mit Pfifferlingsköpfchen und Rösti

oder

❖ Filet vom Steinbeißer auf Basmatireis mit Mousse von grünem Spargel

❖ Walnusstarte in Waldbeerschaum

❖ Ligurische Käse-Variationen

* * *

Als Weine der Woche empfehlen wir:

Inniskillin's Favorite, Ontario Vineyards, Riesling, 1998

Dornfelder Bioland, Gutsabfüllung, 1999, Weingut Isegrim, Ungstein

Waterbrook Valla Valla, Merlot 1998

Man träumt gar nicht oder interessant.
Man muss lernen, ebenso zu wachen –
gar nicht oder interessant.

Friedrich Nietzsche

Köstlich, perfekt, exquisit. Es ist mir ein Rätsel, wie Sie es in dieser winzigen Maschine erreichen, uns derartige Mahlzeiten zu kredenzen. Die Pfifferlingsköpfchen. Die Hummerschwanzsauce. Und dieser Waldbeerschaum … Meine Verehrung an die Küchenchefs.« Der Professor übergab der Stewardess sein leeres Tablett. Die kleine Ansprache setzte den Schlussakzent auf ein halbstündiges Konzert aus Schmatzlauten und Seufzern des Wohlbehagens und endete mit einem kleinen Rülpser. Der Urheber lächelte entschuldigend zu Mark Sweenie hinüber.

Der lächelte zurück. Der alte Herr war anstrengend, aber unterhaltsam. Sein Essen hatte er sich jedenfalls verdient. Wann je zuvor mochte es vorgekommen sein, dass in einer First-Class-Kabine beim Abheben in den Nachthimmel über Chicago mit dröhnender Stimme Zarathustra deklamiert worden war? *»Oh Mensch! Gib Acht! Was spricht die tiefe Mitternacht? ›Ich schlief, ich schlief, aus tiefem Traum bin ich erwacht: / Die Welt ist tief, und tiefer als der Tag gedacht. Tief ist ihr Weh / Lust – tiefer noch als Herzeleid: Weh spricht: Vergeh! Doch alle Lust will Ewigkeit, / will tiefe, tiefe Ewigkeit …«*

Die Japaner in den ersten beiden Reihen hatten sich umgedreht, waren nach der ersten Verblüffung ehrfurchtsvoll erstarrt und angesichts von Herzeleid und Ewigkeit in Applaus ausgebrochen. Nur das kleine Mädchen hinter ihnen, das mit Krokodillederkoffer-Karriere-Mutter und Filipino-Kindermädchen reiste, hatte gekräht: »Was ist das denn für ein Spinner?«, und ihn nachgeäfft: »Ich schlief, ich schlief, ganz tief, ganz tief.« Und: »Gib acht, gib acht, gib acht, neun, zehn!«

Sowohl der Professor wie die Mutter hatten die Störung routiniert ignoriert. Sweenie hatte die Vorstellung genossen. Im Gegenzug hätte er seinem Platznachbarn jetzt einiges über die Geheimnisse der hoch gelobten Mahlzeit verraten können. Hätte ihm seine Visitenkarte überreichen können mit den Worten: »Danke für das Kompliment. Ich fühle mich geschmeichelt. Meine Firma verdient an jedem Bissen, der in diesem Flugzeug verzehrt worden ist und verzehrt werden wird.«

Fernverpflegung, im Branchenjargon »Far food« genannt, war ein relativ neues und äußerst viel versprechendes Segment bei Fosco. Sogar Spitzenrestaurants waren inzwischen begeisterte Kunden. Zwölf hoch automatisierte Produktionsstätten in fünf Kontinenten produzierten 137 Standard- und 31 First-Class-Gerichte, mit nach Landessitte abwandelbaren Würz- und Schärfemischungen. Natürlich je nach Anforderung koscher, schweine- oder rindfleischfrei, salmonellengetestet, fettreduziert, ovolactovegetarisch, diabetikergeeignet, antiallergen, vegan lieferbar. Sechs Wochen haltbar. Im Wasserbad zu erhitzen. Zu einem für die Top-Qualität konkurrenzlos günstigen Preis.

Sweenie blieb stumm. Dort wo ihn niemand kannte, ließ er andere reden. Ein Freund hatte einmal gesagt, er beherrsche die Kunst des Zuhörens wie sonst nur japanische Geishas.

Er wusste nun allerhand über Nietzsche. Und über die Erfahrungen eines schwergewichtigen schwäbischen Professors – C4 aus Heidelberg, zwei Jahre vor der Pension –, der ein Austauschjahr lang ausgezogen war, Studenten an der University of Illinois mit europäischer Geistesgeschichte vertraut zu machen. Und weniger unter dem philosophischen Desinteresse der Internet-Generation gelitten hatte

als unter dem schmerzlichen Verzicht auf Riesling und frische Spätzle.
Mark Sweenie hatte ihn nicht lange überreden müssen, auch von seiner Portion noch ein wenig zu naschen. Er selbst hatte auf die fünf Gänge verzichtet und sich auf Mineralwasser beschränkt. Eins der großen Vergnügen bei Flugreisen war für ihn, dass er niemandem gegenüber Genuss heucheln musste. Kaum jemand wusste, wie wenig er sich aus Essen machte. Es zu zeigen wäre in seiner Position seltsam erschienen. Er war kerngesund. Sein Magen war in Ordnung. Er war Mitte 40, in einem Alter, wo andere sich durch Fitness-Center strampelten und hantelten, um Fettpolster ab- und Muskelpakete anzutrainieren. Sein Körper und sein Geist funktionierten am besten mit wenig Essen, wenig Alkohol und wenig Schlaf.
Das Personal hatte abgeräumt. Es wurde dunkel in der Maschine. Der silberhaarige Nachbar ließ verlauten, jetzt sei die Zeit gekommen, die »vollkommene Windstille der Seele« auszunutzen. Er öffnete den Hosenknopf, lehnte sich zurück und begann leise zu schnarchen.
Da war er, der köstliche Moment, den Sweenie seit dem Vormittag herbeigesehnt und hinausgezögert hatte. Der erste Augenblick, in dem er ungestört seinen Träumen würde nachhängen können, in der Schwebe zwischen Himmel und Erde. »Ich möchte der Akademie dafür danken, dass sie mir in diesem Jahr …« Von welchem Schauspieler hatte er gelesen, dass er schon die Oscar-Verleihung trainiert hatte, als er den ersten kurzen Blick in ein Drehbuch geworfen hatte? Peter Fonda. Ulees Gold.
Es war genau dieses Prickeln, das er seit dem Morgen empfand. Das Vorgefühl absoluter Gewissheit. Die Sicherheit, an einer Schwelle angekommen zu sein. Wenn jetzt nichts mehr dazwischen kam, stand er vor einem Triumph, der

ihn nicht nur sehr reich, sondern auch berühmt machen würde.
Mark Sweenie – der Vater von Fitty.
Mark Sweenie – der Erfinder des Joy Food.
Es würde Interviews geben. Wirtschaftswoche, ZEIT, Spiegel. Vielleicht der FAZ-Fragebogen. »Wer ist Ihr persönliches Vorbild?« – »Henri Nestlé.« – »Welche historische Leistung imponiert Ihnen am meisten?« – »Der Opiumkrieg.« Nein, das würde er wohl so nicht sagen können. Lieber etwas Humoriges: »Jede Schlacht ums kalte Buffet.« Mit etwas Glück würde er Manager des Monats bei Capital, ganz ganz ganz vielleicht »Man of the year« bei der Time … Nein, diesen Traum verbot er sich. Peter Fonda hatte den Oscar auch nicht bekommen. Immerhin war er nominiert worden.
Sweenie nahm einen Schluck Wasser. Chicago hatte genickt. Die Einführung von Fitty war abgesegnet.
Völlig unspektakulär. Eine Halbstundenkonferenz, und der Masterplan war genehmigt. Er hatte den Präsidenten überzeugt. Das Fett der Zukunft durfte in die Wirklichkeit entlassen werden, auf dem schwierigsten Markt, dem der hyperkritischen nörgeligen Deutschen. Er war sicher, sie würden ihnen Fitty aus den Händen reißen. Und das Beste: keiner würde so richtig wissen, warum.
Das Konzept war noch hundertmal besser als die Idee, Fluglinien, Kantinen und Hotelküchen mit vorgefertigter Fabriknahrung zu beliefern, die aussah und schmeckte, als ob ein Fünfsterne-Koch ein Dutzend Lehrlinge stundenlang um die Herde gehetzt hatte. Auch wenn sich heute noch kaum ein Mensch etwas unter enzymatischer Fettveredlung vorstellen konnte, sie würde von der Nachwelt als Einschnitt gefeiert werden.
Die neue Technologie ebnete Produkten den Weg, nach de-

nen die Gegenwart schrie, wie die Vergangenheit nach Nestlés Kindermilchpulver verlangt hatte. Damals, 1895. Und später nach Maggis Würze, nach Coca-Cola und nach der Idee, einen heißen Fleischklops zwischen zwei Brötchenhälften zu quetschen. Fitty war Zeitgeist, in Essbarkeit verwandelt.

Fitty – der Wegweiser ins dritte Millennium. Die Speise, die glücklich machte.

Sweenie sah sich um. Und sah Fitty-Kunden. Die Japaner vorne, denen die Sorge um Yenkurs und Nikkei-Index das Lächeln einfror. Die Krokodillederkofferfrau mit der anspruchsvollen Tochter und der aufreibenden Männerkarriere, die Zeit finden musste für den Endlosslalom zwischen Aerobic-Studio, Kosmetikerin, Friseurin, Boutique. Die Stewardessen, die sich gerade überlegten, ob sie die Nacht ohne Aufputschpille überstehen würden.

Sie alle hatten Nervennahrung bitter nötig. Nikotin war ungesund, Zucker machte dick, Kaffee nervös, Alkohol im schlechteren Fall aggressiv, im besseren müde.

Wie auf Stichwort wälzte der Philosophieprofessor seinen mit Edelkalorien und -promille gefüllten Körper in eine neue Position und strampelte dabei seine Decke auf den Boden. Er dünstete Brandyatem aus. Die Stewardess, eine hoch gewachsene Eurasierin, erlaubte sich ein kurzes winziges Zwinkern in Sweenies Richtung, als sie die Decke aufhob und wieder über den massigen Körper breitete.

Sie bot Sweenie eine neue Flasche Perrier an. Er dankte ihr mimisch, zauberte die Grimasse eines Geretteten am Rande der Verdurstung auf sein Gesicht. Sie revanchierte sich mit einem spontanen Kichern, das nicht von der obligatorischen Smile-Fortbildung stammte, und flüsterte mit einem niedlichen Akzent in sein Ohr: »Gott ist widerlegt, der

Teufel nicht.« Sie prusteten gemeinsam los. Der Professor grunzte beleidigt im Schlaf.
Sweenie hatte inzwischen den Verdacht, dass er seinen Erfolg seinem Talent verdankte, gern und viel mit anderen zu lachen. Sein Aussehen und seine Herkunft waren eher ein Karrierehindernis gewesen. Er war der Clown- und Kumpeltyp, rote Haare, grüne Augen, Sommersprossen, ein ewiges Jungensgesicht, das besser auf den Fußballplatz passte als in den Golfclub.
Er würde sich etwas überlegen müssen, um etwas gesetzter zu wirken in Zukunft. Eine Fensterglas-Brille? Ein Schnurrbart? Er verwarf die Ideen. Schließlich hatte Bill Gates auch nichts von Konrad Zuse. Und bis zum Durchbruch lagen noch anstrengende Wochen vor ihm. Die Fitty-Werbung musste sorgfältig geplant werden. Es galt, eine Millionenkampagne vorzubereiten, ohne das Geheimnis zu früh zu lüften. Er brauchte dringend Verstärkung für das Team, das ihm persönlich zuarbeitete.
Im letzten Jahrhundert war so etwas noch einfach gewesen. Henri Nestlé hatte auf sein erstes farbiges Werbeplakat fünf dickbackige Riesenbabys malen lassen. Mit weißen Lätzchen saßen sie auf Hochstühlen um eine gigantische Dose »Farine lactée Nestlé« herum und löffelten gierig. Dazu eine Empfehlung des königlichen Leibarztes, die Lobeshymne eines berühmten Chemikers, und der Grundstein für ein Imperium war gelegt.
Fitty brauchte eine revolutionäre PR-Konzeption. Wissenschaftlich seriös und gleichzeitig emotional ansprechend. Er musste am Montag sofort mit seiner Truppe und mit Psolakis reden.
Er schloss die Augen. Als die Eurasierin kam und er den sanften Druck der Decke spürte, fuhr Henry Nestlé – nein, es war Nietzsche – gerade mit einem dicken roten Zeigefin-

ger durch ein Fitty-Schälchen. Hob den fettgekrönten Finger zum Mund. Eine lange Zunge erschien unter dem dichten Schnauzbart und leckte, leckte, leckte. Dann ächzte Nietzsche mit der Stimme des Silberhaar-Professors: »Göttlich! Nein, ich meine natürlich: teuflisch gut«, und stieß ein röhrendes Lachen aus.

Sweenie hatte die Maschine kaum verlassen, als das Handy sich meldete. Er klemmte es ans Ohr, während er dem Beamten seinen Pass zuschob. Psolakis klang aufgeregt.

»Was? Lauter bitte, ich kann hier kaum etwas verstehen.«

Der Polizist pochte auf seinen Schalter, um deutlich zu machen, dass Sweenie ihm ins Gesicht sehen sollte.

»Waas? Bitte etwas lauter!! Eine Leiche???« Der Passkontrolleur erstarrte. Das Krokodillederkoffer-Kind, das sich an der Schlange vorbei bis zur Sperre gedrängelt hatte, schaute mit offenem Mund an Sweenie hoch: »Booooh, cool, sind Sie Detektiv?«

Sweenie murmelte in den Hörer: »Ich rufe gleich zurück.«

Er steckte das Handy ein und wandte sich dem Mädchen zu. Gleichzeitig Kopfschütteln und Nicken andeutend, legte er den Finger auf den Mund, zum Zeichen, dass sie das Geheimnis für sich behalten sollte. Dem Beamten, der begonnen hatte, die Passdaten in seinen Computer einzugeben, lächelte er verschwörerisch zu: »Mütter und Fernsehen! Man sollte älteren Damen das Sehen von Gruselschockern verbieten.«

Hinter ihm prustete eine Touristengruppe los. Der Polizist zögerte einen winzigen Moment, bevor er den Pass zurückreichte, und sah ihm nach, wie er das Mobiltelefon wieder aus der Tasche zog und auf der Herrentoilette verschwand. Sweenie, Mark Daniel, deutscher Staatsbürger, geboren in Belfast, angereist aus Chicago. Er würde den Kollegen vom Zoll einen Hinweis geben, das Gepäck etwas genauer unter die Lupe zu nehmen.

Gefecht auf höchster Ebene

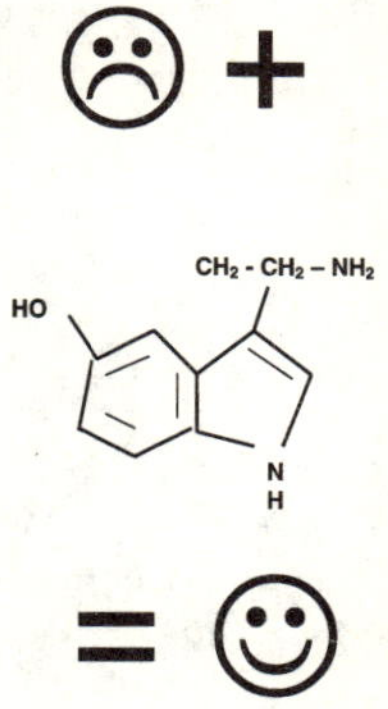

… es spricht doch einiges dafür, dass das Essen der Zukunft einige Defizite ausgleicht, die das moderne Leben so mit sich bringt.

Nestlé-Chef Peter Brabeck-Letmathe
in der »Wirtschaftswoche«

Sonntag morgen, 7 Uhr 37, und es klingelte Sturm. Katharina lag im Bett; der Kater hatte gerade erst begonnen, ihren linken großen Zeh wach zu knabbern.

Verflucht, dachte sie. Polizei.

Sie hatte auch in dieser Nacht von langen dunklen Gängen und von prall gefüllten Plastiksäcken geträumt. Sie war wieder vor ihnen geflohen, aber sie waren behände über den Boden geglitten und hatten sie verfolgt. Im Gegensatz zu gestern war sie irgendwann einfach stehen geblieben. Die Säcke auch. Sie hatte vorsichtig denjenigen berührt, der ihr am nächsten war, und es war erstaunlicherweise eine äußerst angenehme Empfindung gewesen. Gar nicht wie Plastik. Auch nicht wie Haut. Unbekannt angenehm. Was aus der ersten zögernden Berührung entstand, hatte erotischen Reiz gehabt, bei dem die Sacknatur des Gegenübers keine Rolle mehr gespielt hatte.

Was würde Freud sagen? Libido-Thanatos-Konfusion. Ur-Sehnsucht nach Vereinigung mit dem Tod.

Die Selbstanalyse brachte eher schlechtes Gewissen ins Spiel.

Es klingelte wieder.

Vorsichtig spähte sie aus dem Fenster. Unten stand kein Streifenwagen, sondern ein Taxi.

Der Kater sprang mit einem Riesensatz aus dem Bett. Sie folgte ihm langsamer auf den Flur. »Ich soll Sie abholen«, sagte die Stimme in der Gegensprechanlage.

»Wohin?«

»Fosco.«

Das fing ja gut an. Sie schaffte es, ein ganz klein wenig arrogant zu klingen, als sie sagte, er solle eine Stunde später wieder kommen. Vermutlich würde er vergessen, den Tonfall mitzuliefern, wenn er Psolakis ihre Verspätung meldete. Der Kerl sollte sich nicht einbilden, dass er sich erlauben konnte, so einfach ihren Ausschlafmorgen zu ruinieren.

Sie reckte sich zufrieden und fuhr mit den Fingern durch dichtes Katerfell.

Gestern hatte sie sich bei einer ganz privaten Flasche Champagner eine Strategie zurechtgelegt: Von Anfang an in der Offensive bleiben. Kooperativ sein, verhandlungsbereit, aber zu eigenen Bedingungen. Nasreddin hatte zustimmend miaut.

Und dabei ein bisschen die graue Maus spielen, die in der Lotterie das große Los gezogen hat und nun nicht so recht weiß, wie ihr geschieht. Er war sich beifällig mit der Zunge über das breite Persergesicht gefahren.

Den Gegner analysieren, auskontern.

Schließlich hatte sie Psychologie studiert. Und seit sie mit Nasreddin liiert war, hatte sie alle idiotensicheren und heimtückischen Tricks gelernt, mit denen man auch Klügere leicht überlisten konnte. Bisher in der Opferrolle. Das würde sich ändern.

Der Pförtner begleitete sie zum Fahrstuhl. Um den obersten Knopf drücken zu können, war ein Spezialschlüssel nötig. Normalerweise blieb Mitarbeitern der Zugang zur Vorstandsetage verwehrt. »Sie werden erwartet.«

Ihre Air-Plusplus-Turnschuhsohlen sanken in einen grauen Flauschteppich, der mindestens genauso dicht geknüpft war wie Nasreddins Fell. Sie schaute sich um. Es musste ein besonderes Glas sein, das da üppig in alle Himmelsrichtungen verbaut worden war; es schien die pralle Sonne raffiniert abzuschirmen, aber nicht ihr Licht. Alles war sehr hell, sehr funktional. Es gab wenig, aber gut plat-

zierte Kunst an den weißen Wänden zwischen den Fenstern. Stillleben mit Gemüse im Warhol-Stil.
Sie hatte sich geschworen, alles in sich aufzunehmen, sich nicht hetzen zu lassen, aber nun pochte ihr Herz, als sei sie die Stockwerke zu Fuß hochgerast. Durchatmen. Zur Ruhe kommen. Sie blickte sich rasch um, um sich zu vergewissern, dass niemand sie beobachtete, aber der Empfang war verwaist. Die einzige offene Tür führte in ein ebenfalls leeres Vorzimmer. Dahinter stand die nächste, die eigentliche Tür offen.
Katharina betrat ein riesiges Penthouse-Büro. Der Chefsessel hinter dem eindrucksvollen Schreibtisch war leer. An der Wand dahinter, die Manager sonst für Familienfotos reservierten, gilbte ein Uralt-Foto eines würdigen Greises mit Fransenbart hinter Glas. Sie ging näher heran und entschlüsselte die Schnörkel-Unterschrift. Henri Nestlé.
Mark Sweenie saß in einer Sitzecke am anderen Ende des Raums über eine Akte gebeugt. Kein Psolakis weit und breit; er war allein. Sie kannte sein Bild aus den Firmenbroschüren. Er war ein nicht besonders großer, nicht besonders hübscher Mann, dessen auffälligstes Merkmal sein rötliches Kräuselhaar war. Reichlich jung schien er für die Position. Und extravagant angezogen. Ein flaschengrün schimmerndes Blouson, ein buntes Seidentuch statt Krawatte.
Kleidungsmäßig gesehen harmonierten sie nicht schlecht. Katharinas blau-grüner Schlabber-Strickpulli über der türkisen Leinenhose sollte farb- und tiefenpsychologisch signalisieren: Ich bin nicht dein Feind. Ich nutze dich nicht aus. Ich mach dich nicht an. Aber ein bisschen chic bin ich schon.
Er blickte kaum auf, als sie eintrat, sondern wies mit einer einladenden Handbewegung in Richtung der anderen wei-

ßen Ledercouch. Auf einem Glastisch standen zwei Flaschen Mineralwasser, zwei Gläser und ein Teller mit Keksen.

»Kennen Sie Nietzsche?«

Sie schüttelte den Kopf. »Nicht richtig.«

Er klappte die Akte zu, räusperte sich und legte leichtes Pathos in seine Stimme: »›Wer tiefer denkt, weiß, dass er immer Unrecht hat, er mag handeln und urteilen, wie er will.‹«

Er streckte ihr im Sitzen die Hand entgegen und lächelte. »Ich bin Mark Sweenie.«

Der Händedruck war okay. Die Stimme auch.

»Katharina Quast.« Sie setzte sich und goss Wasser in ihr Glas.

Pause. Er blickte sie an, sehr direkt, sehr neugierig, leicht spöttisch. Nietzsche gegen Freud. Beide ziemlich schlau und ziemlich größenwahnsinnig. Ein Gefecht auf höchster Ebene. Wer analysierte hier wen? Er hatte irritierende Augen; grün mit einem ganz kleinen Schielen.

Sie legte den Kopf leicht schief und sagte irgendwann: »Gut zu wissen. Ich meine, die Sache mit dem Unrecht. Ich nehme trotzdem einen Keks.« Sie wählte einen mit Schokolade und knabberte daran. Eine unbekannte Sorte. Lecker.

»Oder womöglich noch passender: ›Man vergisst seine Schuld, wenn man sie einem andern gebeichtet hat, aber gewöhnlich vergisst der andere sie nicht.‹«

Katharina musste lachen. Das mit der grauen Maus würde sie mit diesem Mann nicht durchhalten. Er schien intellektuelles Geplänkel als Aperitif zu mögen. Das Spielchen war zu amüsant, um nicht mitzumachen: »Interessante Worte zum Sonntag. Und bin ich als Beichtmutter oder als Büßerin geladen?«

»Sie sind natürlich beides, meine Liebe. Genau wie alle von uns, die es überhaupt wagen, zu handeln und zu urteilen. Glücklicherweise gibt es nicht allzu viele Menschen, die stark genug sind, beides bewusst zu tun – es würde die Dinge sonst sehr komplizieren. Sie wundern sich, warum unser Forschungschef zu diesem Rendezvous nicht geladen ist. Da haben Sie den Grund. Er ist ein äußerst fähiger Wissenschaftler, aber er ist im entscheidenden Moment nicht zäh genug für konsequentes Agieren unter schwierigen Bedingungen.«
Das mochte stimmen. Sie erinnerte sich, wie wütend und gleichzeitig fassungslos der arme Psolakis vor Koniezkos Leiche gestanden hatte. Er wäre am liebsten weggerannt.
Sweenie tippte auf den Ordner. »Ich habe ein paar Erkundigungen über Sie eingeholt. Was ich gelesen habe, gefällt mir. Sie haben den Kilimandscharo wirklich geschafft?«
Sie nickte verblüfft. In ihren Bewerbungsunterlagen hatte sie solche Eskapaden, soweit sie sich erinnerte, nicht erwähnt. Sie erinnerte sich, dass Marvin einen Tourbericht ins Internet gestellt hatte. »Da war ich noch Studentin. Ich kann Ihnen das Gipfelfoto zeigen. Allerdings hat der Führer die meisten aus unserer Gruppe auf den letzten Metern halbwegs getragen. Und fragen Sie mich nicht, wie ich wieder ins Lager gekommen bin.« Sie redete zu viel.
»Trotzdem, meine Hochachtung. Ich hab es allein versucht und bin gescheitert. Bin eine halbe Stunde vor dem Ziel mitten auf dem Pfad sitzen geblieben und war so höhenkrank, dass ich zwei Stunden später auf allen vieren rückwärts abwärts gekrochen bin. Ein Gipfelfoto habe ich übrigens trotzdem, erstklassig retuschiert. Bloß dumm, dass man sich selbst so schlecht betrügen kann.«
Sie stellte sich diesen Mann mit Bergstiefeln statt seiner schwarzen Lacklederslipper vor, kriechend auf 6000 Meter

Höhe im Delirium zwischen tansanisch sengender Sonne und klirrender Kili-Kälte.

Wie sollte sie jemals jemand von diesem Gespräch erzählen? Da saß die Juniorpsychologin im Chefbüro der Tochterfirma eines Weltkonzerns. Und bekam Kekse und intime Anekdoten aus dem Leben eines Topmanagers serviert – als Belohnung dafür, dass sie geholfen hatte, eine Leiche in eine Kühlkammer mit Zutaten für Fosco-Energydrinks einzusperren. Vielleicht brauchte er eine Privat-Psychoanalytikerin. Wie viel sollte sie verlangen? 500 Mark für die volle Stunde?

Sein Gesicht wurde einen Moment lang hart. »Ich habe mir geschworen, dass das nie wieder vorkommen soll. Aufzugeben – so kurz bevor ich am Ziel bin, meine ich. Deshalb sitzen wir hier. Es gibt einiges, das Sie wissen müssen, bevor Sie zu einer Entscheidung gelangen.«

Einiges? Noch mehr als Tansanietzsche? Das erhöhte den Satz auf 750 Mark die Stunde – à 45 Minuten. Katharina steckte sich ein Erdnussplätzchen in den Mund und lehnte sich zurück. Dem Klienten immer das Gefühl geben, dass er sicher und gut aufgehoben ist und die Therapeutin alle Zeit der Welt für ihn hat.

Sweenie war aufgestanden. »Sie sind Psychologin. Sie haben sicher von Prozac gehört?«

»Diese Wunderpille? Mit der amerikanische grüne Witwen mit Barbiepuppen-Kindern sich davon abhalten, in die Garage zu gehen und ihren Zweitwagen zu beschwatzen, ihnen eine Kohlenmonoxidvergiftung zu verpassen?«

Er blickte sie belustigt an. »So könnte man es ausdrücken. Das beliebteste Antidepressivum der Gegenwart. Prozac ist seit 1988 auf dem Markt und inzwischen an Platz zwei der erfolgreichsten Medikamente in der Welt. Die Cash-Cow von EliLilly. Veratwortlich für die Hälfte des 4,6-Milliarden-Umsatzes der sechstgrößten Pharmafirma der Welt. Und wir reden hier von Dollar-Milliarden. Die chemische Bezeichnung ist Fluoxetin. Wissen Sie, wie es wirkt?«

Katharina zuckte die Schultern. »Ich vermute, es dämpft die Emotionen. Macht aus der Furie ein Wesen, das wenigstens so gut funktioniert, dass es die Mikrowelle anschmeißen und dem Gatten Hamburger mit Fritten und Ketschup servieren kann. Sind Sie verheiratet?« Sie hatte keinen Ring gesehen.

Er schüttelte den Kopf. »Im Gegensatz zu früheren Medikamenten blockiert es Emotionen nicht, sondern basiert auf einem völlig anderen Prinzip. Es unterstützt die Produktion wichtiger körpereigener Chemikalien und beeinflusst besonders jene Substanzen im Gehirn, die als natürliche Morphine gelten. Lax ausgedrückt: Es stimuliert das Glückszentrum hier oben.«

Er klopfte sich an die Stirn.

»Es erlaubt Menschen wieder Zuversicht, die sich seit Jahren als lebendiger Müllsack empfinden. Verheiratet? Ja, meine Familie lebt in den Staaten. Meine Frau hält von Prozac übrigens ähnlich viel wie Sie und zieht Haschisch vor. Aber ich nehme das niemandem übel.«

»Danke. Warum erzählen Sie mir das? Hat Sie der Tod Ihres Versuchstesters so geschockt, dass Sie überlegen, ins Pharma-Business einzusteigen?« 1:0 für ihn. Sie hatte Nasreddin geschworen, nicht als Erste mit dem Thema anzufangen. Sie war aus dem Konzept gekommen. Warum musste er unbedingt Müllsäcke erwähnen?

Er schaute sie zufrieden an. »Gut getippt. Aber daneben. Lassen Sie mich noch einen Moment mit meiner Vorrede fortfahren. Depression ist längst kein individuelles Schicksal mehr. Man muss kein Psychiater sein, um der gesamten

Gesellschaft depressive Tendenzen zu attestieren. Hören Sie sich die Nachrichtensendungen an! Schauen Sie auf die Schlagzeilen der Boulevardpresse! Lesen Sie die Wirtschaftmagazine! Oder kommen Sie her und schauen Sie hinunter!«

Er war ans Fenster gegangen.

Katharina nahm den Keksteller mit und blickte gehorsam nach draußen. Ein Traumpanorama. In der Ferne konnte man die Köhlbrandbrücke sehen, die sich über eine verheißungsvoll glitzernde Elbe schwang. An einem Kai lag ein Containerschiff, auf dessen Deck die Hafenkräne lustige bunte Kistenstapel aufhäuften. Und unten? Der Blick in die Tiefe bot eine Vogelperspektive auf Ameisen-Menschlein, die emsig ihren Verrichtungen nachgingen, teils auf zwei Beinen, teils auf zwei oder vier Rädern. Niedlich.

Ihr Klient schien es anders zu deuten. Sein Arm holte zu einer weiten Geste aus.

»Was sehen Sie? Asphalt. Autos. Ampeln. Satellitenschüsseln. Eine Welt, die ihre Bewohner überfordert.«

Sie kaute und versuchte, ihrem Gesicht einen aufmunternd-beifälligen Ausdruck zu verleihen. Dem Klienten nie offen widersprechen. Ihm immer das Gefühl geben, dass man seine Meinung teilt oder zumindest akzeptiert.

Sweenie war zu sehr in sein Thema vertieft, um auf ihr Mienenspiel zu achten. »Die Moderne überfordert den Menschen. Wir lechzen nach Entspannung, nach Hilfe. Es muss nicht unbedingt gleich Prozac oder Ecstasy sein. Aber vielleicht würde uns so etwas Ähnliches gut tun.«

Oje. Er meinte es ernst. Sie hatte einen rothaarigen grünäugigen gipfelstürmenden Fanatiker vor sich. Sie erinnerte sich, gehört zu haben, dass seine Vorfahren aus Irland stammten. Wahrscheinlich war er Spross einer irisch-katholischen Heißblut-Revolutionärs-Familie, und statt

Kirchensteuer zahlte er an Sinn Fein & Konsorten. Das Geld war in Psychotherapie wahrhaftig vernünftiger angelegt. Sie würde ihn vor sich selbst und die Welt vor Terror bewahren. 1000 Mark pro Dreiviertelstunde.
Sie warf vorsichtig ein: »Das kommt doch in jeder schlechten Sciencefiction vor – Zwangsverabreichung einer Gütedroge. Aldous Huxley. Schöne neue Welt. Soma hieß das Zeug in dem Roman, wenn ich mich recht erinnere. Vergessen Sie es! Zum Schluss taucht immer ein Held auf, der der Welt zurückgibt, was sie braucht. Und das scheint nun mal nicht rosarote Zuckerwatte zu sein. Sondern Chaos. Ungerechtigkeit. All das unangenehme Zeugs.«
Sie hätte sich auf die Zunge beißen mögen. Kostenlose Krisenintervention – bevor sie sich über Mindeststundenzahl und Honorar geeinigt hatten – wie unprofessionell! Therapeutinnen ließen sich nicht in Diskussionen verwickeln.
Sweenie hatte sich auf das Fensterbrett gesetzt und ließ die Beine baumeln. Er nickte leicht amüsiert und betrachtete sie mit dem nachsichtigen Blick eines Lehrers, der seiner Lieblingsschülerin ihre Unreife verzeiht.
»Mir ist klar, dass Sie vor dem Gedanken an Glück auf Knopfdruck zurückschrecken. Jeder tut das am Anfang. Aber denken Sie nüchtern. Haben Sie den Eindruck, dass das Leben im nächsten Jahrtausend einfacher und beschaulicher wird? Dass Jesus auf einem Esel über die A1 getrottet kommt und mit offenen Armen empfangen wird? Dass die Arbeitssuchenden Jobs finden, die Armen reich werden, die Fremden auf Gastlichkeit und Toleranz treffen?«
Er hatte gemerkt, dass er sich in Rage redete, und senkte die Stimme.
»Nun stellen Sie sich theoretisch vor, es gäbe eine Substanz, die ein ganz, ganz, ganz klein wenig wirkt wie Pro-

zac. Die uns ein bisschen besser mit dem Leben klarkommen lässt. So wie Kaffee uns anregt, Bier uns gesellig macht, ein guter Wein intellektuelle Gespräche fördert und Haschisch, wie wir wahrscheinlich beide wissen, diese wunderbare Albernheit freisetzen kann.«

»Ich verstehe, worauf Sie hinauswollen: Happiness light. Ich rate noch einmal: Wenn Fosco nicht ins Pharma-Fach überwechselt, werden wir also bald alle mit Prozac-Majonäse, Prozac-Marmelade, Prozac-Mineralwasser beglückt?«

»Schon besser. Aber immer noch falsch. Sie haben von dem Enzymprojekt gehört?«

Katharina nickte.

»Fluoxetin, der chemische Wirkstoff von Prozac, ist eine Substanz aus der Retorte. Für die Anwendung in Lebensmitteln auch in niedrigen Dosen wäre es völlig ungeeignet. Außerdem würde es als verbotener Zusatzstoff gelten. Ganz zu schweigen davon, dass der Patentschutz noch nicht ausgelaufen ist. Aber glücklicherweise gibt es Enzyme.«

Unten auf der Rasenfläche zwischen Bürogebäude und Produktionstrakt ging ferngesteuert der Rasensprenger an. Katharina gefiel die Vorstellung von durstigem, benetztem Gras.

»Enzyme sind die eigentlichen Tausendsassas in unserem Leben. Für das moderne Food-Design sind sie unersetzlich. Sie sind die Brücken zwischen Chemie und Biologie. Die Bausteine, die letztlich dafür verantwortlich sind, dass der Körper unser Essen verdaut, dass wir die Muskeln bewegen, dass unsere Gehirnströme fließen.«

In der Nebelwolke der Wassertröpfchen aus der Fontäne unten formte sich ein Regenbogen. Es sah wunderschön aus. Sie befahl sich, auf die Stimme zu achten. Es war wirklich eine angenehme Stimme. Sie klang zwar nicht besonders tief, aber sie hatte einen gewissen Halleffekt, wenn er nicht gerade aufgeregt war. Sie würde ihn gern einmal singen hören. Den Black-Rider-Song. Sie würde auf Bariton wetten.

Fürs Erste musste sie sich mit dem Vortrag begnügen.

»... kluge Leute sich gefragt haben, ob es mit Hilfe von Enzymen gelingen könnte, die Anti-Stress-Substanzen im Gehirn großzügiger freizusetzen. Und siehe da, es funktioniert. Wir können dem Glück auf die Sprünge helfen. Durch etwas, was wir enzymatische Fettveredlung nennen. Vereinfacht gesagt, gelingt es uns, im Gehirn das zu bewirken, was sonst Substanzen wie Fluoxetin tun. Durch spezielle Enzyme bringen wir die Sojabohne dazu, bestimmte Bestandteile abzuspalten, die im Organismus Serotonin freisetzen. Sie helfen uns zu relaxen. Sie werden Fitty an die Spitze katapultieren.«

»Fitty?«

»Das neue Fosco-Universalfett zum Schmieren, Kochen, Backen, Braten, Frittieren, das Butter und Margarine innerhalb kürzester Zeit ersetzen wird.«

»Und warum erzählen Sie mir das?«

»Weil der Schlüssel zum Erfolg, um es pathetisch und ehrlich zu sagen, im Augenblick in Ihrer Hand liegt.« Sein Sinn-Fein-Revoluzzer-Blick wurde noch eindringlicher, warb um Verständnis. »Sie können sich vorstellen, wie schockiert ich war, als ich von der Leiche im Schlaraffenland erfuhr.«

Na endlich. 1 : 1.

»Die Sache hätte uns enorm zurückwerfen können, jetzt, wo wir fast am Ziel sind. Aber dann hat mir Kostas Psolakis von Ihrer besonnenen Reaktion erzählt. Inzwischen glaube ich, der Zwischenfall war kein Unglück, sondern eine Fügung. Polizei im Haus können wir uns zur Zeit schlicht nicht leisten. In knapp drei Monaten soll Fitty eingeführt werden. So lange muss das Projekt geheim bleiben. Verstehen Sie, wir tun absolut nichts Verbotenes. Die Fettveredlung ist ein völlig natürlicher Prozess ...«

»... der allerdings etwas ungewöhnliche Nebenwirkungen hat.«

»Ungewöhnlich vielleicht. Aber weder gefährlich noch problematisch, sondern schlicht und einfach segensreich. Es mag für Laien abenteuerlich klingen, aber in der Praxis haben sich ähnliche Methoden längst bewährt. Beispiel Babynahrung. Sie wissen, dass schon Kleinkinder gerne Süßes essen, aber möglichst wenig reinen Zucker zu sich nehmen sollen. Was tun? Enzyme können Stärke aus Getreide praktischerweise in Zucker umwandeln. Seitdem schmeckt der Babyvollkornbrei aus dem Gläschen süß – ohne jeglichen Zuckerzusatz. Genial. Oder halten Sie das für Furcht erregend?«

Sie schüttelte den Kopf. Kampf der Karies! Das Verfahren hörte sich tatsächlich relativ sinnvoll an.

»Die Technik wird seit Jahren angewendet. Es findet sozusagen eine Vorverdauung in der Fabrik statt. Keiner hat sich je darüber aufgeregt. Warum auch, wenn es nur positiv ist?«

»Was ist denn dann so heikel an der Geschichte mit dem Fett?«

»Jede Revolution ist heikel. Wenn es im Vorfeld jemand gelingt, schlechte Stimmung gegen etwas Gutes zu machen, ist das in der Mediengesellschaft der Tod. Das müssten Sie als Psychologin am besten wissen; Sie haben schließlich selbst Orwell und Huxley ins Feld geführt. Wenn die Verbraucher aber zuerst die Chance haben, die neuen Produkte zu kosten, und sich von ihrer Qualität überzeugen können, lassen sie sich nicht mehr verunsichern.«

Katharina nahm den letzten Keks und fragte: »Und woher wollen Sie wissen, dass Ihr Fitty keine Nebenwirkungen hat?«

»Wir haben ausführliche Laborsimulationen durchgeführt. Außerdem gab es Langzeittests mit eingeweihten Mitarbeitern. Sie fühlen sich ausgeglichener als früher. Sonst nichts. Ich muss es noch einmal sagen: Man nimmt in diesem Fall keinerlei Genussgift wie Koffein auf. Ein ganz normales Nahrungsmittel setzt einen ganz normalen Körperprozess in Gang, der fantastischerweise höchst angenehm ist.«

»Und wenn ich nun zum ›Spiegel‹ gehe oder zur ›Bildzeitung‹ oder zu dieser Organisation ESSkalation, die so begeistert Lebensmittelskandale aufdeckt?«

»Dann hätten Sie eine einmalige persönliche Chance verpasst und die Zukunft vielleicht ein paar Monate hinausgezögert. Noch ein Zitat, diesmal nicht Nietzsche, sondern Victor Hugo: ›Die Zukunft hat viele Namen. Für die Schwachen ist sie das Unerreichbare. Für die Furchtsamen ist sie das Unbekannte. Für die Tapferen ist sie die Chance.‹ Sie haben schon geklärt, dass Sie zu den Tapferen gehören.«

»Und welche Rolle haben Sie einer tapferen Psychologin bei der Drogifizierung der Welt zugedacht?«

»Sie werden die Markteinführung mit vorbereiten und begleiten. Es gibt ein Spezialteam, das mir direkt zuarbeitet. Ich habe einen Vertrag vorbereitet. Sie werden zufrieden sein.«

Er reichte ihr ein Blatt.

»Das Doppelte«, verlangte sie, ohne einen Blick darauf zu werfen.

Er nickte anerkennend. »Das Eineinhalbfache.«
Sie studierte das Papier. »In Ordnung. Und danke für die Kekse.«
»Keine Ursache. Die gehören hier zum Service.« Sein Blick verweilte für einen Augenblick sinnend auf dem leeren Teller. »Meine Sekretärin wird Ihnen morgen das Büro zeigen. Der Vertrag ist dann fertig. Kommen Sie um zehn. Sie sollten nebenbei auch die Produktionsabteilungen kennen lernen. Wir werden etwas organisieren.«
Zum Abschied gab es wieder einen langen grünen Blick plus Händedruck. Dann nahm Sweenie an seinem Schreibtisch unter dem Mann mit dem Fransenbart Platz. Katharina verließ das Büro.
Es kam ihr vor, als sei sie leichter geworden, als sinke sie kaum ein in den dichten grauen Flausch. Ausgelassen drehte sie eine Pirouette vor der Fahrstuhltür. Es war nicht übel, mit Mächtigen zu plauschen. Verdammt lukrativ war es auch.
Sie würde Nasreddin in Zukunft Entenleber und Edelfisch spendieren. Sie würde eines Morgens, wenn ihr der Bus wieder vor der Nase wegfuhr, in den Laden an der Haltestelle gehen und zum Verkäufer sagen: »Die dunkelrote Vespa aus dem Fenster, bitte.« Ihr neuer Boss hatte Recht: Sie mochte Risiko. Abspringen konnte sie immer noch.

Mark Sweenie sah seine Besucherin zwölf Stockwerke tiefer als türkisgrünen Punkt mit schwarzem Schopf aus dem Eingangsbereich treten. Fast fünf Minuten blieb sie sinnend vor dem Rasensprenger stehen, bevor sie in das wartende Taxi einstieg.
Eine interessante Frau. Mitunter fand er es fast schade,

dass das weibliche Geschlecht ihn so wenig reizte. Und sie hatte tatsächlich den Kili geschafft. Es würde wichtig sein, sie nicht zu unterschätzen.
Er wählte eine Nummer. »Sie ist auf dem Weg zurück. Sind Sie fertig?« Er lachte. »Eine Katze? Sie Armer! Schreiben Sie das Pflaster auf die Spesenrechnung. Und unterrichten Sie mich, wenn sie aufschlussreiche Telefonate führt. Alles, was die Firma betrifft.«

Ruf doch mal an

Haben Sie Fragen
an FOSCO?
Dann wählen Sie
0180-3040500
täglich von
6–22 Uhr

Selig sind die Friedfertigen;
denn sie werden Gottes Kinder heißen.

Matthäus, 5,1

Kostas Psolakis trat in die Halle und ging durch den Mittelgang. Keiner beachtete ihn. Um ihn herum verschmolz das Gesumm aus den Boxen zu einem Klangbrei, in dem sich ein Refrain in Varianten wiederholte.

Hallo, hier ist Fosco, mein Name ist Renata Rodolfi, was können wir für Sie tun? Guten Morgen, Sie sind mit Fosco verbunden. Ich heiße Carlo Krüger, wie kann ich behilflich sein? Einen schönen guten Morgen, hier ist der Fosco-Verbraucherservice, Margit Möbius am Apparat, was wünschen Sie?

Es war Sweenies Idee gewesen, den Sonderforschungsbereich nicht im Labortrakt anzusiedeln, sondern ihn völlig offen in den Normalbetrieb zu integrieren. Für Uneingeweihte existierte kein Sonderforschungsbereich. Es gab nur ein Call-Center wie in jeder modernen Firma. Nirgends ließ sich so lebensecht wie hier erproben, ob Fitty auch dort noch seine Wirkung tat, wo Flüche, Gezeter und Anzüglichkeiten an der Tagesordnung waren.

Die achtzig Mitarbeiter arbeiteten in zwei Schichten. Sie waren in einem Großraum in enge Einzelboxen gepfercht. Einen Kopfhörer über die Ohren gestülpt, gaben sie unablässig freundlich Auskunft in ein kleines Mikrofon in Mundhöhe. Nahmen Reklamationen zur Kenntnis, scherzten, beruhigten, heuchelten Verständnis.

Falsch. Sie heuchelten nicht. Sie *hatten* Verständnis.

Er lauschte der Dicken, die in einem schreiend bunten Ringelpullover in Kabine 37 saß. Der Hocker war für ihr ausladendes Hinterteil viel zu klein.

»Wirklich? Das ist allerhand ... Ja, das hätte ich an Ihrer Stelle auch getan ... Ganz genau ... O là là, Sie sind mir ja ein Schnuckel! Leider muss ich Sie jetzt abhängen … Ja, gut dass Sie uns benachrichtigt haben! Wie sollten wir sonst wissen, was unsere Kunden auf dem Herzen haben?« Sie verabschiedete sich mit einem perlenden Lachen, drückte auf einen Knopf, griff in die Keksdose und drückte noch während des Kauens den nächsten Anrufer ans Ohr: »Good morning, wer immer da spricht. Hier ist Fosco, Mariella Majolis am Apparat! Wo brennt es?«

Die Boxen waren in langen Reihen angeordnet. Auf der Rückseite des Raums befand sich ein großer Spiegel. Psolakis zog sein Jackett gerade und ging wieder hinaus. Das Call-Center hatte aus Sicherheitsgründen keine direkte Verbindung mit dem Überwachungsraum. Er ging um die Fassade herum, steckte seine Schlüsselkarte in den Schlitz und tippte den Zahlencode ein. Im Monitoringraum war es still. Die Anlage war nicht auf Empfang geschaltet. Der Laborant studierte Listen. Psolakis sah ihm über die Schulter.

»Gibt es was Neues von unseren Schützlingen?«

Der junge Mann schüttelte den Kopf. »Wie Sie sehen, machen sie sich großartig! Seit sie sich beliebig viele neue Namen ausdenken dürfen und ihre eigenen Texte aufsagen, laufen sie zu Hochform auf. Die Rodolfi hat damit angefangen, zur Zeit sind die meisten auf dem Alliterationstrip. Und schauen Sie!« Er blätterte in einer der Listen, die er vor sich hatte. »Das ist die Telefonstatistik. Sehen Sie diese Nummern, die sich immer wiederholen? Es gibt inzwischen Daueranrufer, die einfach nur plänkeln wollen. Mit der Truppe könnten wir eine Telefonseelsorge aufmachen.«

»Und die Dosierung?«

»Keine Besonderheiten. Bei einigen haben wir die Input-

Ratio variiert. Nummer 37, bei der Sie gerade waren, ist so ein Fall, aber auch 28 und 14 oder 15. Die würden am liebsten gar nicht wieder aufhören mit den Keksen. Aber wir haben das Problem durch individualisierte Rezepturen gelöst. Sie bekommen eine gesteigerte Zuteilung, aber zwischendurch Placebos, und alles in einer Lowfat-Variante mit Süßstoff.«

Er setzte sich vor den Bildschirm und wartete, bis sich die Grafik aufgebaut hatte. »Hier sind tagesindividuell die Gesamtdosen aufgetragen. Sie sehen: Der Peak ist unser Meister Proper, Nummer 14. Er liegt bei 67 Milligramm. Aber das jetzt schon über drei Wochen stabil.«

Durch das Einweg-Glas ließ sich der Raum gut überblicken. Nummer 14 saß in der zweiten Reihe, ein männliches Schwergewicht mit Glatze. Auf den Speckringen um den Hals wand sich eine tätowierte Schlange.

»Aber wie gesagt, auch sein Input liegt um Zehnerpotenzen unter dem Level, das sich im Tierversuch als problematisch erwiesen... Oh, einen Augenblick!«

Die Punkerin in der dritten Reihe hatte den Kopfhörer abgenommen, kaute selbstvergessen und träumte dabei mit seliger Miene vor sich hin.

Der Laborant ging eilig zum Mikrofon in der Monitoring-Kammer und sprach hinein. »Frau Grigoleit, darf ich Sie daran erinnern, dass wir zur Arbeit hier sind!«

Psolakis konnte nicht hören, in welcher Lautstärke die Botschaft drüben verbreitet wurde. Er sah nur, wie die Angesprochene kurz zusammenzuckte und ihr Röte ins Gesicht schoss. Hastig wendete sie sich schuldbewusst in Richtung auf den Spiegel und setzte den Kopfhörer wieder auf die grünen Haare.

Verblüffend.

Langzeitarbeitslos, ledig, keine Kinder, überdurchschnittlich hoher Aggressionskoeffizient war das Anforderungsprofil für den Sonderforschungsbereich gewesen. Psolakis hatte Mark Sweenie gedrängt, parallel zu Fitty das höher dosierte Fitty-plus an diesem speziellen Personenkreis zu testen. Eine in jeder Hinsicht befriedigende Lösung. Mehr als die Hälfte der Lohnkosten übernahm das Arbeitsamt, weil die Klientel als schwer vermittelbar galt.

Meister Proper zum Beispiel, seinerzeit ein bekannter Bankräuber, hatte 13 Jahre im Knast Santa Fu gesessen. Nummer 45, die Punkerin, hatte ihre Kindheit im Heim verbracht und bei ihren diversen Festnahmen auf gewalttätigen Demonstrationen mehrere Polizisten in die Hand gebissen.

Zig Millionen Menschen vegetierten in Institutionen dahin. In Gefängnissen. In Jugend- und Altenheimen. Mit 24 Stunden Zeit am Tag, um mit ihrem Schicksal zu hadern. Sie waren unzufrieden, reizbar, tückisch. Noch. Er, Kostas Psolakis, hatte ein Rezept gefunden, sie mit ihrem Los zu versöhnen.

Selbst der zwölfte Stock wusste nichts von dem Experiment, das so offen vor aller Augen lag. In groben Zügen eingeweiht waren nur die drei handverlesenen Laboranten, die sich beim Monitoring abwechselten. Ihm wäre leichter ums Herz gewesen, wenn es da nicht ursprünglich jenen vierten gegeben hätte.

Der hatte sich als Fehlgriff erwiesen. Dass er unpünktlich und unzuverlässig war, hatte Psolakis missbilligend geduldet. Aber dann hatte er ihn auch noch dabei ertappt, Kekse zu unterschlagen. Es war kein Vergnügen gewesen, Mark Sweenie das zu beichten. Der hatte prompt entschieden: sofortige Trennung, mit einer Abfindung. Der Mann hatte eine Vertraulichkeitsvereinbarung unterzeichnet. Doch noch immer schauderte Psolakis bei der Erinnerung an den wissenden und gehässigen Blick des Gekündigten bei der Unterschrift.

Der junge Mann mit dem (zeitweise) bösen Blick fand die Adresse der ESSkalation im Telefonbuch. In den USA gab es einen speziellen Ausdruck für Mitarbeiter, die Skandale an die Öffentlichkeit brachten, die ihre Firmen lieber vertuscht hätten: Whistleblower. Er hatte einen Fernsehfilm darüber gesehen. Pfeifenbläser, Verpfeifer – das klang tapferer als Verräter oder Petze oder Denunziant. In der Tabakindustrie hatte es einige berühmte Whistleblower gegeben, die Betriebsgeheimnisse aus Gewissensgründen an die Öffentlichkeit gezerrt hatten.
Streng genommen gehörte er nicht in diese Kategorie. Schließlich war Fosco nicht mehr seine Firma. Und Moralaposteltum lag ihm nicht im Geringsten. Ihm war es letztlich völlig schnuppe, ob den Telefonsäuslern im Call-Center ihr öder Job durch eine kleine Ration Glückskekse versüßt wurde.
Trotzdem schrieb er jetzt die Adresse auf den gelben Umschlag mit den Fotokopien. Vorsichtshalber mit Handschuhen. Und pfiff tatsächlich beim Zukleben. Den Absender ließ er weg. In den USA hatten Verpfeifer, die sich outeten, extrem schlechte Erfahrungen mit ihren ehemaligen Arbeitgebern gemacht.
Wenn sie ihn einfach fristlos entlassen hätten, hätte er wahrscheinlich den Mund gehalten. Aber dass sie ihm die 20 Scheine hingeblättert hatten und er diesen Vertraulichkeitswisch unterschreiben musste, hieß, dass sie Angst hatten. Er fand es fair, ihnen noch ein bisschen mehr Angst

einzujagen. Es passte ihm nicht, dass sie dachten, sie könnten ihn einfach kaufen. So billig kaufen.
Dass er ihnen jetzt die ESSkalation auf den Hals hetzte, befriedigte sein Gefühl für Gerechtigkeit. Irgendjemand von diesen Aktivisten würde wohl etwas von Chemie verstehen und den molekularen Mechanismus begreifen: die Sojafraktionierung und das Enzym, das die Hirnchemie in selige Schwingungen versetzte.
Er hatte sich zusammen mit dem Fetten aus Kabine 14 häufiger eine Extraportion Kekse genehmigt. Das Zeug, das sie Fitty-plus nannten, ging nicht so gut ab wie Gras oder XTC, aber dass Psolakis so etwas auf Margarinebasis hingekriegt hatte, war beachtlich.
Vorsichtshalber wischte er den Umschlag noch einmal mit einem Handtuch ab. Er würde seine Schwester bitten, ihn drei Wochen nach seiner Abreise einzuwerfen, wenn er längst Cowboy auf der Ranch in Argentinien spielte. Für Fosco waren die 20 000 ein Witz, für ihn war es immerhin leicht verdientes Geld. Genug, um sich ein paar Monate bei seinem Cousin auf der anderen Seite der Erde eine Pause zu gönnen, während sein Pfeifen in der Ferne Turbulenzen verursachte.

Vermisstenmeldung

Alkohol (Äthylalkohol, Äthanol, Methylkarbinol, Weingeist) C_2H_5OH, der berauschend wirkende Bestandteil in den gegorenen Getränken (daher alkoholische Getränke: Wein, Bier, Obstwein, Met), findet sich reiner in den aus diesen gewonenen Destillaten; er entsteht meist aus Traubenzucker, der unter dem Einfluß von Hefe und anderen Pilzen in A. und Kohlensäure zerfällt. Früher stellte man A. im Großen nur durch Gärung zuckerhaltiger Flüssigkeiten her, die man aus zucker-, häufiger aus stärkehaltigen Rohstoffen bereitet (s. Spiritus).
Im Körper vermehrt der A. als Protoplasmagift den Eiweißzerfall, beseitigt Hemmungen (Scheu vor der Zuhörerschaft, Angst vor Gefahr, Hungergefühl) und hebt die Herz- und Atemtätigkeit. Seine anregende Wirkung wird durch die nachfolgende lähmende ausgeglichen … Größere Mengen A. erzeugen Rausch, bei andauerndem Genuss Trunksucht (Alkoholismus s. d.) …

Aus Meyers Lexikon, 1924

Wer die Mütze schief aufsetzt, mit den Schuhen schlurft und den Rock nicht knöpft, dem traue nicht.

Chinesisches Sprichwort

Es roch. Nicht durchdringend, aber Max Groß besaß eine sehr empfindsame Nase. Ab der dritten Etage analysierte sein Chemikergehirn einen Hauch Methanol. Fusel. Und etwas Komplexeres, das er nicht einordnen konnte. Auf dem Treppenabsatz im Fünften war der Geruch so intensiv, dass ihn selbst Laien eindeutig hätten identifizieren können: Alkoholausdünstungen, gemischt mit altem, abgestandenem Schweiß. Max rümpfte die Nase.

Er schloss die Zwischentür auf, die zu den Büros der Kampagnenleiter der ESSkalation führte. Der Geruch verfolgte ihn hartnäckig. Andreas Stimme war schon vom Flur aus zu hören. »Findest du das nicht ein bisschen kleinkariert? Ja, er meldet sich.« Sie knallte den Hörer auf, kritzelte eine Notiz auf einen Block vor sich. »Hi, Big Max, da bist du ja endlich. Mach nicht so ein Gesicht, es kommt noch schlimmer.«

Sie studierte die Liste, die vor ihr lag. »Conny von der Spesenabteilung. Irgendwas mit deiner Berlin-Abrechnung. Sie will wissen, ob das Taxi am 23. Januar wirklich nötig war. Wo du doch weißt, dass die ESSkalation den Beschluss hat, Bus und Bahn zu benutzen, wo immer wir fahren. Ruf zurück und winsele, sonst streicht sie den Betrag. Birgit nimmt heute ihren Muttertag, weil Nina sich im Kindergarten einen Virus eingefangen hat. Martin hat schon dreimal nach dir gefragt, weil er es unverständlich findet, wie die McDonald's-Aktion zum Rinderwahnsinn gelaufen ist. Der Jurist von denen will Klage erheben, und Barbara wedelt schon völlig überdreht mit ihrem Strafgesetzbuch rum. Um elf ist Manöverkritik. Ich hab dir den Pressespiegel auf deinen Schreibtisch gelegt. Und Faxe. Der NDR, die Glocke aus Gütersloh und irgendein dubioser Privatsender aus Ingolstadt.«

Sie hielt inne. »Hab ich was vergessen? Ja, Simon ist ganz begeistert von seinem Undercover-Einsatz auf der Messe im nächsten Monat. Er will dich zum Kaffee einladen, damit du sein Outfit als Yuppie-Journalist bewunderst. Ab drei kommen aber auch die beiden Schulpraktikantinnen, die gerade durch die Abteilungen laufen. Ich lass sie dann erst mal Ablage machen.«

Max nickte abwesend, holte seinen Becher aus dem Schrank, goss sich Kaffee ein und nahm Kurs auf sein Zimmer.

»Ach ja, da ist noch etwas. Du hast schon Besuch.« Irgendetwas klang ungewohnt kleinlaut an Andreas Stimme.

»Wir hatten uns doch geeinigt, dass wir Leute nicht mehr unangemeldet empfangen.«

Sie krauste die Stirn unter den blonden Stoppeln und schaltete auf Trotz um. »Wenn du rechtzeitig hier gewesen wärst, hättest du es ihm ja selbst sagen können. Vor mir hat er sich nicht abwimmeln lassen. Irgendjemand hat ihn mit dem Summer reingelassen, bevor eine Gesichts- und Geruchskontrolle stattfinden konnte. Und dann blieb er hartnäckig. Schmeiß ihn doch wieder raus.«

»Wer ist es? Was will er? Wie heißt er?«

Sie zuckte die Schultern. »Wollte er mir auch nicht anvertrauen. Er meinte nur, dass es was Dringendes wäre und dass er mit dem *Leiter* sprechen will.« Andreas schmale Lippen hatten eine eigene Art, noch schmaler zu werden, wenn es darum ging, Worte auszusprechen, die ihr missfielen. Das Wort Leiter gehörte auf dieser Skala ziemlich weit nach oben, solange es sich nicht um ein nützliches Gerät mit Sprossen handelte.

Offensichtlich ein harter Brocken. Sonst war sie nie darum

verlegen, den basisdemokratischen Charakter ihrer Initiative zu betonen, in der Hierarchie nur nach außen, aber keinesfalls nach innen eine Rolle spielen durfte.
Der Mann im Holzfällerhemd stand mit einem Kaffeebecher in der Hand neben dem Aktenregal und schaute sich die Aufschriften an. Bevor er ihn in Augenschein nahm und die Tür wieder schloss, eilte Max Groß zum Fenster und öffnete es. Papiere wirbelten durch die Luft.
Der andere bückte sich etwas steif und half, sie wieder aufzusammeln. Es war eindeutig. Er war die Geruchsquelle.
»Komm Sie jetz ers zur Arbeit? Kein schlechtes Leben«, stellte der Besucher fest. Es klang nicht unverschämt, eher so, als wäre der Mann mit Gesprächsgepflogenheiten nicht recht vertraut und suchte nach einem Anknüpfungspunkt.
Max komplimentierte ihn auf einen Stuhl, nahm selbst so weit wie möglich entfernt hinter seinem Schreibtisch Platz und besah sich sein Gegenüber. Der Typ war wahrscheinlich nicht sehr viel älter als er selbst, allerhöchstens 50, sah aber entschieden älter aus. Das Flanellhemd und die dunkle Hose wirkten sauber, das Gesicht war rasiert, die blonden Haare waren etwas fettig, aber akkurat gescheitelt. Dennoch …
Es war nicht allein der Geruch. Es waren Signale: der Farbton des eigentlich recht hübschen Gesichts. Der leicht glasige und unstete Blick aus den blaugrauen Augen. Eine gewisse trotzige Unterwürfigkeit, selbst in der Sitzhaltung.
Max schloss die Augen. Dieses Individuum war die personifizierte Erklärung dafür, dass ihre Organisation nie, nie, nie eine schlagkräftige Gegenmacht zu den Großkonzernen werden würde. Sie hatten mindestens ebenso qualifizierte und engagierte Mitarbeiter. Sie hatten die besseren Argumente. Sie hatten inzwischen sogar reichlich Geld. Aber

sie hatten noch immer ein geduldiges offenes Ohr für jedermann, Rentner, Spinner und Asoziale eingeschlossen. Wer immer auch nur ein Minimum an Energie aufbrachte, schaffte es, der ESSkalation Zeit zu stehlen. Kostbare Zeit, die für die inhaltliche Arbeit und für die Aktionen fehlte. Er hatte Mitleid mit dem Mann. Er wollte kein Mitleid haben. Er hatte genug eigenen Ärger am Hals. Er wollte diesen Typen loswerden, und er wusste nicht, wie. Er versuchte es mit Unfreundlichkeit und frostiger Stimme: »Darf ich fragen, welcher Tatsache wir Ihren Überfall zu verdanken haben?«
Der andere setzte sich in Positur. »Tja, wo soll ich anfangen? Es handelt sich sozusagen also um eine längere Geschichte.«
»Kürzen Sie sie ab, oder kommen Sie ein andermal wieder.« Max schaute auf die Uhr. »In einer Viertelstunde haben wir eine wichtige Sitzung.«
Es wirkte. »Nee, warten Sie. Ich bin extra hier in die Zitty ... Ich meine, nich allein wegen Ihnen, ich will auch'n Kumpel besuchen. Aber ich dachte, wo ich nun schon hier bin und Sie sind auch hier ... Also, Sie sind doch die Gruppe, die sich um so Schweinereien kümmert, was mit unserem Essen gemacht wird?«
Max nickte ergeben und deutete auf das Poster der Novel-Food-Kampagne, auf dem groteske Obst- und Gemüse-Kreationen abgebildet waren.
Der Besucher entzifferte: »Nowelfoht – Genmanipulation ist ein Risiko für uns alle.« Er nickte eifrig. »Genau meine Meinung. Und ich sag noch zu Mike, seit Jahren sag ich zu Mike: ›Mike, sag ich, lass dich nicht ein mit denen. Das ist ein gottverdammtes Risiko.‹ Aber er holt seine Bibel raus und klärt mich auf, dass man Gottes Namen nicht in unlauterem Zusammenhang im Munde führen soll. Und dass so-

wieso nicht der Mensch die Zeit bestimmt, die ihm auf Erden gegeben ist. So redet der, der Mike. Na ja, er labert mich also mit seinen Sprüchen voll. Und ich bin halbwegs beruhigt. Und nu is er weg.«

Er starrte ein paar Sekunden vor sich hin. »Ein feiner Kerl war er, der Mike, da gibt es nix. Ein feiner Kerl.« Ein Griff in die Jackentasche förderte einen Flachmann zu Tage: »Sie gestatten. Ein Gedenkschluck auf meinen Freund. Wolln Se auch? Lockert die Zunge.«

Max Groß schüttelte den Kopf.

Sein Gast nahm einen tiefen Schluck und stieß einen Seufzer aus. »Na ja, und ich dachte, dass Sie sich vielleicht mal bei Fosco umhören könnten.«

Max fragte: »Was, bitte sehr, hat Ihr Freund Mike mit Fosco zu tun?«

»Der hat für die gegessen. Und Kohle dafür gekriegt. Wie bei den alten Römern, Kaiser Nero und so. Wo immer ein Sklave alles probieren musste, damit nur der Sklave tot umfiel und nich die hohen Herren, wenn ihnen jemand Gift ins Futter gestreut hat.«

»Und Ihr Freund Mike ist tot umgefallen?«

Der blaugraue Blick wurde listig. »Das müssen eben Sie herausfinden. Jedenfalls ist er weg. Seit zwei Wochen. Auf und davon. Perdü.«

»Vielleicht hatte er genug davon, Sklave zu spielen.«

Der andere nickte. »Allerdings. Is ihm überhaupt nicht mehr bekommen, die Arbeit. Irgendwie is er so, wie soll ich sagen, so richtig grau is er geworden. Äußerlich und auch innen.«

Das Telefon klingelte. Max nahm den Hörer ab. »Ja, Martin. Ich kann nichts dafür, dass es schief gelaufen ist. Ich weiß nicht, was der Jurist will. Hör zu, ich sitze in einer Besprechung. Ich rufe gleich zurück.«

Der Besucher hatte einen weiteren Sentimentalitätsschluck genommen. Max legte den Hörer auf und begann die Faxe nach Priorität zu sortieren. »Ich fasse noch einmal zusammen. Ihr Freund hat bei Fosco gejobbt. Dabei ist er Ihrer Meinung nach vergiftet worden. Haben Sie eine Vorstellung, wie das passiert sein soll, ohne dass es irgendjemand aufgefallen ist? Wie kommen Sie überhaupt auf den Verdacht?«

Er erntete ein weiteres listiges Lächeln. »Weil sonst, wenn Mike abgehauen ist, ist er immer per Anhalter. Und hat mir sein Fahrrad dagelassen.«

»Aha. Und diesmal?«

»Is er einfach weg, ohne Bescheid zu sagen. Von einem Tag auf den anderen. Und das Fahrrad is bei Kiesow. Aufm Schrott. Hat ein anderer Kumpel entdeckt. Das hätte noch Jahre durchgehalten.«

»Vielleicht hat Ihr Mike sich über Sie geärgert.«

Noch ein anerkennender Blick. »Hat er. Das letzte Mal hab ich sein Rücklicht lädiert und die Pumpe verloren. Aber so einer war der Mike eben. Der überließ einem sein Fahrrad sogar, wenn er sich über einen geärgert hatte. Weil er nämlich dem HERRN nachfolgte und immer diesen Spruch mit der Backe erzählte, dass man ruhig auf beide draufhauen darf.«

Max Groß seufzte. »Lieber Mann. Das Leben mag bitter sein ohne Freund und ohne Fahrrad. Aber wir sind weder ein Zweiradverleih noch ein Suchdienst, sondern eine international agierende Verbraucherschutzorganisation, die von den Spenden ihrer Sympathisanten lebt. Wenn Sie sich wirklich Sorgen um Ihren Freund machen, empfehle ich Ihnen die Polizei.«

»Polizei? Nee, zu der beamteten Staatsmacht haben wir beide nicht so ein Verhältnis zu, der Mike und ich. Außer-

dem haben die doch kein Geld für so einen armen Schlucker wie mich übrig.«
»Geld? Sagten Sie Geld?«
Jetzt wurde der Gesichtsausdruck leicht verschlagen. »Na ja, ich meine, wir haben doch diese Besprechung hier, weil ich Ihnen Geheimnisse anvertraue. Das is doch was, was Sie an die Glocke hängen können für Ihre Arbeit und die Spenden und die Sympathie und das alles. Dafür gibt es doch diese Informantenhonorare oder wie sich das nennt.«
Max stand auf. »Es reicht. Mein Lieber, Sie sind im falschen Film.«
Der Besucher erhob sich ebenfalls. »Na hören Sie, da will man dafür sorgen, dass eine international aktivierende Organisation einen Skandal aufdeckt, und dann wird man so behandelt.« Er schlurfte zur Tür. »Nowelfoht. Ich sach Ihnen, das ist ein Risiko. Tödlich!«
Er schlurfte aus der Tür, ohne sich noch einmal umzuschauen. Max hörte ihn im Nebenzimmer mit Andrea palavern. »Junge Lady, hätten Sie vielleicht etwas Fahrgeld für einen unverschuldet in Not geratenen Mitbürger?«
Ein Weilchen war Stille. Dann sagte dieselbe Stimme erstaunt: »Sehr großzügig, ich bedanke mich. Mein Kumpel Mike hätte gesagt: ›Der Herr wird seine Hand behütend über Sie halten und seine Gnade über Ihrem reizenden Haupthaar ausstreuen‹, oder so ähnlich. Und jetzo macht sich Arno auf die Socken und will nicht länger stören.« Die zweite Tür wurde geschlossen.
Max Groß atmete tief ein und schloss die Augen. Er wollte heulen, schreien, toben, sich selbst kasteien, etwas Unsägliches tun.
Der Flachmann, der auf dem Tisch stehen geblieben war, enthielt noch einen Rest Flüssigkeit. Er rieb das Mund-

stück mit einem Papiertaschentuch ab, setzte an und schluckte. Der widerliche Fuselgeschmack im Mund verwandelte sich in ein Feuer in seiner Kehle und endete als äußerst angenehmes Brennen in der Magengegend.

»Brandy, bitte!«, sagte der junge Mann auf dem Platz 10A. Die Reise fing gut an; man hatte ihn aus unbekannten Gründen in die Business-Class platziert. Die Stewardess lächelte. Er grinste zurück und hob das Glas. »Cheers, auf bessere Zeiten!« Noch zwei Stationen bis Santa Rosa. Erst Zwischenlandung in Frankfurt am Main, dann Umsteigen in Buenos Aires am Rio de la Plata.
Die Maschine war auf die Minute pünktlich gestartet. Ein Schwenk nach Süden, und schon hatten sie die Elbe überquert. Sein Fensterplatz lag auf der richtigen Seite, um einen Blick aus der Vogelperspektive auf seine ehemalige Firma zu erhaschen. Das Fosco-Hochhaus wirkte mickrig.
Er drückte seine Stirn ans Fenster, bis er das Gebäude verschwinden sah. Ob er drüben erfahren würde, welche Wellen sein Coup schlug? Fast hätte er vergessen, seiner Schwester den gelben Umschlag zu geben, aber dann war er noch einmal unten bei ihr gewesen. Sie wohnte im selben Haus, zwei Stockwerke tiefer. Das war praktisch; sie würde sich auch um seine Hanfpflanzen kümmern. Sie hatte in ihrem Kalender eingetragen, wann sie den Umschlag in den Kasten werfen sollte. Im Gegensatz zu ihm war sie äußerst zuverlässig.

»Sie können aufatmen, Ihr Problemfall ist endgültig entfleucht.«
»Wohin?«
»Im wahrsten Sinne des Wortes in die Pampa. Patagonien. Er hat da Verwandte und will den Marlboro-Mann machen.«
»Meinen Segen hat er!«
»Ein ziemlich unsympathischer Zeitgenosse. Aber im Gegensatz zu Ihrem Fräulein Quast schlief man beim Zuhören nicht ein. Ich habe viel über Marihuanazucht erfahren. Außerdem hat er sich ab und zu gewisse teure Telefonate geleistet, bei denen einschlägige Damen scharfe Prosa erzählen und urtümliche Laute ausstoßen.«
»Und das tut meine neue Mitarbeiterin nicht?«
»Nein. Sie führt züchtige Gespräche mit ihrer Mutter und einer Freundin namens Gina. Gina lebt neuerdings in Marseille. Mit ihrem Chéri Henri.«
»Ein bisschen heile Welt tut Ihnen vielleicht zur Abwechslung ganz gut. Halten Sie weiter die Ohren offen!«

17.07., 17.07 Uhr
Erwarten Sie
das Unerwartete

von Fosco

Wer von einem Radiowecker geweckt wird, zum Frühstück Zeitung liest, auf dem Weg in das Büro Radio hört und abends fernsieht, der nimmt am Tag etwa 1200 Werbebotschaften auf.

Lehrwerk Werbung

Schau mal, Katha, was hält eine gelernte Psychologin von Ballaballa-Banalisierung?« Ihre Kollegin Martha hielt eine der Vorlagen hoch, die per Kurier von der Agentur gekommen waren. Ein mit Fußballutensilien ausstaffierter Haufen hübscher junger Männer trug ein Transparent, auf dem zu lesen stand: »FC Fitty – für Fankost fom Feinsten!«
Martha blätterte das Paket vernehmlich seufzend weiter durch. »Hier, das ist noch schlimmer.« Das Foto zeigte ein Glamour-Disco-Girl mit fettglänzendem Schmollmund, das lasziv am Eisschrank lehnte und mit einem etwa fünf Zentimeter langen Zierfingernagel in einer offenen Margarinedose stocherte. Begleittext: »Fitty is' fettzig und foll der Feger.«
Katharina verzog das Gesicht. »Grausam. Die Psychologin diagnostiziert multiple Regressionserscheinungen, die sich in Rechtschreibschwäche und allzu plumper Anmache äußern.« Sie betrachtete den Entwurf genauer. »Aber fetzig mit Doppel-T ist nicht schlecht. Und nicht nur die Psychologin in diesem Raum war auf die Rache deiner Exkollegen gefasst, oder? Denk an letzte Woche. Da hast du ihnen Biederkeit vorgeworfen.«
Wie auf Kommando erhoben sich Dieter und Rolf von ihren Stühlen, legten die Köpfe schief, wackelten mit den Zeigefingern und stimmten im Chor an: »Ob Fehmarn oder Fidschi, zum Frühstück immer Fitty! Ob Nepal oder Nordseestrand – überall ist Fittyland.«
Alle prusteten los. Martha hatte das Päckchen schon in die Nähe des Stapels »verwerfen« gelegt. Sie rang gespielt verzweifelt die Hände. »Sie begreifen es einfach nicht. Ich kann ihnen dreimal, hundertmal, tausendmal erzählen,

dass ich normale Menschen in normalen Situationen brauche, und sie kommen entweder mit Blässlingen oder gestylten Sterilos an.«

»Wahrscheinlich denken sie, du orientierst dich an dir, wenn du von normalen Menschen sprichst«, stichelte Katharina.

Martha lachte. Außer ihrem Namen war wenig an ihr konventionell. Sie war 48 und trug zu ihren kurzen, pechschwarz gefärbten Haaren einen kleinen Ring mit Brillanten im linken Nasenflügel. Bis vor sechs Jahren war sie Kreativdirektorin für den Foodbereich bei einer der Top 5 unter den deutschen Agenturen gewesen. Dann hatte sie sich entschieden, doch noch Mutter zu werden. »Ich wollte wirklich privatisieren, aber ich hab es nicht ausgehalten«, hatte sie Katharina erzählt. Nun betreute ihr Mann den kleinen Sohn, und Martha arbeitete nur noch 50 statt 70 Stunden in der Woche, die Hälfte davon zu Hause.

Zur Zeit grübelte sie über den Anzeigen und der Fernsehwerbung für Fitty. Sie stellte sich sympathische Prototypen als Identifikationsfiguren vor. Dazu einen Gospelchor: die »Roaring Fitties«, die Kernaussagen in Reimgesängen darboten. Ihre ehemalige Agentur hatte den Auftrag für die Umsetzung des Konzepts ergattert – und das Fürchten gelernt. Leicht machte Martha anderen das Leben nicht.

Von der Tür her war ein klackerndes Klopfen zu hören. Dieter sprang auf. Mark Sweenies Sekretärin Lilli wehte herein, einen Turm aus Papieren zwischen Armen und Kinn balancierend. Er blieb, wo er war, als sie die Tür mit dem Pfennigabsatz ihres linken Schuhs zuschlug. »Hallo allerseits. Die Post. Das Protokoll von Samstag ist auch dabei. Und zwei Zentner Kundenpsychoanalyse, um Katharina zur Verzweiflung zu treiben.« Der Stapel sah tatsächlich viel versprechend dick aus. »Es ist so ziemlich alles aus den letzten zwei Jahren, was die Marktforscher als aufhebenswürdig erachtet haben«, fuhr Lilli fort, »obendrauf sind ein paar Artikel zu Ihrem Lieblingsthema Genuss, nicht viel, aber immerhin etwas. Ich musste schwören, dass sie alles spätestens nächste Woche unversehrt zurückkriegen.«

Sie verteilte die Post in die Fächer und ließ den Studienstapel auf Katharinas Schreibtisch plumpsen. »Da die das Zeug ohne meine engelszüngelnde Überredung nie und nimmer rausgerückt hätten, fände ich eine Belohnung angebracht.« Lillis Vorliebe für Süßigkeiten war legendär. Sie fing im Gehen den Bonbon auf, den Katharina ihr zuwarf. »An die Sitzung um elf muss ich ja wohl nicht erinnern und tue es hiermit!«, sagte sie im Kauen und war glockenrockschwingend verschwunden.

Lilli war auf den ersten Blick pausbäckig und unscheinbar, auf den zweiten die Effizienz in Person. »So jemand sollten deine Leute als Modell nehmen, Martha«, schlug Katharina vor. »Du stellst Lilli einen Margarinebecher auf den Schreibtisch, und sie bedient sich daraus mit dem Brieföffner, während sie mit der anderen Hand im Terminkalender blättert, in zwei Telefone gleichzeitig spricht und mit dem Fuß ein runtergefallenes Memo aufgabelt.«

Martha kniff die Augen halb zusammen und nickte langsam. »Feine Idee, Katha!« Sie zündete sich eine ihrer filterlosen Zigaretten an und legte sie in den Aschenbecher. Eine Annäherung ans Nichtrauchen gehörte zum Mutterkompromiss. Nur der erste Zug war erlaubt, weil der Tabak sonst nicht brannte. Und ohne den Geruch brachte Martha nichts zustande. Glaubte sie.

Sie griff zu einem Stift und strichelte etwas in ihren immer bereitliegenden Skizzenblock. Den Stift im Mund, begutachtete sie ihr Werk und radierte ein bisschen. Kritzelte, schraffierte. Katharina ging hinüber und sah ihr über die Schulter. Wo eben noch unschuldiger Karton gewesen war, erstand ein Bürogefängnis mit Aktenschränken und Hydrokultur. Es folgten Schreibtisch, Büroelektronik, Pultordner. Martha hielt die Zeichnung prüfend in einigem Abstand vor ihre Augen, fügte noch ein paar Details samt der Herrscherin des Reichs hinzu. »So etwa?«

»Genial.« Lilli mit ihren Dauerwellen war mit den paar Strichen auf ihrem Alessi-Stuhl gut getroffen. Perfekt getroffen. Man sah ihr die Top-Sekretärin an. Und man sah der Brieföffnergeste an, dass sie nach der ungewöhnlichen Nascherei aus dem Margarinebecher lechzte, der prominent in der Mitte der Schreibtischunterlage stand.

Martha fotokopierte ihre Skizze, heftete sie an die ursprüngliche Vorlage und warf noch einmal einen Blick auf die Girlie-Variante. »Die Dame hier können wir jedenfalls nicht mal im Morgenrock ihrer Großmutter gebrauchen. Vielleicht solltest du meinen lieben Werbekollegen erst mal eine Therapie in Richtung Normalmenschlichkeit verpassen, bevor ich hier weitermache.«

Dieters Stimme meldete sich von hinten. »Und wenn du schon dabei bist, Katha, habe ich gleich noch einen akuten Fall. Miss Plappermaul von Communications hat mit ihren Sklaven ein Briefing für die Multiplikatoren ausgearbeitet. Ungefähr so aufregend wie …« Er überlegte. »… wie die Speisekarte der Mitropa.« Er hielt sich die Nase zu und trötete: »Hier spricht Ihr Fett-Berater. Wir befinden uns im Regionalraumschiff ins Fittyland und möchten auch die neu hinzugestiegenen Fahrgäste herzlich …«

»Dieter! Aufhören!! Ich versuche, Telekommunikation zu betreiben.« Das war Rolfs entnervte Stimme. Es war nicht zu übersehen und zu überhören, dass ihre neuen Kollegen

im Großraum allesamt aus der Kreativbranche stammten. Rolf trug seine Spiegelsonnenbrille auch und besonders in Innenräumen. Dieter hatte eine Vorliebe für Baseball-Caps mit Schirmen hinten und vorn. Darunter gab es eine Glatze, zu besichtigen täglich Punkt 15 Uhr, wenn er sie an seinem Schreibtisch rasierte.
Wenn ihr die Kollegen zu schrill wurden, erinnerte sich Katharina an die Spätdienste im Verkostungslabor. Tür auf, Tür zu, Licht aus, Tür auf ... Der öde Fleißjob schien ihr Lichtjahre entfernt. Dass es eine Nachfolgerin gab, die Tag für Tag stupide Testprotokolle aus den Labors Fruchtig/frisch oder Würzig/knusprig auswerten musste, erfüllte sie wahlweise mit Genugtuung oder Mitleid.
Visionen von dem Abend, der sie in den zwölften Stock katapultiert hatte, suchten Katharina nur noch heim, wenn sie in ihrem alten Wirkungsbereich zu tun hatte, was sie nach Möglichkeit vermied. Die Leiche im Keller spukte in einem tiefen Untergeschoss ihres Bewusstseins. Die Fotos waren gut versteckt. Sie hatte nie gehört oder gelesen, dass der tote Koniezko irgendwo aufgetaucht wäre. Wahrscheinlich nicht. Andererseits konnte sie sich kaum vorstellen, dass er auf ewig im Kühlkeller lagerte.
Mark Sweenie zu fragen traute sie sich nicht. Ihr »Komplize« kam erst recht nicht in Frage. Sobald ihr der Forschungschef begegnete, wandte er die Augen ab und murmelte zum Gruß einen Namen, der mit ihrem nur entfernte Ähnlichkeit hatte. Frau Quarz und Frau Quapp hatte er schon durch. Sie erwartete, dass er irgendwann einmal Frau Quatsch sagen würde. Dass er sie überhaupt grüßte, wusste sie allerdings durchaus zu würdigen. Im Verkostungslabor war nicht einmal dem Leiter diese Ehre zuteil geworden.
Sie ordnete Lillis Material und hörte mit halbem Ohr zu,

wie Dieter die Communication-Chefin höflich, aber direkt wegen des Briefings zur Rede stellte. Oder besser: zusammenstauchte. Der zwölfte Stock hatte Sonderstatus. Mit fröhlicher Geringschätzung blickte die Zwölfermafia, wie sich ihre neuen Kollegen nannten, buchstäblich und im übertragenen Sinne auf alle anderen herab. Sie waren ein inner circle, im Werk mit Neid und Argwohn betrachtet. »Willkommen im Club der Verschwörer«, hatte Martha Katharina am ersten Tag begrüßt. Außer Mark Sweenie selbst gab es keinen Vorgesetzten. Unter Umgehung aller Hierarchien durften die Teams aus dem zwölften Stock anderen Abteilungen Anweisungen geben. Ansonsten war der neue Job beruhigend normal – wenn man vom Produkt absah, das sie auf den Markt bringen wollten.

Alle duzten sich, nur mit dem Chef war man per Sie. Für Lilli galt Sie plus Vorname. Jedes der drei Viererteams bekam seine Aufgaben in der Sonnabendsitzung vom »Guru« persönlich zugeteilt, wie er halb spöttisch, halb ehrfürchtig tituliert wurde. Er selbst hatte seine Woche zweigeteilt. Drei Tage für Fitty, drei Tage für alle anderen Entscheidungen, die im Fosco-Alltag verlangt waren.

Seit ihrem Aufstieg in die Flauschteppich-Etage war sie nur noch einmal eine Fahrstuhlfahrt lang mit Sweenie allein gewesen. »Ich mag Menschen, die schnell lernen«, hatte er gesagt. Ihr war als Antwort immerhin eingefallen: »Mein Kater bringt mir vieles bei«, und ihr Blick hatte seinem standgehalten.

Bei der samstäglichen Keksrunde stellte er sich dar, wie sich Betriebspsychologen einen Mr. Musterchef wünschen: als natürliche Autorität mit dem Blick für das Wesentliche, einem Sinn für Details und der Begabung, individuelle Talente zum Nutzen des Teams einzusetzen. Es wurde viel geplant, verworfen, gedacht, gelacht. Katharina hatte schnell begriffen, dass es, genau wie bei ihrem ersten Aufenthalt im zwölften Stock, Joy-Food-Kostproben waren, die auf den Sitzungen gereicht wurden. Eine Euphorie wie bei jenem ersten Treffen hatte sie allerdings nie wieder empfunden. Sie musste damals besonders aufgekratzt gewesen sein. Oder es gab Extrakekse für besondere Gelegenheiten.

Im Normalfall schien das Universalfett in den Keksen jedenfalls genau das zu bewirken, was Fosco von ihm erwartete: Es sorgte unmerklich für ein ganz leicht anregendes und angenehmes Gefühl, ohne Nebenwirkungen und ohne Katerstimmung im Anschluss.

Katharina hatte Martha gleich in den ersten Tagen vorsichtig und umständlich auszuhorchen versucht, was sie über Sojafraktionierung und Glücksenzyme wusste. Den Verdacht, dass sie selbst die Einzige im Team war, der Sweenie das Joy-Food-Geheimnis verraten hatte, räumte ihre Kollegin schnell und gründlich aus. Sie hatte zuerst ihren Mund und die schwarz geschminkten Augen weit aufgerissen, Katharina völlig ungläubig angeschaut und gehaucht: »Wie? Essen soll Hirnströme auf Trab bringen? Cool!«

Aber das war eine von Marthas Neckereien gewesen. Anschließend hatte sie Katharina ausgelacht. »Der zwölfte Stock weiß alles. Aber wir halten dicht. Es hat etwas mit sportlichem Ehrgeiz zu tun.« Nach kurzem Zögern hatte sie hinzugefügt: »Nicht nur. Es geht ums Geld. Mitarbeiteraktien, Gewinnbeteiligung. Funktionelle Nahrung ist im Moment das heißeste Thema in der ganzen Branche. Krebsvorbeugender Tomatenketschup. Anti-Herzinfarkt-Nudeln. Aber auf essbares Glück ist noch keiner gekommen. Da spielt Fosco ganz vorne. In zwei, drei Jahren werden Fette wie Fitty so gängig sein wie Pfeffer und Paprika –

eine Prise zusätzliche Würze fürs Gemüt. Solange wir die Einzigen sind, winkt das große Geschäft. Schweigen ist Gold.«

Die gesamte Zwölfermafia kümmerte sich um Fitty. Im Nachbar-Großraum residierten die »Juristen« und tüftelten an internationalen Rechtsfragen, die sich aus der Markteinführung ergaben. Dann gab es noch drei, die sich »Szientifisten« nannten. Was sie trieben, war Katharina nicht ganz klar. Sie hielten auf jeden Fall den engsten Kontakt mit den Labors. Sie selbst bildete mit Martha, Rolf und Dieter den Kreis der »Campañeros«.

In ihrem Büro herrschte eine Art entrückter Lässigkeit – auch ohne den Genuss von Glücksfett. Was alle zusammenhielt, erinnerte sie am ehesten an die Unizeit in England. Alle waren eifrig und diszipliniert. Man kam früh und blieb lange. Und niemand schien die Tätigkeit als Arbeit zu empfinden.

Die Stimmung war am ehesten mit der eines Ensembles vor einer großen Aufführung zu vergleichen. Und so etwas Ähnliches planten sie ja tatsächlich. Die Fitty-Kampagne. Und die große Fitty-Gala, mit der die Epoche von »Joy Food« eingeläutet werden sollte.

Für den Rahmen dieser Veranstaltung hatten sie vieles durchgespielt. Eine Riesenparty. Eine Rallye durchs Reich der Lipide, wie Fette wissenschaftlich hießen. Ein Ballett, bei dem sich die Darsteller am Ende jeder Szene zu den Buchstaben F, I, Doppel-T und Y gruppieren würden. Noch war eine richtig zündende Idee nicht dabei gewesen. Katharina brannte darauf, das Material zu studieren, das Lilli ihr gebracht hatte. Sie hatte den Ehrgeiz, Sweenie zu beweisen, wie schnell sie tatsächlich lernte. Sie würde die Idee zur Gala liefern.

»Tenfiftyfive, los geht's!« Rolf schob die Spiegelbrille auf die Stirn und legte Martha freundschaftlich warnend seinen Arm auf die Schulter. »Und benimm dich, Martha! Es gibt auf dieser Welt noch zwei, drei Kreative neben dir. Demoralisiere die Typen nicht völlig, ehe sie überhaupt zu Wort gekommen sind!« Er klopfte auf seine Pilotenuhr. »Dieter, reiß dich los!«

Es war das erste Mal, dass Katharina einen Hauch Nervosität bei Rolf wahrnahm. »Sponsoring, Merchandising, Product Placements, Gameshows, Mailings, Incentives, Events«, hatte er heruntergeleiert, als er sich Katharina vorgestellt hatte. Und sie eine halbe Minute lang taxiert, ohne die Spiegelbrille abzunehmen. Sie hatte den Test bestanden. Und aus der Aufzählung geschlossen, dass er koordinierte, was in Branchenlehrbüchern altmodisch »Sonderwerbeformen« hieß.

Die Präsentation heute fiel in sein Revier. Die Kreativen, die für die Event-Strategie zuständig waren, würden die Grundzüge ihres Konzepts darlegen. Das Publikum bestand aus ihrer Vierergruppe und Sweenie. Lilli führte Protokoll. Im Konferenzraum nebenan warteten ein Diaprojektor und zwei junge Männer. Oder, je nach Perspektive, ein verschiedenfarbig verdoppelter junger Mann. Black & White, die Agentur, die Rolf ausgewählt hatte, war im Vorjahr mit Marketing-Preisen überhäuft worden. Die beiden, die sie leiteten, waren Zwillinge. Einer von ihnen trat regelmäßig in schwarzer Kleidung auf, der andere trug Weiß. Jeder ihrer Kunden rätselte, ob sie sich dabei abwechselten.

Nach der Begrüßung baten die beiden, den Raum abzudunkeln. Ein erstes Dia erschien an der Wand. Schlicht und verheißungsvoll stand da weiß auf schwarz:

»17.07. 17.07 Uhr

Erwarten Sie das Unerwartete.«

Ein zweites Dia erschien, in derselben Aufmachung.
»17.07. 17.07 Uhr
Berlin, Tiergarten.
Dresden, Elbwiesen.
Hamburg, Moorweide.
Köln, Rheinpark.
Leipzig, Völkerschlachtdenkmal.
München, Englischer Garten.
Und anderswo.«
»Danke, und bitte wieder Licht!«, bat der schwarze Bruder. »Wir buchen in der entsprechenden Woche 5700 Plakatwände in Deutschland und präsentieren abwechselnd beide Motive. Dazu kommen einspaltige Anzeigen, klein und fein, aber auffällig, weil wir jeweils mehrere über die Zeitung verstreuen. In Tageszeitungen ab 10. Juli, in Publikumsillustrierten so nah am Termin wie möglich. Außerdem verteilen wir an Schulen, Universitäten, Kinos und Diskotheken Aufkleberblöcke – in der berechtigten Erwartung, dass die Kids ihre Umgebung damit vollpflastern. Habe ich etwas vergessen?«
»Kinowerbung und Kneipenpostkarten«, ergänzte der Mann in Weiß.
Martha hob die Hand. »Hab ich irgendwas falsch verstanden? Der 17. passt ja wohl nicht ganz. Der Erstverkaufstag ist erst drei Tage später.«
Der schwarze Zwilling sah sie mit freundlicher Geringschätzung an. »Stimmt. Aber Sie wollen einen Knalleffekt, oder? Dazu brauchen wir einen Vorlauf. Sobald Ihr Produkt im Großhandel oder im Supermarkt ist, lässt sich nichts mehr geheim halten. Wir haben die drei Tage Lieferzeit mit Ihrem Kollegen durchkalkuliert.«
Ein Punkt für Black & White. Rolf grinste.
Martha gab nicht auf. »In der Multiplikatorenschiene auf

Teens und Twens zu setzen scheint mir, gelinde gesagt, etwas einseitig.«

»O ja«, rief Rolf gespielt zerknirscht. »Wie konntet ihr unsere Kernzielgruppe auf den Friedhöfen vergessen?«

Der Weiße bremste ihn. »Sachte, sachte. Zu den Multiplikatoren komme ich noch. Wir stehen mit den Autoren von diversen Daily Soaps in Kontakt, um das Plakat bei den Dreharbeiten unterzubringen. Mit etwas Glück können wir Geißendörfer von der Lindenstraße ködern. Das könnte etwa so aussehen, abdunkeln bitte ...« Auf einem weiteren Dia war eine Fotomontage zu sehen. Harry Rowohlt, der in der Serie den Penner mimte, stand vor Plakat Nummer 1 und betrachtete es aufmerksam. Eine Sprechblase trug den Text: »Vielleicht gibt es da was umsonst!«

»Außerdem nutzen wir die üblichen Journalistenkontakte. Ihr Kollege hat die Liste und den jeweils notwendigen Zuwendungsbetrag. Das heißt: In den Sendern und Nachrichtenagenturen wird über die geheimnisvolle Kampagne berichtet. Die Reporter werden das Rätsel nicht lösen, was am 17.7. passiert, aber die Spannung wird steigen. Danach wird ein Dominoeffekt einsetzen. Auch alle anderen werden am Ball sein. Ohne dass zusätzliche Kosten entstehen.«

Martha sagte nichts mehr.

Sweenie wiegte den Kopf. »Bis hierher ein hübscher Ansatz. Aber jetzt spannen Sie uns nicht weiter auf die Folter. Was haben Sie am 17. vor?«

»Du hast tatsächlich dichtgehalten?« Die Frage kam von beiden Zwillingen wie aus einem Mund. Rolf nickte.

Der Bruder in Schwarz ergriff das Wort, ein triumphierendes Lächeln im Gesicht. »Der Auftrag lautete, dass die Kampagne als unvergleichlich in Erinnerung bleiben soll. Wir haben uns nicht ganz daran halten können. Es wird einen Vergleich geben.«

Nach der dramaturgischen Pause fuhr der andere Zwilling fort: »Wir werden Ihr Fitty als Manna über Deutschland regnen lassen. Bitte noch einmal kurz Licht aus.«
Auch das folgende Dia zeigte wieder eine Montage: einen Zeppelin, unter dem Kleinstfallschirme auf Hamburg herabschwebten. »Wir werden von Ballons, Flugzeugen und Zeppelinen aus Fittybecher auf das Volk regnen lassen. Copyright Altes Testament. Die Logistik ist noch etwas heikel, aber wir arbeiten dran.«
Die Zwillinge schwiegen. Augenscheinlich erwarteten sie Applaus.
»Aber das ist doch Quatsch«, platzte Katharina heraus. »Mitten im Juli! Was ist, wenn es zu warm ist? Dann kommen doch Becher mit Matsch unten an.«
Rolf richtete seine Doppelspiegelröntgengläser in Katharinas Richtung. Unwillig. Die beiden Brüder schauten plötzlich etwas verwirrt aus. Sie mussten zugeben, dass das »Cooling-Problem möglicherweise eine gewisse Komplikation« darstelle.
»Was im Klartext bedeutet, dass Sie nicht darüber nachgedacht haben«, höhnte Martha. »Mir sieht das außerdem nach absurdem Aufwand und minimalem Effekt aus. Wie viele Becher wollen Sie abwerfen? 500, 1000? Selbst wenn es 2000 pro Stadt sind, werden die meisten Leute nicht mal von weitem einen zu Gesicht bekommen und frustriert nach Hause gehen. Finde ich nicht so gelungen.«
Eine missliche Pause trat ein.
Lilli sah von ihrem Block hoch und schaute in die Runde. »Müssen es denn volle Becher sein?«, fragte sie. »Vielleicht genügt es, wenn man nur Deckel abwirft. Die man später im Laden gegen einen Becher eintauschen kann.«
Black & White blätterten beleidigt in einer Präsentationsmappe. Dass ihnen eine rotwangige Sekretärin mit einer

indiskutablen Frisur praktische Tipps für ihre kreative Schau zu geben wagte, kam augenscheinlich nicht häufig vor. Rolfs Unterkiefer mahlte.

Martha griff die Idee auf: »Bravo! Dann kann man sich die ganze Fallschirm-Arie sparen und …« – ihr Seitenblick galt Bruder Black – »… die Schadenersatzforderungen auch. Die prompt kommen werden, wenn ein Fallschirm nicht aufgeht und der Pfundsbecher irgendjemand aufs Haupt oder aufs Auto knallt.« Dann wurde sie sachlich. »Man könnte mit einer wesentlich höheren Stückzahl kalkulieren. Die Deckel verteilen sich auch weiträumiger.«

»Klasse«, ätzte Rolf. »Und dann beten die Leute ihre Deckel auf ihrem privaten Hausaltar an und fasten, bis sie endlich den dazugehörigen Margarinebecher in Empfang nehmen dürfen? Ihr habt vergessen, was wir eben besprochen haben: Fitty kommt erst drei Tage nach der Aktion auf den Markt!«

Erneute Stille.

Katharina überlegte laut. »Mal ins Unreine gesprochen – könnte man das Ganze nicht mit einer Art Lotterie verbinden? Es könnte doch in der Masse der Deckel ein paar wenige geben, bei denen die Finder einen Tausendmarkschein bekommen. Ob sie so einen haben, stellt sich aber erst heraus, wenn sie ihn einlösen.«

Alle dachten einen Moment nach, bis Mark Sweenie langsam nickte. »Ausgezeichnet, Katharina!« Er schenkte ihr einen anerkennenden Grünaugen-Blick. »Ich würde das leicht variieren und eine Dreiteilung wählen. Lassen Sie uns über 1 Million Deckel nachdenken, davon 95 Prozent Nieten. 2000 Geldgewinne à 100 und 1000 Mark. Den Rest kann man umsonst gegen einen Becher eintauschen. Ob die Finder Glück haben, klärt sich erst im Supermarkt. So lässt sich die Reichweite noch wesentlich steigern.«

Katharina betrachtete das Mienenspiel des schwarzen Zwillings. Bei ihrem Einwurf hatte mild-skeptische Überlegenheit seine Züge beherrscht. Nun, wo der Auftraggeber sein Urteil gefällt hatte, wechselte der Gesichtsausdruck bruchlos in ein Zahnpastawerbungslächeln über. »Top-Idee, könnte von uns sein«, räumte er ein. Es klang noch etwas lahm. Sein Bruder dagegen hatte tatsächlich Feuer gefangen: »Eine Stückzahl von einer Million ist fantastisch. Wir können kleine Orte in den Mix einbeziehen. Wir können zusätzlich von Hochhäusern und Kirchtürmen aus arbeiten lassen. Wir können Paraglider einsetzen für Gebiete, die ab vom Schuss liegen. Null Problemo.«

Der Rest der Sitzung betraf die Detailplanung. Lilli notierte Dutzende Punkte. Verteilerorganisation, Buchung der Höhenflüge, Absprachen mit den für den Luftraum zuständigen Ämtern, offene Fragen zu Wettbewerbsrecht und Rabattgesetz für die Juristen, Kontakte mit der Druckerei für die Gestaltung von Gewinndeckeln im Fitty-Design, für das Dieter zuständig war ...

Es galt außerdem sicherzustellen, dass die Gewinndeckel fälschungssicher waren. Und innerhalb der nächsten vier Wochen musste das Logistik-Konzept für den Handel stehen. Dieter schlug vor, bei dem Einführungscoup mit einer Handelskette exklusiv zusammenzuarbeiten. Das Umsatzplus würde die Einzelhändler für den Zusatzaufwand entschädigen, der mit der Gewinnermittlung und -verteilung verbunden war.

Sweenie schloss die Sitzung und gab dem Duo die Hand. »Sie sind auf dem richtigen Weg.« Als er schon fast durch die Tür war, drehte er sich noch einmal zu Black & White um. Seine Stimme hatte die Sinn-Fein-Schärfe: »Fitty muss das Manna des aufgeklärten Zeitalters werden. Lassen Sie uns die Menschen dazu bringen, es zu vergöttern.«

Der schwarze Zwilling war immer noch beleidigt. Der weiße half Rolf, den Projektor wegzupacken. Katharina schnappte auf, wie er sagte: »Die Idee von den Mädels hier erleichtert im Ernst einiges. Die Fallschirme hätten wir in Fernost in Auftrag geben müssen, das wäre zeitlich eine Zitterpartie geworden.«
Rolf und Dieter zogen mit Black & White zum Essen in eine neue Sushi-Bar. Katharina ging mit Martha auf einen Salat in die Kantine. »Das war ja ein Kampf mit harten Bandagen.«
Martha schüttelte den Kopf. »Diese kleinen Geplänkel fördern den schöpferischen Prozess. Die Idee mit den Fallschirm-Bechern war ziemlich idiotisch, aber das übrige Konzept ist stark. Manna, das passt. Die Jungs sind ihr Geld wert.« Aus ihrem Mund kam das einer Heiligsprechung gleich.
»Verrätst du mir, was so eine Markeneinführung kostet?«
»Was schätzt du?«
Katharina häufte sich Rucola, Kürbiskerne und reichlich French Dressing auf den Teller. »Keine Ahnung. Eine halbe Million?«
Martha feixte. »Unter siebenstellig kannst du es vergessen; das hier dürfte sich am oberen Ende bewegen oder sogar achtstellig werden. Wir haben Glück. Fosco Chicago schwimmt in Geld. Und jetzt wollen sie den deutschen Markt aufrollen.«
»Achtstellig?«, fragte Katharina perplex. »Das bedeutet 10 Millionen! Bist du dir sicher? Wie wollen sie das je wieder reinholen?«
Martha hatte einen Zweiertisch in der Raucherzone erspäht und war schnell genug, ihm einem konkurrierenden Paar von Communications wegzuschnappen. »Bei einer neuen Marke hilft nur klotzen«, sagte sie, als Katharina

sich gesetzt hatte. »Und Fitty ist wirklich hitverdächtig. Isst du manchmal probiotischen Jogurt?«
Katharina schüttelte den Kopf.
»Von Probiotik hatte Anfang der 90er noch kein Mensch gehört. Dann haben die Foodforscher den Leuten eingeredet, dass sie mit speziellen Bakterien ihren Darm hätscheln können. Drei Jahre nach der Markteinführung lag der Jahresumsatz in unserem Land bei 350 Millionen Mark. Aber wenn Nestlé nicht gepowert hätte wie verrückt, wüsste bis heute kein Mensch, dass es ein Bakterium wie Lactobacillus acidophilus überhaupt gibt.«
Sie aßen eine Weile, ohne zu reden. Dann schob Martha ihr Tablett beiseite. Sie zündete sich eine Zigarette an und ließ sie im Aschenbecher vor sich hin qualmen. »Du bist dran mit Espresso.«
Katharina brachte sich einen darmverwöhnenden Probiotik-Jogurt zum Nachtisch mit. »Und du glaubst wirklich, Fitty kann auch so ein Erfolg werden?«
Martha schloss die Augen und schnupperte am Rauch, der sich aus dem Aschenbecher emporkräuselte. »Ein viel größerer. Fitty ist ja nicht nur ein Lebensmittel. Es ist eine neue Form von Genuss. Wie dieses wunderbare Nikotin hier. Gegen Joy Food ist Probiotik eine Lachnummer.« Sie grinste Katharina an. »Ich wette mit dir, Fitty wird eine Legende.« Sie klopfte dreimal auf den Tisch. »Wenn nicht in letzter Minute irgendetwas schief geht.«

Sie nahmen die Treppe in den Zwölften. Katharina begann ihre Lektüre mit einem pfundschweren Opus der Marktforscher. Nach einer Viertelstunde gab sie seufzend auf. Ernüchtert blätterte sie die nächste und die übernächste Studie durch. Das Material, das Lilli für sie organisiert hatte, war ebenso umfangreich wie unergiebig. »Martha, glaubst

du an diese Umfragen? Warum finden Verbraucher Würzsaucen jugendlicher als Salatdressings? Dass man Champagner für erotischer hält als Sekt, kann ich noch verstehen, aber dass manche Mineralwasser erotischer finden …«
Martha hörte nicht zu. Katharina legte das Material zurück auf den Studienstapel. Ich mag Menschen, die schnell lernen … Wie sollte sie hieraus sprühende Funken für eine Gala schlagen? Allerhöchstens würde sie mit Sweenie, dem großen Mineralwasser-Fan, bei der nächsten intimen Fahrstuhlfahrt eloquent über die Erotik von Sprudelgetränken parlieren können.
Der letzte dünne Ordner trug die Aufschrift »Genuss/Wissenschaft«. Es war eine bunte Mischung von Zeitungsartikeln zu Aromaforschung und exotischen kulinarischen Vorlieben wie Quallen und Insekten. Ein Beitrag aus einer kulturwissenschaftlichen Zeitschrift fiel ihr ins Auge. Er war mit Bruegels Schlaraffenland-Gemälde illustriert, das sie aus Koniezkos Kabine 11 kannte. Sie wollte dem Reflex nachgeben, den Artikel zu überblättern. Dann fing sie an zu lesen.
Der Titel hieß »Mythos Schlaraffenland«. Katharina merkte nach den ersten Absätzen, dass hier eine zündende Idee verborgen war. Es ging um die tiefsitzende Sehnsucht nach Genuss und darum, welche Rolle die Nahrung in Märchen, Mythen und Paradies-Visionen seit Urzeiten spielte. Der Essay legte die Bedeutung der Nahrungsauswahl für Evolution und Kulturgeschichte dar. Nach neueren anthropologischen Theorien verdankte Homo sapiens sein großes Hirn einer frühen Vorliebe für abwechslungs- und kalorienreiche Diät.
Schon die Menschen der Urzeit hatten keineswegs wahllos alles in sich hineingestopft, was essbar war, sondern vor Jahrmillionen besonderen Appetit auf Fleisch, Fett und

süße Früchte entwickelt. Um sie zu ergattern, brauchten sie erstens Intelligenz und zweitens Handwerkszeug. Irgendwie waren Speer, Axt und Grabstock zu Messer und Gabel geworden, und die Mikrowelle hatte das Lagerfeuer ersetzt.

Bis es dazu kam, waren magere Zeiten zu überbrücken gewesen. Immer und immer wieder hatte Horror vor Hunger die Gedanken der Menschen beherrscht. Entsprechend waren die Fantasien vom guten Leben von Leckerbissen beherrscht. In Fabeln und Mythen aller Kulturen spielten Nahrungsmittel eine schillernde Sonderrolle als Lock- und Zaubermittel.

Katharina blickte aus dem Fenster. Sie dachte an ihr erstes Treffen mit Sweenie. Und an seine stehende Redewendung in den Samstagssitzungen: »Es muss uns gelingen, ein geradezu überirdisches Verlangen nach Joy Food zu schüren.« Black & White hatten das Manna-Symbol für die Markeneinführung in fliegendes Fitty übersetzt. Für die Gala könnte das Schlaraffenland der Schlüsselbegriff werden. Verlangen und Erfüllung, Hunger, Gier und Übersättigung – darin lag eine archetypische Dimension, mit der sich spielen ließ. Katharina betrachtete erneut Bruegels Bild und verscheuchte den Gedanken an Koniezko.

Am Ende des Artikels gab es einen Autorenhinweis. Sofie Bauer war Anthropologie-Professorin und lehrte an der Hamburger Universität. Das passte gut; vielleicht würde es möglich sein, sie als Beraterin für die Gala zu gewinnen. Aber so weit war es noch nicht. Zuallererst würde Katharina ein Schlaraffenland-Exposé für die Samstagssitzung schreiben.

Ein Radiergummi traf sie am Kopf. »Du bist ja so ruhig. Hat dir die Erkenntnis, wie sexy Bismarck-Quelle ist, die Sprache verschlagen? Oder träumst du von jemand, der deinen köstlichen Leib mit Pusztasauce beschmiert?«

Katharina rieb sich die Schläfe. »Ganz schön hart. Und nicht einmal Manna! Mach dich auf eine Schmerzensgeldforderung meines Anwalts gefasst.« Sie warf den Radiergummi mit einem kühnen Bogenwurf zurück. Er flog fast an die Decke und landete genau in Marthas Aschenbecher. »Martha, ich glaube, ich hab die Idee für die Gala!«

»Schieß los.«

»Nichts da. Wer mich so bösartig attackiert, hat Strafe verdient. Du musst bis zur nächsten Keksrunde schmoren wie alle anderen.«

»Gut, dann kriegst du auch mein neuestes Werk nicht zu sehen.« Sie wedelte mit dem Skizzenblock. Schließlich ließ sie sich erweichen. »Na gut. Aber nur, weil ich gleich deine Hilfe brauche!«

Sie schob Katharina den Block herüber. Der schwarze Zwilling von Black & White stand auf einer Wiese, seine linke Hand von sich gestreckt, und schaute in die Luft. Von oben segelte ein Margarinebecher am Fallschirm direkt auf die geöffnete Handfläche zu. Die Unterschrift lautete: »Fällt mir Fitty in die Hand, ferlier ich föllig den Ferstand.«

Der Zeitpunkt für ihren Coup kam, als Rolf und Dieter ihr Vorfeierabend-Ritual vollzogen und gemeinsam in den Waschraum gingen. Ein männlicher Auszubildender hatte Martha einmal gepetzt, was dort geschah: Rolf zupfte sich die Augenbrauen und putzte die Spiegelbrille. Dieter verrieb erotisierende Essenzen auf seinem kahlen Schädel. Die Prozedur nahm in der Regel dreieinhalb Minuten in Anspruch.

Katharina nahm den Wechselrahmen mit dem Keith-Haring-Männchen ab, das Rolf über dem Schreibtisch hängen hatte. Martha legte stattdessen ihre Zeichnung hinein.

Katharina knipste den Rahmen wieder zu und hängte ihn an seinen alten Platz. Sie schafften es in 125 Sekunden. Es blieb genug Zeit, im Fahrstuhl zu verschwinden, ehe die Männer aus dem Waschraum kamen.

»Können Sie mir nicht wieder jemand Interessanteren für Ihren Lauschangriff aussuchen? Ihr Fräulein Quast ist und bleibt todlangweilig.«
»Beschweren Sie sich nicht. Sie werden gut bezahlt.«
»Es passiert einfach nichts, aber die Telefonate dauern und dauern. Gina glaubt, dass sie schwanger ist. Raten Sie, wer 90 Prozent der Gespräche bestreitet?«
»Die Kleine ist Psychologin. Da lernt man Zuhören. Das würde Ihnen in Ihrem Metier auch gut tun.«
»Danke für den Hinweis. Gina ist auch Psychologin. Sie haben gemeinsam studiert.«
»Zur Sache. Was erzählt sie in den restlichen zehn Prozent?«
»Belanglosigkeiten. Dass sie viel arbeitet. Dass sie ihre Kollegen ganz nett findet, aber ein bisschen überdreht. Dass eine, die Martha heißt, einem, der Rolf heißt, einen Streich gespielt hat. Dass es irgendeine finstere Theorie gibt, nach der schon die Urmenschen auf Süßigkeiten standen. Wenn sie wenigstens einen Freund hätte und ein paar scharfe Sachen am Telefon ...«
»Keine Details über die Firma?«
»Nein. Ihre Mama hat versucht, sie zu löchern, aber sie hat sie sofort abgewürgt. Großes Geheimnis.«
»Braves Mädchen.«
»Ich meine es wirklich ernst. Brechen Sie die Sache ab. Ich langweile mich tödlich beim Abhören, und Sie verschwenden Ihr Geld.«

»Erwarten Sie das Unerwartete!«

»Bitte?«

»Ein neuer Fosco-Slogan. Bleiben Sie weiter dran. Bis Ende Juli.«

Schlaraffenland

Die volle Ausschöpfung des Rohstoffpotenzials spart teure Importrohstoffe und ermöglicht die Produktion von Erzeugnissen von hohem Gebrauchs- und Genusswert. Hierzu zählt auch die Biomasseproduktion aus billigen Abprodukten für die Erzeugung hochwertiger Eiweißnahrungsmittel.

Horst-Dieter Tscheuschner (Hg.),
»Grundzüge der Lebensmitteltechnik«

Die neue Woche fing gut an. Sweenie hatte einen Etat von 200 000 Mark für die Gala bewilligt. Die Zahl tanzte vor Katharinas Augen, als sie treppab lief. Eine Zwei mit fünf Nullen. Und sie war dafür verantwortlich, die Summe unter die Leute zu bringen. Ihr erstes eigenständiges Projekt im neuen Job. Sie hatte ihre Theatererfahrung während der Unizeit ins Spiel gebracht. Für die »Dreigroschenoper« an der Heidelberger Studentenbühne hatte der Etat, passend zum Stück, allerdings nur 5000 Mark betragen.

Und nun: die Fantasie-Inszenierung einer Fitty-Gala aus dem Schlaraffenland. Es sollte eine Art Mischung aus André Heller und Tanztheater mit Kostümen bekannter Märchengestalten werden. Dazu die Rezitation einer modernen Fabel, bei der Fitty im Mittelpunkt stand.

Ihr Exposé hatte die Keksrunde überzeugt. In einem kurzen Brainstorming hatten sie gemeinsam die groben Linien festgelegt. Martha war sofort Feuer und Flamme für die Mixtur von Mythos und Moderne gewesen und hatte überlegt, wie sich die Verbindung zur Manna-Aktion herstellen ließ. Bald war die Idee geboren, zum krönenden Abschluss als Engel verkleidete Akrobaten einschweben zu lassen, um die himmlischen Sphären des Fitty-Schlaraffenlands zu symbolisieren.

Rolf hatte sich die ganze Sitzung über mit angeblichen Kopfschmerzen desinteressiert auf das weiße Ledersofa gelümmelt und nur einmal etwas Abfälliges gebrummelt. Es sei »völlig absurd, so eine Action ohne Rücksicht auf das Corporate Design und den Imagetransfer durchzuziehen«. Ansonsten war er zahm geblieben. Dieter hatte daraufhin vorgeschlagen, die »Location-Frage« zu überdenken und

keine Bühne außerhalb zu mieten, sondern die Veranstaltung in die Fabrik zu verlagern.
Nun würde die Schau in einer Halle drüben im Werk stattfinden, die zur Zeit leer stand. Fast leer – die Originalmaschine aus der Abpackstraße war noch übrig. Sie würde in die Schau integriert werden.
Als sie fertig waren, hatte Sweenie sie gebeten, noch einen Augenblick zu bleiben. Hatte ihr von seinem großen Vorbild Henri Nestlé erzählt. Hatte ihr beim Abschied einen langen, anerkennenden Grünaugen-Blick mit dem kleinen Schielen gewidmet. »Ni enye kushangaza«, hatte er schließlich gemurmelt. *Es ist erstaunlich.* Der traditionelle Kisuaheli-Ausruf, wenn man auf dem Gipfel des Kilimandscharos stand. Sie hatte seinem Blick standgehalten und getan, was sie mit 14 trainiert hatte, um bei einem Kompliment nicht rot zu werden. Sie stellte sich vor, dass der Lobende nicht sie, sondern sich selbst meinte. Erst zu Hause hatte sie Nasreddin »Ni enye kushangaza« als Refrain vorgesungen. Die Melodie von »Der Mond ist aufgegangen« passte perfekt.
Dass es möglich war, die Gala im Werk stattfinden zu lassen, gefiel ihr besonders. Schon in ihrer ersten Woche im Zwölften hatte Katharina von Lilli einen gelben Helm überreicht bekommen. »Anweisung vom Chef. Produktion kennen lernen.« Seitdem besuchte sie in unregelmäßigem Abstand Abteilungen auf dem weitläufigen Werksgelände. Sie überquerte die Straße, die den Büroturm und die Labors von den Produktionsgebäuden trennte. Es war wie ein Eintauchen in ein exotisches Universum, das sie zusehends genoss. Ihre Vorstellungen von Fabrikarbeit waren trotz des Jobs im Verkostungslabor rudimentär geblieben. Nun lernte sie einen Organismus mit einem einzigartigen Stoffwechsel kennen. Input vom Acker, aus dem Stall, aus

der Retorte – die Fabrik war ein Monster, das stündlich megatonnenweise Rohstoffe verschlang und im Turbo-Tempo in hygienisch verpackte Gebinde mit appetitlichem Inhalt verwandelte.
Martha hatte ihr in einem Schnellkurs klargemacht, was Konkurrenz in der Branche bedeutete. Jahr für Jahr brachten die Food-Designer in Deutschland 10 000 Neuheiten auf den Markt. Entsprechend hoch war die Floprate. Vier von zehn Produkten verschwanden innerhalb eines Jahres auf Nimmerwiedersehen aus den Regalen.
Wie wenig Gedanken man an die Herkunft seines Essens verschwendete! Dabei drängten sich naheliegende Fragen auf: Wie ließ es sich bewerkstelligen, in zigtausend Supermärkten jederzeit die gleichen Waren mit Rohstoffen aus aller Welt zu offerieren? Warum konnten eine Tafel Nussschokolade, eine Tube Ketschup, eine Dose Eintopf so billig sein? Irgendjemand musste doch Kakaobohnen ernten, Haselnüsse rösten, Tomaten pürieren, Schweine mästen und schlachten. Kosten für Transport, Verpackung, Lagerung, Werbezettel, Ladenmiete fielen an. Verkäufer und Kassierer wollten bezahlt werden, ganz abgesehen von finanziell anspruchsvollem Personal von Firmen wie Fosco …
Beim rhythmischen Klackern in den Packstraßen hatte sie den Beginn einer Antwort auf solche Fragen gefunden. »Wenn es um 50 000 Ravioliportionen pro Tag geht, kann da keiner mit Kochmütze stehen und Nudelteig ausrollen«, hatte der Werksleiter sie belehrt. Stattdessen ratterten in mehrstöckigen Hallen hoch spezialisierte aufeinander abgestimmte Maschinen, die ein paar Techniker von Messwarten aus kontrollierten. Über ihnen hingen blinkende Aggregate, die den Gesundheitszustand Dutzender Sensoren für Füllstände, Druckverhältnisse und Temperatur dokumentierten.

Katharina schaute sich suchend um. »G 7« stand an der Halle an der Ecke – also noch ein Stück geradeaus. Langsam fand sich Katharina im Labyrinth der Produktionsgebäude auch ohne Lillis Werksplan zurecht. Sie hatte den Verdacht, dass Mark Sweenie den Durchlauf organisiert hatte, um ihr Hochachtung beizubringen vor der Raffinesse, mit der moderne Technologie anspruchsvolle Hungrige sättigte. Das gesamte Gewerbe bestand aus Zermalmen, Zerhäckseln und Extrahieren von Zutaten, die im Anschluss völlig neu zusammengewürfelt wurden. Volle Ausschöpfung des Rohstoffpotenzials nannten es die Foodtechnologen. Ihr Metier war ein Mix aus angewandter Physik und Chemie, dazu Maschinenbau und Verfahrenstechnik, all das streng rationalisiert und logistisch ausgefeilt.

Dabei waren die Grundstoffe keineswegs alle essbar. An manchen Tanks hingen Warnschilder mit Piktogrammen, die »ätzend« oder »explosiv« bedeuteten. Man musste den Rohstoffen ihren Nährwert, ihre Vitamine und Spurenelemente entreißen. Dazu waren Säuren und chemische Lösungsmittel nötig.

Im Gegensatz zu ihren Kollegen, die völlig auf den Marketing-Kosmos fixiert waren, hatte Katharina Feuer gefangen. Sie mochte die Ausflüge mit dem Helm. Es rührte sie, wie nüchternen Ingenieuren und Naturwissenschaftlern unverhofft träumerischer Glanz in die Augen trat, wenn sie bei Speiseeis-Kristallen vom »Deformationsverhalten komplizierter Körper« sprachen oder den vielstufigen Prozess der Kartoffelstärkegewinnung erklärten.

Der Kekswerk-Kamin, der ziemlich im Zentrum des Werks lag, bot einen Fixpunkt für die grobe Orientierung. Jetzt musste sie sich rechts halten. Sie schaute zur Sicherheit doch auf den Plan. Hinter ihr hupte es. Der Fahrer eines 40-Tonners beugte sich aus dem Führerhaus: »Träum nicht rum, Mädchen!« Als sie zur Seite sprang, gestikulierte er ungeduldig, um ihr zu zeigen, dass er die Lücke brauchte, um rückwärts an die Rampe zu rangieren. Drei identische Laster standen schon da. Nordzucker.

Das Enzymwerk war in J 13 untergebracht. Diesmal war die Expedition besonders interessant. Diesmal hatte sie eine Aufgabe. »Es gibt eine Hand voll Personen, von denen die Fitty-Einführung abhängt«, hatte Sweenie erklärt, »der Biochemiker, den Sie kennen lernen werden, ist einer davon. Er ist Abteilungsleiter und untersteht dem Product Manager Ingredients, trägt aber die Alleinverantwortung für die Enzyme. Die Abteilung ist erst mit dem Fitty-Projekt entstanden. Es sind Pannen passiert. Finden Sie heraus, wie sie sich in Zukunft vermeiden lassen und wie man den Mann motivieren kann. Ich vertraue auf Ihr psychologisches Feingefühl.«

Der Biochemiker wusste nichts von ihrem Sonderauftrag. Offiziell war sie im Rahmen ihres Produktionsdurchlaufs hier, und er sollte ihr einen Überblick über die Abteilung geben. Die Aufgabe gefiel ihr fast noch besser als die Vorbereitung der 200 000-Mark-Gala. Der Ausflug in die Reklamewelt war aufregend, aber auf Dauer nicht ihr Metier. Ursprünglich hatte sie einen Job als Psychologin in der Industrie gesucht, um später Coach zu werden. Sie wollte direkt mit Menschen zu tun haben. Aber nicht als Psychotante mit Couch für hoffnungslose Privatprobleme, sondern als professionelle Gesprächspartnerin für Führungskräfte.

Der Mann, der sie empfing, war in dieser Hinsicht eine Überraschung. Er war ein schmächtiges Kerlchen, das sie an Woody Allen in seinen frühen Rollen erinnerte. Das gleiche schmale Gesicht. Die gleiche unmögliche Hornbrille. Das gleiche Schwanken zwischen extremer Schüchternheit und übertriebener Begeisterung. Er redete extrem leise

und so, als führe er ein Selbstgespräch. »Was tue ich hier? Ich bin Dompteur. Dompteur in einem Zoo, bei dem die Tiere ihr Futter selbst verdienen.« Er lachte unvermittelt. »Bakterien sind leider zu winzig, um Publikum anzuziehen. Wir haben jedenfalls selten Besuch hier.«
Seine Stimme wurde etwas lauter. »Andererseits sind wir ganz froh darüber, gerade jetzt, wo wir an dem großen Projekt arbeiten. Unsere Tierchen sind extrem sensibel. Jede Störung kann Pannen provozieren.« Es folgte ein Anflug von Galanterie, allerdings im selben monotonen Tonfall: »Natürlich abgesehen von so reizenden Störungen, wie Sie sie darstellen.« Er sah Katharina mit großen Eulenaugen hinter den dicken Brillengläsern an und merkte, dass die Logik seines Satzes nicht ganz überzeugend war.
Katharina kannte diesen extrem scheuen Menschentyp. Es war bezeichnend, dass er schon bei der Begrüßung selbst von den Pannen angefangen hatte. Und dass er sie in einen unbeholfenen Flirt einbaute. Unwillkürlich schaute sie ihm auf die Finger. Er trug einen dicken goldenen Ehering. Er folgte ihrem Blick und schaute so erstaunt auf seine Hand, als ob er den Ring auch noch nie wahrgenommen hätte. »Sie brauchen von mir nichts zu befürch…« Er verhaspelte sich. Glücklicherweise fiepte im selben Augenblick der Piepser, den er am Gürtel trug. Er entschuldigte sich. Katharina versicherte ihm, dass sie nichts befürchtete und alles entschuldigte. Wenn ihr grober Eindruck richtig war, brauchte dieser Mann keine Zusatzmotivation. Man musste ihn nur mit seiner Arbeit in Ruhe lassen.
Sie schaute sich um. Sie befand sich auf einer Art Galerie. Von dort sah sie silbern die Tanks blinken, in deren Innerem mysteriöse Aktivitäten für Fitty stattfanden. Die Behälter waren nicht besonders eindrucksvoll, kaum größer

als der Öltank auf einem LKW. Kein besonders aufregendes Ambiente für die Einleitung einer neuen Epoche in der menschlichen Ernährung. Sie merkte, dass sie Hunger hatte. Nicht auf Enzyme, auch nicht auf Glückskekse. Sie hatte Appetit auf irgendein scharfes Curry beim Inder, wie sie es sich in Oxford fast jeden Samstag mit Marvin gegönnt hatte. Warum kam jetzt diese Assoziation? Wegen Woody Allen. Der Inder hatte neben dem Kino gelegen.
Sie überlegte, dass es allmählich Zeit war, einen Nachfolger für Marvin zu finden, nicht nur für gemeinsames Essen. In Hamburg war die Auswahl an geeigneten Romeos bisher mau. Der Typ, den sie an jenem denkwürdigen Koniezko-Abend hatte treffen wollen, hatte sich nach ihrer Absage beleidigt zurückgezogen und nur noch einmal angerufen, um dieser Beleidigung wortreich Ausdruck zu verleihen. Seitdem war ihr Privatleben zu kurz gekommen. Und die Fosco-Männer? Spiegelbrillen-Rolf war ihr zu arrogant, Dieter zu jung. Weiß bekittelte Lebensmittelkundige, die sich leidenschaftlich über Vibrationsförderer und Injektionskammern ausließen, ohne erotische Nebenklänge auch nur zu bemerken, waren ihr suspekt. Blieb ein grünäugiger Iren-Chef mit Kisuaheli-Kenntnissen. Sie verbot sich den Gedanken.
Woody II. kehrte zurück und bat erneut um Entschuldigung. Sie müsse verzeihen, eine Charge seiner einzelligen Schützlinge sei durch Unachtsamkeit in Gefahr geraten. Jetzt lag eine gewisse Zärtlichkeit in seiner monotonen Stimme. Katharina beteuerte zum zweiten Mal, dass sie ihm verzieh. Sie glaubte nicht, dass er ihr zuhörte. Es kam ihr schlüssig vor, dass sich in seiner Umgebung Pannen häuften. Seine Nervosität musste bei anderen Konzentrationsmängel provozieren. Während er fortfuhr, von bakterieller Sensibilität zu reden, konzentrierte sie sich auf ih-

ren Hunger. Ihr Magen verlangte nach Biryani mit Garnelen und Mango-Chutney.

Inzwischen hatte auch ihr Führer auf das Thema Essen umgeschaltet. Es ging um die Nahrung seiner unsichtbaren Hilfskräfte in den Silbertanks. »Wir bestechen die Bakterien mit ihrem Lieblingsfutter, einem Spezialbrei aus Kohlehydraten, Eiweiß, Hefeextrakt. Sie fressen, teilen sich, fressen mehr und vermehren sich dabei explosionsartig. Irgendwann ist die Ration alle und der Tank randvoll mit Bakterien. Dann kommt der fiese Teil. Schockerhitzung. Massensterben. Wir brauchen nämlich gar nicht die Bakterien, sondern nur die Enzyme, die sie in ihrem Organismus produziert haben. Also wird die Biomasse der abgestorbenen Bakterien gefiltert und das Enzym herausdestilliert.«

Katharina fand es an der Zeit, etwas beizusteuern. Sie erinnerte sich, dass Sweenie bei ihrem ersten Gespräch von Enzymen als Tausendsassas gesprochen hatte, und brachte den Begriff ins Spiel. Der Schatten eines Lächelns trat auf sein Gesicht. »Enzyme sind unglaublich. Wenn heute von Biotechnologie die Rede ist, denken alle an Gene. Gut, die Gene liefern die Grundlage, aber Enzyme sind die Verbindungen, die das Leben wirklich ticken lassen. Haben Sie mal überlegt, wo die ganze schwarze Farbe von den Hektolitern Kaffee geblieben ist, den Sie in Ihrem Leben getrunken haben? Enzyme wirken in Ihrem und in meinem Magen, in der Leber, in allen Organen.«

Jetzt, wo er bei der Sache war, verschwand seine Nervosität. Katharina versuchte sich ihren Körper als eine Art Silbertank im Hautmantel vorzustellen, in dem Billiarden von Kleinstmolekülen unaufhörlich beeindruckende Zersetzungsleistungen vollbrachten und sich vermehrten und vermehrten und vermehrten, bis sie platzte.

»Sieben Stunden, nachdem Sie etwas gegessen haben, ha-

ben die Enzyme in Ihrem Organismus ein kleines Wunder vollbracht«, fuhr ihr Begleiter fort, »ganz egal ob Brot, Bratwurst oder Sauerkraut – die Nährstoffe sind befreit, gelangen in die Blutbahn, erneuern die Zellen und versorgen den Körper mit Energie. Der Abfall wird in den Darm transportiert und auf die Ausscheidung vorbereitet.«
Er schien das als höchst befriedigend zu empfinden und blieb noch eine Weile beim Thema Darmenzyme hängen. Hätte sie eine Karteikarte dabeigehabt, hätte sie jetzt »Analfixierung???« notiert. Er zählte diverse Verbindungen auf, und Katharina fragte sich, wie seine Ehefrau beschaffen sein mochte. Eine Frau, der man im indischen Restaurant anvertrauen konnte, welche Wirkung die Lipase in der Bauchspeicheldrüse auf Basmatireis hatte. Genauer gesagt: auf die Reisbestandteile, die nicht schon von der Alpha-Amylase im Speichel geknackt worden waren.
Woody war schon beim nächsten Kapitel, das der Geschichte der Enzymverwertung gewidmet war. »Praktisch alle Brau- und Gärprozesse verdanken wir Enzymen aus Hefe. Die Menschheit hat sich das schon vor Jahrtausenden zunutze gemacht und Brot und Bier und Wein erfunden. Aber heute können wir die Prozesse mit einer ganz anderen Raffinesse steuern. Und wir beginnen erst, die Wirkung für die Körperchemie zu begreifen.« Plötzlich setzte er die Brille ab und fixierte sie. Auch ohne Brille waren seine Augen groß. »Aber ich lasse mich hinreißen«, sagte er ernüchtert. »Wahrscheinlich wollen Sie es so genau gar nicht wissen.«
Ein Höflichkeitsenzym in Katharinas Hirn geriet in fieberhafte Aktivität, um eine sinnvolle Frage ins System einzuspeisen. Schließlich fragte sie, ob es Produktivitätsreserven gab. »Wir strengen uns mächtig an für das neue Projekt. Unsere Bakterien arbeiten sozusagen im Akkord. Aber man

darf nicht vergessen, dass sie natürliche Wesen sind. Sie können ihr Vermehrungstempo nicht erhöhen. Insofern ist es wirklich wie im Zoo. Und wir können noch glücklich sein, dass unsere kleinen Helfer so verdammt fix sind. Die Schwangerschaft eines Elefanten braucht zwei Jahre.«

»Und gibt es Ausfälle?«

Er blickte sie betrübt an. »Erinnern Sie mich nicht! Ein solcher Tank liefert Enzyme für die Margarineproduktion einer ganzen Woche. Vorletzte Woche hat die Putzfrau ihre Reinigungswut am Schaltkasten ausgelassen und ein paar Hebel verstellt. Normalerweise sichert sich das System selbst, aber sie hat es geschafft, einen Kurzschluss bei der Sicherung zu produzieren. Natürlich während der Nachtschicht am Sonntag. Der Laborant, der Dienst hatte, war ein Neuling. Er ist eingeschlafen. Als er aufgewacht ist, hat er Angst bekommen, eine neue Sicherung reingedreht und gebetet. Am Montag war die Charge hinüber.«

Inzwischen redete ihr Gesprächspartner fast völlig normal. Katharina erinnerte sich dunkel, dass die Szientifisten zu einer Krisensitzung bei Sweenie gerufen worden waren, an der auch Psolakis teilgenommen hatte. »Schlimm?«, fragte sie mitfühlend. Er seufzte. »Was so etwas bedeutet, ist für Außenstehende kaum zu ermessen. Es ist eine Katastrophe. Man braucht nur winzige Enzymmengen für die Sojafraktionierung. Aber wir waren in einem Stadium, in dem wir noch keine Reserven hatten. Und wenn wir nicht liefern, ruht die Fettproduktion.«

Katharina war sich ihrer Diagnose inzwischen sicher. Der Mann mochte in sozialer Hinsicht neurotisch sein. Aber er würde alles tun, um seinen Enzym-Output zu optimieren und das Projekt nicht zu gefährden. Das Beste, was seine Vorgesetzten tun konnten, war, ihm Sicherheit zu geben und ihn in Ruhe zu lassen.

Als Letztes zeigte er ihr die Vorratslager. Die Kammer, in der die fein pulverisierten Enzyme aufbewahrt wurden, war ein relativ kleiner Raum ohne Klimatisierung. »Inzwischen haben wir eine kleine Reserve aufgebaut. Was Sie hier sehen, reicht für einen Monat Produktion«, sagte er stolz.

Das Gebäude daneben war imposanter. Das flache Lager ähnelte einer Garage am Polarkreis. Eiszapfen hingen von der Decke. Der Kälteschock traf sie unvermittelt.

»Hier lagern die Bakterien, die wir als Starterkulturen für die Bruttanks brauchen«, erklärte er. Die 1-Kilogramm-Päckchen lagen auf Paletten, ihre Verpackung ähnelte Milchkartons. Ihr Führer erklärte, dass die Kühlleitungen dreifach gesichert waren, weil schon kleinste Temperaturschwankungen den gesamten Vorrat zunichte machen könnten.

»Die Sache neulich war eine mittlere Katastrophe«, sagte er. »Der Verlust der Enzyme oder Bakterien wäre der GAU.« Sein Pathos wurde dadurch gemildert, dass Katharinas Magen jetzt unüberhörbar laut knurrte. Woody II. bedauerte, dass seine Dompteursaufgaben es ihm verboten, noch mit ihr in die Kantine zu gehen. Er kannte immerhin den Speiseplan auswendig und empfahl ihr Bami Goreng. Er vergaß nicht zu erwähnen, dass ein fernöstliches Enzym aus Schimmelpilzen namens »Koji« in der asiatischen Küche seit Jahrtausenden eine bedeutende Rolle spielte.

Statt direkt zur Kantine zu gehen, schlenderte Katharina noch ein wenig durch das Produktionsgelände. Sie wollte den Organismus im Ganzen verstehen, auch Ecken und Winkel, die nicht zum offiziellen Programm gehörten. Für den Fall, dass jemand misstrauisch fragen sollte, was sie in der Umgebung der Kläranlage oder im Fuhrpark zu suchen

hätte, war sie das unwissende Bürofräulein aus dem zwölften Stock, das sich verlaufen hatte. Bisher hatte sie die Ausrede nicht gebraucht. Solange sie den Helm unter dem Arm trug und sich zügig und mit arroganter Miene bewegte, fragte keiner. Dabei war eine Frau in diesem Umfeld keineswegs ein selbstverständlicher Anblick.
Die Sonne schien. Sie wandte sich in Richtung auf das Kekswerk, das sie schon kannte, und bog dann ab. Die Wege waren asphaltiert. Sie stand vor einer fensterlosen Halle mit einer Zickzack-Dachkonstruktion, bei der Oberlicht für Beleuchtung sorgte. Sie schaute auf den Plan. F 7. Das Ausbildungszentrum.
Eine Stahltür ging auf. Ein blonder Teenager im Blaumann fuhr auf einem Gabelstapler heraus, der eine Palette mit zwei Fässern trug. Er stellte die Palette auf einem markierten Platz ab; die Fässer wackelten bedrohlich, blieben aber stehen. Er wendete und fuhr wieder hinein. Die Tür ging zu. Eine Minute später kam der Gabelstapler wieder, diesmal von einem anderen Lehrling bedient. Er fuhr langsamer und vorsichtiger, nahm die Palette auf, wendete und brachte sie wieder ins Gebäude. Die Szene wiederholte sich. Gabelstapeltraining.
Sie sah eine Zeit lang zu und schlenderte dann an der Seitenwand des Gebäudes entlang auf ihr Ziel zu. Die Halle, die sich anschloss, sah identisch aus, war allerdings neuer. Auf ihrem Plan war sie als Nummer G 7 verzeichnet, noch ohne Funktion. Die Bäumchen auf der kleinen rechteckigen Fläche davor schienen erst vor kurzem gepflanzt worden zu sein. Birken. Es gab eine rot lackierte Bank. Ideal, um ein paar Stichworte zum Ergebnis ihres Besuchs zu notieren. Der Biochemiker war mit Sicherheit ein Sonderling, aber das war Psolakis schließlich auch.

Der dicke Mann trat aus der Tür, als sie ihren Notizblock einsteckte. Er schritt wie in Trance an ihr vorbei. Allein durch seinen Kahlkopf und seine Körperfülle bot er einen skurrilen Anblick. Ein Kraftpaket. Kugelstoßer hatten solche Figuren. Aber bei Kugelstoßern ringelten sich selten tätowierte Schlangen über den Hals.
Besonders seltsam wirkte, was der Dicke tat.
Den Kopf leicht schief gelegt, stellte er sich vor die kleinste der jungen Birken, die kaum größer war als er selbst. Mit plumpen Fingern streichelte er ihr die Blätter und redete dabei murmelnd auf sie ein. Dann hob er behutsam den längsten Ast hoch, führte ihn sich an den Kopf und begann seine Glatze mit den Blättern zu streicheln. Aus dem beschwörenden Gemurmel wurden Töne. So ähnlich schnurrte Nasreddin, wenn er vollgefressen war und Katharina ihm den Bauch massierte.
Der Mann drehte Katharina den Rücken zu. Ihr Instinkt gebot ihr, aufzustehen und sich zurückziehen. Doch sie konnte nicht aufhören, ihn anzustarren. Zum Ausbildungszentrum gehörte er mit Sicherheit nicht. Welcher Beruf kam für ihn in Frage? Die Gärtner trugen grüne Schürzen und Stiefel. Dieser Mann hatte ein weißes Hemd und eine Ballonseide-Hose an und trug Sandalen. Während sie grübelte, drehte er sich um.
Für einen winzigen Augenblick lag noch das entrückte Lächeln auf seinem Gesicht, mit dem er sich eben dem Baum gewidmet hatte. Für einen nächsten kurzen Augenblick wich es ungezügelter Wut. Die Finger, die den Birkenzweig eben noch sacht umfasst hatten, rissen daran. Die zweite Hand mischte sich ein, riss den Ast ab, fetzte die Blätter herunter. Sie schwebten auf den Boden, während die Augen des Dicken Katharina hasserfüllt anfunkelten.
Dann folgte eine erneute Wende. Der Mann sah auf seine

Hände hinunter, sah zu Boden, sah die Blätter, und nun trat ein Ausdruck von Unverständnis und Scham auf sein Gesicht. Gleich fängt er an zu heulen, dachte Karharina. Bevor es dazu kam, öffnete sich eine Tür. Ein ziemlich junger Mann mit einem weißen Kittel trat heraus: »Was machen Sie hier draußen? An die Arbeit, aber schleunigst!« Er trat einen Schritt vor, aber es war nicht nötig. Der Angesprochene trottete auf die Tür zu, ohne Katharina weiter zu beachten. Sie war heilfroh, dass auch der Mann im Kittel sie nicht entdeckt hatte. Es war wohl besser, ihre Exkursionen etwas einzuschränken. Sie schaute auf die Uhr. Sie musste sich beeilen, wenn sie noch in die Kantine wollte. Sie aß mechanisch. Ihre Gedanken kehrten immer wieder zu dem Tätowierten zurück. Es überraschte sie immer noch, dass ein Konzern wie Fosco einen ziemlich repräsentativen Querschnitt durch die Gesamtgesellschaft inklusive aller Macken bot. Oder zog dieses Werk die skurrilen Typen an? Erst der nervöse Forschungschef, dann Woody II., nun der fette Kugelstoßer mit dem Birkenzweig. Solches Mimik-Gewitter hatte sie das letzte Mal bei ihrem Psychiatriepraktikum erlebt.

»Gab es inzwischen interessantere Telefonate?«
»Immerhin hat sie endlich mit einem Mann telefoniert. Bekomme ich Zulagen für Gespräche auf Englisch?«
»Nein. Welchem Mann?«
»Einem Marvin aus Oxford. Anscheinend ein Verflossener aus der Unizeit. Sie würde gern einmal wieder mit ihm indisch essen gehen. Leider ist die Entfernung zu groß und seine Gattin dagegen.«
»Sonst nichts?«

»Doch. Psychologische Fachsimpeleien mit der lieben Gina. Erwarten Sie etwas Bestimmtes?«

»Ich habe einen kleinen Köder ausgelegt. Sie durfte unseren verrücktesten Biochemiker kennen lernen. Ein Genie mit Sozialneurose. Wenn sie über den nicht klatscht, ist sie eine Heilige.«

»Scheint fast so. Sie hat nur allgemein geplauscht. Irgendein Fachgespräch über Analfixierung. Und sie hat Gina gefragt, ob sie einen Film kennt, wo Woody Allen einen Naturwissenschaftler spielt.«

»Sehr diskret. Es ist schade, dass unser Mann bei seinen Bakterien unabkömmlich ist. In Hollywood würde er mit Sicherheit eine gute Figur machen.«

»Und ist er analfixiert?«

»Meines Wissens ist er seit Jahren glücklich verheiratet.«

»Sind Sie das nicht auch? Außerdem soll so etwas durchaus auch in heterosexuellen Kreisen vorkommen. Sagt Gina.«

»Ich habe Sie nicht engagiert, um mir Ihre Schlüpfrigkeiten anzuhören.«

»Schon gut. Ich versuche einfach, das Beste aus dem Auftrag zu machen. Ich melde mich, wenn das Unerwartete eintrifft.«

Vortrag

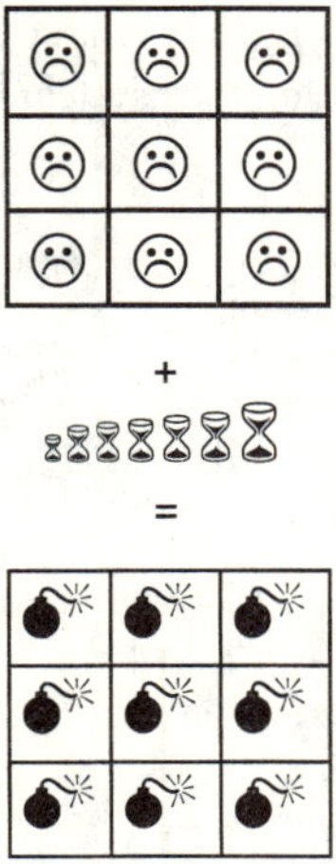

Wenn wir die Entwicklung neuer Methoden … nicht vernachlässigen, dann sollte die Behandlung psychischer Erkrankungen für zukünftige Generationen kein allzu großes Problem mehr bedeuten. Ich glaube natürlich, dass das Wichtigste für die psychische Gesundheit ein gesundes Serotoninsystem ist …

Michael J. Norden, Psychiater
und Professor an der
University of Washington

Kostas Psolakis knipste zum dritten Mal den Overheadprojektor an. Er funktionierte immer noch. Er legte probehalber die erste Folie auf. Seit bei seinem ersten öffentlichen Auftritt vor 15 Jahren die Formel Kopf gestanden hatte, war die Vermeidung solcher Pannen zur fixen Idee geworden. Nichts war irritierender als die Heiterkeit des Publikums zur Unzeit. Er war seitdem immer wieder auf Kongressen aufgetreten, aber die panische Angst vor Blamage war geblieben. Was in einer halben Stunde auf ihn zukam, war wesentlich heikler als ein Vortrag auf einem wissenschaftlichen Kongress, und möglicherweise weit bedeutender.

Alles war in Ordnung. Das Zitat des amerikanischen Prozac-Forschers und »Serotonin-Gurus« Michael Norden erschien richtig herum und in lesbarer Größe auf der Leinwand. Psolakis nahm den grünen Schreiber vom Pult und unterstrich den entscheidenden Satz: »Ich glaube natürlich, dass das Wichtigste für die psychische Gesundheit ein gesundes Serotoninsystem ist ...«

Wo war das Blatt, auf dem die Namen der Besucher notiert waren? Da, ordentlich vor das Deckblatt geheftet. Er überflog die Liste. Adams war der Neuseeländer, dann kamen die Amerikaner, zum Schluss die drei Iren.

Namen waren sein zweites Problem. Eben noch eingeprägt, schon wieder vergessen. Peter O'Brian hieß der ranghöchste Gast, ein alter Freund von Mark Sweenie, der im künftigen nordirischen Justizministerium die Funktion eines Staatssekretärs bekleiden würde. Peter O'Brian, das ließ sich leicht merken. Wie Peter O'Toole und »Das Leben des Brian«. Ein alter Filmstar und ein neuer Film, den Mimi auf Video hatte. Sein Stellvertreter kam auch mit, Patrick Fitzpatrick. Er hatte in der heißen Zeit katholisch-protestantischer Auseinandersetzungen schon Gefängniszellen von innen gesehen.

Psolakis klappte den Ordner zu und entdeckte dabei einen Haftie, der am Ärmelaufschlag seines Sakkos klebte. »Dimitria bittet um Rückruf!« Er erinnerte sich, dass er den gelben Zettel vom Telefon genommen und auf den Ordner geklebt hatte, als er die Unterlagen zusammenraffte. Mimi hatte ihm sicher noch Glück wünschen wollen vor dem großen Auftritt. Aber jetzt war keine Zeit mehr für Privates. Er zerknüllte den Zettel zu einem winzigen Kügelchen.

Brian O'… wie hieß der Wichtige Ire? Nicht Brian O', sondern O'Brian. Er überflog die Liste erneut. Sweenie hatte keine Wissenschaftler, sondern ausschließlich Praktiker eingeladen. Jeder aus der handverlesenen Gruppe musste an der Entwicklung einer Substanz wie Fitty plus in höchstem Maß interessiert sein. Die Amerikaner waren allesamt Direktoren von privat betriebenen Gefängnissen aus den Südstaaten. Der Einzige mit naturwissenschaftlicher Vorbildung war der dritte Ire, Seán Finbar, ein Gefängnispsychiater. Wie mochte der Vorname auszusprechen sein mit diesem seltsamen Akzent? War es bei Iren wie bei den Amerikanern überhaupt üblich, sich schnell beim Vornamen anzusprechen? Wie hieß noch der Staatssekretär? Peter O'Brian, Peter O'Brian. Er durfte ihn nicht mit dem Texaner verwechseln, der auch Peter hieß. Peter McDouglas. 2130 Insassen, mehr als die Hälfte davon Lebenslängliche.

Psolakis hatte schon häufiger Vorträge auf Englisch gehalten. Er sprach es fließend mit leichtem griechischen Akzent. Womöglich war das gar nicht schlecht. Zumindest die Iren misstrauten wahrscheinlich jedem mit Oxford-Allüren. Hoffentlich würde er O'Sowieso verstehen, wenn Zwischenfragen kamen.

Das Telefon klingelte, Sweenies Sekretärin. »Die Herren sind auf dem Weg.« Psolakis atmete tief durch und vergewisserte sich, dass eine Ersatzbirne unter dem Overheadprojektor lag und der Videorecorder betriebsbereit war. Er kniff sich in den Unterarm, um sich davon zu überzeugen, dass Lampenfieber völlig überflüssig war. Verglichen mit einem Spiel auf dem Centre Court war die Sache höchstens ein halb ernstes Trainingsmatch. Ein Versuchsballon, mehr nicht. Er würde seinen Vortrag halten und das Video zeigen. Sie würden applaudieren und Fitty-plus ordern. Oder den Kopf schütteln, sich höflich bedanken und wieder abreisen. Es gab nichts zu verlieren. Dazu kannte er Sweenie gut genug. Wenn wirklich etwas zu verlieren gewesen wäre, hätte der die Sache allein durchgezogen.

Er hörte Schritte und Gelächter an der Garderobe im Vorraum, dann dumpf die Chefstimme. Irgendwann hatte er ihm einmal erzählt, wie lange er in Belfast gelebt hatte, vierzehn oder fünfzehn Jahre. Viel Heimweh schien er nicht nach seinem Geburtsland zu haben. Heimat- und Wurzellosigkeit war ein gemeisamer Punkt in ihrem Leben. Allerdings mit unterschiedlichen Folgen. Sweenie fühlte sich in der ganzen Welt zu Hause und hatte ein dichtes Kontaktnetz rund um den Globus gespannt. Psolakis war nirgends heimisch geworden. Die einzigen nostalgischen Gefühle, die er sich erlaubte, waren seine Vorlieben für Metaxa und für griechische Geliebte.

Die Gäste betraten den Konferenzraum, ohne die Lautstärke zu senken. Nicht wie deutscher Geschäftsbesuch, der in der Regel gleichzeitig höchst korrekt, extrem misstrauisch und ziemlich unterkühlt wirkte. Eher wie eine Gruppe von

Stammtischbrüdern, die den Einfall gehabt hatten, einen aus dem eigenen Kreis ins Büro zu begleiten.

Vorneweg kamen die Iren. Der Stämmige, der als Erster durch die Tür trat, hätte Sweenies älterer Bruder sein können, er hatte das gleiche rote Kräuselhaar und die gleichen grünen Augen. Er wirkte sogar noch stärker wie ein Klischee-Ire aus der Fremdenverkehrswerbung. Feine Äderchen zogen sich über die Backen und ließen einen eifrigen Pub-Gänger vermuten. Die beiden Begleiter hätten auch aus Belgien oder Polen stammen können. Beide hatten dunkle Haare und trugen eine Brille. Der Größere hatte Segelohren und kaute Kaugummi.

Der Rothaarige salutierte wie ein Unteroffizier vor einem General. Es war Fitzpatrick. Leichter Whiskeyduft entströmte seinem Mund. Psolakis machte sich darauf gefasst, dass die anderen ihm kumpelhaft auf die Schulter klopfen würden, aber die beiden Dunklen schüttelten Psolakis die Hand und setzten sich. Der kleinere war O'Brian. Klein, dunkel, keine Ohren, merkte sich Psolakis. Als Nächster folgte der Neuseeländer, graue Haare, grauer Schnauzbart, dezent elegant grau gekleidet. Er mochte auf die sechzig zugehen. Er senkte höflich den Kopf und reichte ihm eine Visitenkarte. Die Amerikaner nickten nur kurz. Sie marschierten gleich zu den Stühlen, die in U-Form aufgestellt waren. Einer von ihnen war ein Schwarzer.

Psolakis reichte die Kaffeekanne herum. Sweenie sprach seine Einführungsworte, knapp und pointiert: »Wir freuen uns, dass Sie gekommen sind. Wir sind stolz auf das, was wir Ihnen zu bieten haben.« Er wandte sich an den schwarzen Amerikaner: »Ron, was haben Sie mir vorhin erzählt, wie viel Körperverletzungen hatten Sie im letzten Jahr in Ihrer Institution?«

Der Angesprochene zeigte blendend weiße Zähne, bevor er

die Zahlen herunterleierte: »Sawatch County Prison, Arkansas. Vier Selbstmorde, zwei Morde, 442 schwere Körperverletzungen, davon 17 am Personal, entsprechend viele Schadenersatzklagen.«

»Wie viele Insassen?«, fragte sein Nachbar.

»380. Nur Schwerkriminelle.«

»Da seid ihr noch gut dran. Bei uns sitzen über zweitausend. Tendenz steigend.« Das musste der Texaner sein.

Sweenie ergriff wieder das Wort. »Ich brauche es in diesem Kreis nicht zu sagen. Die Aufbewahrung von Straftätern, wie wir sie heute in der westlichen Welt praktizieren, ist gefährlich, sie ist teuer, sie ist schlicht kontraproduktiv. Ich spreche von Blut und Tränen. Ich spreche von Vandalismus, vom Krankenstand beim Personal, von Fluktuation. Sie haben ein Problem. Wir glauben, die Lösung zu haben.«

Einer von Sweenies zahlreichen Vorzügen war, dass er sich kurz fassen konnte: »Ich lasse Sie jetzt mit Dr. Psolakis allein, er wird Ihnen die fachlichen Erläuterungen geben. Wir sehen uns anschließend zum Lunch.«

Als er gegangen war, zog der Texaner sich einen Zweitstuhl heran, auf dem er seine Füße platzierte. Er lachte. »Okay, Kostas, let's have a look on your super drug.«

Die ersten zehn Minuten lang lief alles perfekt. Obwohl die Gäste nicht an chemischer Fachsimpelei interessiert waren, hörten sie konzentriert zu. Psolakis versuchte, die vorbereiteten Folien für Laien verständlich zu erklären. Er gab einen Überblick über die Geschichte der Forschungen zu Stress und Aggressivität und die Rolle der Hirnhormone. Er skizzierte die Erfolgsgeschichte des Prozac-Wirkstoffs Fluoxetin. »Seitdem man diesen Wirkstoff entdeckt hat, interpretieren Psychiater einen großen Teil psychischer Störungen als ›Prozac-Mangel‹. Sie sind begeistert von Prozac, weil es Patienten helfen kann, denen mit den herkömmlichen Mitteln nicht zu helfen war.«

Jetzt kam der medizinische Teil. Eine bekannte Nebenwirkung von Prozac waren Schlafstörungen. Sie überhaupt zu erwähnen und dann noch den Exkurs anzuschließen, dass sie nach Schätzungen der amerikanischen Gesundheitsbehörden Kosten von 50 Milliarden Dollar verursachten, war ein Fehler. Zwei der Amerikaner fingen unbekümmert an zu gähnen. Sie steckten den Neuseeländer an. Psolakis sprach jetzt schneller. Er ratterte andere mögliche Nebenwirkungen herunter. »Schwitzen, innere Unruhe, Hautausschläge, Übelkeit, Kopfschmerzen …« Jetzt gähnte auch der Schwarze.

Es war Finbar, der die Situation rettete. »Impotenz. Unterschlagen Sie die Impotenz nicht«, kam seine dröhnende Stimme von links. »Ein Cousin von mir war ein halbes Jahr auf Prozac-Trip. Er hat erzählt, dass es einen umhaut wie zwei Flaschen Whiskey. Nichts mehr los im Bett. Er war heilfroh, als Viagra auf den Markt kam.« Die Herrenrunde war wieder wach. Alle lachten. Bis auf den Neuseeländer. Psolakis quälte sich ein Lächeln ab.

»Ich sehe, Sie sind Fachmann. Sie haben völlig Recht. All die Nebenwirkungen haben Kliniker wie Professor Norden zu der Hoffnung veranlasst, dass es natürliche Heilmittel gibt, die ähnlich wie Fluoxetin wirken und bestimmte biochemische Vorgänge im Gehirn unterstützen, ohne dass es zu solch bedauerlichen Ausfallerscheinungen kommt.«

Der Segelohrige schaltete sich ein: »Wo liegt das Problem? Man muss den Whiskey nur heiß machen. Ein Löffel Honig, eine halbe Tasse Sahne, zwei Tassen Jim Beam – und du bleibst so geil wie ein …« Was folgte, ging in erneutem Gelächter unter. Es war ein Begriff, der in Psolakis' Wortschatz nicht vorkam. Er würde Sweenie zu gegebener Zeit fragen, was »randy boar« bedeutete. Es konnte nie schaden, Idiome zu beherrschen. Zunächst musste er das Gespräch aber wieder in wissenschaftliche Bahnen lenken, bevor die Sache entgleiste.

»Die Bekämpfung der Nebenwirkungen ist interessant; doch lassen Sie uns bei der Hauptsache bleiben. Sie werden drüben von Mark Sweenie gehört haben, dass es uns gelungen ist, ein Verfahren zu entwickeln, das die Hirnhormone in höchst erfreulicher Weise stabilisiert. Die Sojafraktionierung ist aus zwei Gründen besonders elegant. Soja ist ein Naturprodukt, und zwar so ungefähr das billigste, das Sie sich vorstellen können.« Psolakis nahm einen Schluck Wasser. »Und es ist eines der bewährtesten. Sie wissen vielleicht, dass die Chinesen die Sojabohne schon im Jahr 2500 vor unserer Zeitrechnung nutzten und rühmten.«

Er legte die Folie auf, in der die Heilwirkungen von Bestandteilen der Sojabohne charakterisiert waren.

»Wir sind ein Lebensmittelkonzern. Unser Bestreben gilt einer Nahrungsmitteloptimierung, die allen Verbrauchern zugute kommt. Ein paar zusätzliche Experimente haben uns nun aber gezeigt, dass durch Anreicherung des Fitty-Faktors ein qualitativer Sprung erzielt werden kann. Wir glauben, dass wir tatsächlich auf die Wunderdroge aus der Natur gestoßen sind, auf die Professor Norden gehofft hat.«

»Warum melden Sie Ihr Fitty nicht zum Patent an?« Wunderbar. Der wichtige Ire hatte angebissen.

»Gute Frage. Es geht nicht. Die Fettfraktionierung ist kein Produkt, sondern ein altbekanntes Verfahren und damit nicht mehr patentierbar. Den Fitty-Faktor selbst patentieren zu lassen wäre unserer Meinung nach unklug. Wenn wir es täten, müssten wir alles offenlegen: alle Prozessstufen inklusive der Anreicherungstechnik. Jede Pharmafirma hätte eine ideale Basis, um selbst herumzuexperimentieren. Pharmariesen beschäftigen 2000 Forscher, wir sind eine Lebensmittelfirma und haben 20. In so einem Prozess kommt ein Außenseiter gnadenlos unter die Räder, Mr. O'Toole.«

Der Staatssekretär in spe schaute leicht konsterniert; seine Landsleute auch. Dabei sollte David gegen Goliath ein Argument sein, das sie überzeugte.

»Wir wollen das Know-how«, fuhr Psolakis rasch fort. »Wir wollen weiter forschen, ohne dass die Pharmaindustrie hellhörig wird. Hier in Deutschland besteht allerdings nur in beschränktem Umfang die Möglichkeit zu den entscheidenden Untersuchungen. Deshalb ist uns an einer Partnerschaft gelegen.«

Uff. Endlich waren sie beim eigentlichen Thema.

Der Staatssekretär nahm seine Brille ab und rieb die Gläser mit einem nicht ganz sauberen Stofftaschentuch. »Aber wenn es so funktioniert wie Prozac, ist es ein Mittel gegen Depression. Sind Sie sich denn klar darüber, mit was für Leuten wir es in unseren Einrichtungen zu tun haben? Wenn die nur depressiv sind, danken wir dem Himmel. Wir sprechen hier von Killern. Von Fanatikern, die kleine hübsche Bomben basteln und sie im Zweifelsfall in einen U-Bahn-Eingang oder in den Kindergarten der Nachbarstochter legen. Von Leuten, die einen Hass auf jeden haben, der das Wort Frieden in den Mund nimmt. Die Ihnen an die Gurgel gehen, wenn Sie die falsche Konfession haben.«

Der Texaner schaltete sich ein: »Von Jungs, die Ihnen die Gräten brechen, wenn Sie ihnen in der Zelle aus Versehen den Rücken zudrehen. Nicht aus besonderer Bosheit. Eher als Training.«

Der Neuseeländer meldete sich das erste Mal zu Wort, mit

einer melodischen leisen Stimme. »In Wellington nahmen unsere Insassen im letzen Jahr Wärter als Geiseln, verschanzten sich auf dem Dach und zündeten ihr Zuhause an. Der Spaß hat uns drei Millionen Dollar gekostet. US-Dollar wohlgemerkt.«

Psolakis nickte. »Es ist eine der weit reichenden Erkenntnisse der Hirnforschung, wie eng die Erscheinungsbilder Depression und Aggression zusammenhängen. Das Schlüsselwort heißt in beiden Fällen Stress. Dauerhafte Ausweglosigkeit wie bei Ihrer Klientel ist die höchste denkbare Form von Stress. Das Gehirn bemüht sich nach Kräften, damit fertig zu werden, aber dabei passiert etwas Gefährliches: Der Serotoninspiegel sinkt. Das schränkt die Fähigkeit ein, Stress angemessen zu verarbeiten, noch mehr ein. Norden spricht vom ›überhitzten Gehirn‹. Das Gegenmittel besteht bei Depression wie bei Aggression darin, die Serotonin-Bilanz wieder herzustellen.«

»Und das kann Ihre Superdroge?«

»Um es pathetisch zu sagen: Sie kann aus Zombies Menschen machen.« Psolakis beglückwünschte sich zu diesem gelungenen Übergang, mit dem er die letzten Folien einsparen konnte. Er griff zur Fernbedienung: »Urteilen Sie selbst!«

Die technische Qualität des Videos aus dem Sonderforschungsbereich war nicht perfekt; er hatte es durch die Einwegscheibe aufnehmen müssen. Er hatte sich auf drei Personen konzentriert – Meister Proper, die Punkerin und einen ehemaligen Hooligan.

Er wartete, bis sich die Kamera an einen jüngeren Mann mit Pagenkopf herangezoomt hatte, der sich lächelnd eine Strähne aus der Stirn strich. Es folgte ein Schnitt. Der Bildschirm zeigte einen Ausriss aus einer Zeitung. Zu sehen war eine Gruppe von Glatzköpfen in Deutschlandtrikots, die mit Bierflaschen und Holzlatten auf einen französischen Polizisten eindroschen.

Psolakis schaltete auf Standbild um. »Sie werden sich an den Anlass erinnern. Lens in Frankreich, Fußballweltmeisterschaft von 1998. Eine Gruppe von deutschen Hooligans widmet sich erst gegnerischen Fans und prügelt dann einen Trupp Polizisten krankenhausreif. Einer liegt tagelang im Koma. Die Täter zeigen keinerlei Reue. Vor Gericht glorifizieren sie bis heute ihre Heldentaten. Bis auf einen. Sie sehen ihn hier. Er arbeitet seit sechs Wochen bei Fosco in einem extrem stressgefährdeten Bereich.«

Er ließ den Film weiterlaufen. Jetzt war wieder der junge Mann im Call-Center zu sehen. Er saß entspannt auf seinem Stuhl und sprach in ruhigem Tonfall in sein Mikrofon. Psolakis erklärte: »Wir haben für diesen Mitschnitt ein kleines Beleidigungsbombardement inszeniert. Der Gesprächspartner am anderen Ende hat alles versucht, um unseren Probanden zu provozieren. Scheißladen, Scheißprodukte, Scheißbeschwichtiger am Telefon, Sie Wichser … Das frühere Ego dieses jungen Mannes wäre ausgerastet. Das heutige bleibt zuvorkommend und höflich und lässt sich nicht aus der Ruhe bringen. Ich übersetze Ihnen, was er sagt: ›Mann, Sie haben heute einen schlechten Tag erwischt. Aber ich bin sicher, Sie kommen drüber weg. Ich wünsche es Ihnen aufrichtig.‹«

Das Gespräch war beendet. Der junge Mann seufzte lächelnd und schüttelte leicht den Kopf. Dann übernahm er das nächste Telefonat. Psolakis stoppte das Video, zog einen Bogen aus seinen Unterlagen und gab ihn herum. »Hier sehen Sie seine Werte auf der Aggressions-Impulsivitäts-Skala vor der Einstellung. Acht von zehn Merkmalen waren im auffälligen Bereich. Achten Sie auf die Kategorie 7, das ist die Stressempfindlichkeit.« Er

nahm einen zweiten Bogen heraus. »Wir wiederholen den Test routinemäßig nach sechs Wochen. Hier ist das Ergebnis. Der Befund ist so unauffällig wie bei mir oder Ihnen.«
Er hatte niemand direkt angesprochen, aber der Segelohrige gluckste: »Seán, er will dich beleidigen!«
So wurde es also ausgesprochen. Schioooon.
Seán grunzte. Der Schwarze fragte: »Und in welcher Form verabreichen Sie Ihre Wunderdroge?«
»Wie ich schon angedeutet habe, handelt es sich nicht um ein Medikament im üblichen Sinn. Fitty plus ist ein Lebensmittelbestandteil. Das ist juristisch relevant, weil wir damit alle Komplikationen im Hinblick auf das Medikamentenrecht vermeiden können.« Er deutete auf seine Tasse. »Stellen Sie es sich vor wie beim Kaffee. Wenn eine Firma auf die Idee käme, chemisch reines Koffein zu synthetisieren, und den Extrakt als Aufputschmittel vertriebe, wäre das ein pharmazeutisches Produkt. Aus der Kaffeebohne gewonnen, geröstet und gemahlen, nennen wir es Genussmittel. Auch dann, wenn es vielfache Stärke hat, wie etwa Espresso.« Er hob die Tasse und nahm einen Schluck. »Fitty plus liegt in der Fettfraktion eingebettet vor. Für die Anwendung eignen sich alle Rezepte, die normales Haushaltsfett enthalten. Kekse haben sich ideal bewährt. Jeder unserer Probanden bekommt ein Tagesdeputat an den Arbeitsplatz, das er sich selbst einteilen kann.«
»Und das klappt?«
»Problemlos.« Psolakis ließ das Video weiterlaufen. Die Punkerin erschien auf dem Schirm. Sie griff auf einen Teller in ihrer Box und steckte sich einen Keks in den Mund. »Aus experimenteller Hinsicht hatten wir mit ihr besonderes Glück. Frauen zeigen in der Regel weit geringere Ausschläge auf der Skala. Aber bei ihr trug der A/I-Koeffizient durchaus maskuline Züge. Die Stressempfindlichkeit war

die zweithöchste in der gesamten Gruppe.« Er hielt die entsprechenden Bögen hoch und ließ das Band kommentarlos weiterlaufen. Sie schaukelte ein wenig auf ihrem Stuhl und führte ihre Gespräche konzentriert und vergnügt.

Als Höhepunkt und Schlusslicht wollte Psolakis eigentlich sein Lieblingsbeispiel vorführen, den dicken Bankräuber alias Meister Proper. Doch die Szene mit der Punkerin zog sich in die Länge. Die Gäste wurden erneut unruhig. Bevor Psolakis verstand, was geschah, war O'Brian aufgestanden, hatte ihm die Fernbedienung aus der Hand genommen und das Video abgeschaltet: »Sehr beeindruckend. Ich glaube, wir haben genug Filme gesehen.« Psolakis deutete eine leichte Verbeugung in die Richtung auf den Lobenden an. Der hatte noch nicht ausgeredet. »Aber wir wären dumm, wenn wir einem Film blind vertrauen würden.« Er schloss: »Kostas, zeigen Sie uns Ihren Sonderforschungsbereich.«

Sweenie und er hatten überlegt, welche zusätzlichen Wünsche die Besucher äußern würden. Für den Fall des Falles stand eine milde Keksvariante bereit, die Probanden im Verkostungslabor durchgängig ein angenehmes Gefühl der Leichtigkeit vermittelt hatte. Mit dieser Forderung hatten sie nicht gerechnet. Psolakis überlegte fieberhaft, wie er das Ersuchen abbiegen konnte. Ein Mark Sweenie hätte mit Sicherheit irgendeinen Trick aus dem Hut gezogen. Aber Mark Sweenie war nicht da. Psolakis sah auf die Uhr, stotterte, dass drüben Pause sei, dass er nicht wüsste, ob …

Aber mit O'Sowieso waren die anderen Iren aufgestanden, und auch die Amerikaner zogen bereits ihre Jacketts wieder an, die sie während der Vorführung abgelegt hatten. Wenn er die Veranstaltung retten wollte, musste er jetzt improvisieren. Also nachgeben. Und warum eigentlich nicht? Den Überwachungsraum konnte er ihnen zeigen.

Er rang sich zu einem Lächeln durch. »Es ist mir ein Vergnügen, Mr. O'Peter.«
Er musste trotzdem unbedingt Sweenie benachrichtigen. Und den Laboranten drüben, um ihn vorzuwarnen. Jetzt das Telefon im Konferenzraum zu benutzen, während die Gruppe ihn beobachtete, hätte allerdings allzu auffällig gewirkt. Also entschuldigte er sich, ging zur Toilette und fummelte sein Handy aus der Tasche. Er hatte kaum die Tür zu der Kabine geschlossen, als einer der Besucher hinterherkam und die Nachbarkabine betrat. O'Wiehießerdoch? Psolakis fiel mit Schrecken ein, dass er ihn irgendwann O'Toole genannte hatte. Wenn der ihn jetzt dabei ertappte, wie er auf dem Klo telefonierte, würde das unendlich peinlich wirken. Psolakis steckte das Handy seufzend wieder ein und betätigte die Spülung.
Auf dem Weg zum Call-Center unterhielt sich die Besuchergruppe angeregt. Psolakis klopfte laut, um den Laboranten aufmerksam zu machen, bevor er den Code für die Stahltür eintippte. Er hätte sich die Mühe sparen können. Der Raum, in dem der Mann hätte Aufsicht führen sollen, war leer.
Schlimmer noch: Die Tür zum Vorratsschrank für die Kekse stand weit offen. Psolakis hatte allen, die im Labor Dienst taten, eingeschärft, diese Tür unter keinen Umständen unverschlossen zu lassen. Zwar hatten die Probanden keinen Zugang zum Laborteil. Dennoch sollte keine Vorsichtsmaßnahme unterbleiben. Erst recht nicht, wenn der Laborant den Raum verließ, um zur Toilette zu gehen. Wo blieb er bloß? Psolakis schloss die Tür zum Vorratsschrank.
»Alle Achtung, Sie haben uns nicht zu viel versprochen.« Die Stimme gehörte zu dem segelohrigen Psychiater. Ohne ihren Führer zu beachten, waren die Gäste an die Einweg-

scheibe getreten und beobachteten fasziniert die Szene im Nebenraum. Dort bot sich das erstaunliche Bild, das sie aus dem Video kannten. Die Telefondrähte glühten. Alle waren emsig bei der Arbeit. Die Sardinenbüchsen-Atmosphäre tat ihrem Eifer keinen Abbruch. »Hello, Hooligan! Hello, Punklady« rief der andere Ire, der wie Sweenie aussah. Er zeigte auf die beiden, die er wieder erkannt hatte, und schnitt Grimassen. Immerhin schien er zu wissen, dass man ihn von drüben nicht sehen konnte.

»Fast unglaublich«, sagte der schwarze Amerikaner. »Verglichen mit Ihren Boxen sind unsere Gefängniszellen Luxus-Apartments. Und sie halten diese Disziplin tatsächlich alle von morgens bis abends durch?« Psolakis nickte mechanisch. Seine Gedanken liefen Sturm. Wo blieb der Laborant? Warum war Platz 57 drüben vakant? Ausgerechnet der Platz von Meister Proper.

Er lotste seine Besucher wieder hinaus. Die Gruppe war in Fachsimpelei darüber vertieft, welche Gefangenen die gefährlichsten auf der Welt waren. Black Panther, Hamas, Basken, IRA? Der rothaarige Ire bot dem Texaner Wetten an. Der Schwarze erzählte von einem Ausbruch mit Hubschrauberbeteiligung. Die Stimmung war so gut, dass außer Psolakis keiner auf die beiden seltsamen Gestalten auf der Wiese achtete.

Dort auf dem Rasen vor dem Mitarbeitereingang zum Call-Center bot sich ein groteskes Bild. Meister Proper kniete auf dem Gras, augenscheinlich vertieft in den Anblick einer Margerite, die er in der Hand hielt. Und als ob das nicht entsetzlich genug gewesen wäre, kniete ihm gegenüber der Dienst habende Laborant. Abwechselnd zupften sie Blütenblätter der Blume ab. Augenscheinlich spielten sie »sie liebt mich, sie liebt mich nicht«. Zwischen ihnen stand ein Kekskarton.

Psolakis versuchte sich so vor seiner Gruppe aufzubauen, dass er die beiden Gestalten vor den Besucherblicken abschirmte. Er fuchtelte mit den Armen und lenkte so die Aufmerksamkeit der Gäste auf die Nachbarhalle, in der sich das Ausbildungszentrum befand. Er rühmte die Ausbildungsbemühungen von Fosco und erfand Zahlen und Daten von erfolgreichen Absolventen. Die Arme ausgebreitet wie ein Hirte, der seine Herde vor sich hertreiben will, eskortierte er die Gruppe im Geschwindschritt zum Bürohochhaus. Der Neuseeländer erzählte ihm, dass man im Gefängnis in Wellington fünfzehn Handwerksberufe lernen und sogar Jura studieren konnte.
»Ganz erstaunlich, Mr. Fitzpatrick«, hörte er sich sagen und erntete einen verstörten Blick. Egal. Er hatte die Krise gemeistert. Kaltblütig gemeistert. Er fühlte, wie die Anspannung von ihm wich. Doch es war einfach kein guter Tag. Als sie endlich im zwölften Stock aus dem Fahrstuhl traten, stand ihm die Frau aus dem Kühlkeller gegenüber. Sie strahlte ihn an. »Mahlzeit, Herr Dr. Psolakis!« Er sah weg. Er konnte sich jetzt beim besten Willen nicht auf ihren Namen konzentrieren.
Mark Sweenie nahm die Gäste gut gelaunt in Empfang. Er würde beim Essen ein abschließendes Gespräch mit ihnen führen. Glücklicherweise war Psolakis in diesem Kreis nicht eingeplant. Er verabschiedete sich eilig. Der mit dem Viagra-Cousin schlug ihm zum Schluss tatsächlich noch auf die Schulter: »Kostas, Sie sind ein prima Kerl, aber zu nervös. Ich glaube, Sie brauchen eine Ladung Fitty!« Röhrendes Gelächter. Diesmal lachte sogar der Neuseeländer.

Psolakis hastete zum Call-Center zurück. Die beiden Männer saßen noch immer auf dem Rasen. Der Laborant sah ihn mit unschuldigen Augen an. »Oh, Dr. Psolakis, kommen

Sie zu uns!« Als er sah, dass sein Vorgesetzter keine Miene machte, der Aufforderung Folge zu leisten, rappelte er sich hoch, machte einen Diener und hielt Psolakis einen Margeritenstengel vor die Nase. »Wir haben es geschafft. Sie liebt mich.« Er machte eine Handbewegung hin zu dem Dicken, der immer noch versunken kniete und weiterzupfte. »Und ihn auch.«

Psolakis schäumte. »Machen Sie, dass Sie wieder reinkommen. Was zum Teufel tun Sie hier draußen?«

Der Laborant zeigte auf den Karton, in dem noch zwei Kekse übrig waren. »Er hat mir davon angeboten.« In seiner Stimme schwang Reue, aber auch Trotz.

»Wer? Wie kommt er dazu?«

»Er ist ins Labor gekommen und wollte Kekse. Und dann hat er gefragt, ob ich sie auch so gern mag. Ich musste zugeben, dass ich noch nie welche probiert habe. Sie sind wirklich gut.«

Psolakis bückte sich, um nach dem Karton zu greifen. Ein gefährliches Knurren ließ ihn zusammenfahren. Der Dicke hatte seine kniende Position nicht geändert. Sein Blick war nach wie vor gesenkt. Aber die Adern am Hals waren angeschwollen, und seine Hände waren zu Fäusten geballt. Hände war untertrieben. Psolakis richtete sich wieder auf. Eine Pranke des Dicken schoss nach vorn, griff gierig nach den beiden restlichen Keksen und stopfte sie sich in die Hosentasche.

»Wie ist er denn ins Labor gekommen?«

Die Antwort war ein ratloser Blick und Schulterzucken.

Psolakis seufzte. Daran hätten sie bei der Auswahl denken müssen. Für einen Safeknacker war es wahrlich kein besonderes Problem, auch gesicherte Labortüren und verschlossene Schränke aufzukriegen.

»Kein Wort zu irgendjemand. Sie rufen Ihre Vertretung an

und lassen sie einspringen. Dann gehen Sie nach Hause und legen sich ins Bett. Morgen um neun Uhr haben Sie einen Termin bei mir!«

Der Angesprochene fügte sich. Er half dem Dicken hoch und führte ihn zurück in das Gebäude.

So etwas durfte sich nicht wiederholen. Er hatte geradezu unverschämtes Glück im Unglück gehabt. Nicht auszudenken, was passiert wäre, wenn dieser O'Peter die Videovorführung nicht vor der Szene mit Meister Proper abgebrochen hätte. Dann hätten die Besucher die markante Gestalt auf dem Rasen mit Sicherheit nicht übersehen.

Psolakis zupfte sich Fussel vom Jackett und ging ins Büro. Als Erstes würde er Mimi anrufen. Alles in allem war der Vormittag nicht übel gelaufen.

Zwei Stunden später wurde dieser Eindruck von höchster Stelle bestätigt. Sweenie kam persönlich vorbei, um ihm die gute Nachricht zu überbringen. Die Amis und die Iren waren an Fitty plus interessiert. Der Neuseeländer zögerte noch. Der Chef hatte blendende Laune. Im Gehen sagte er: »Ein kleiner Tip noch, Kostas! Gewöhnen Sie es sich in solchen Situationen ab, Menschen mit Namen anzureden, es liegt Ihnen einfach nicht!«

Ein freundschaftlicher Rüffel. Aber Psolakis wusste, dass Sweenie bei Mitarbeitern der Leitungsebene keine Fehler schätzte. Von der anderen kleinen Panne durfte er nie etwas erfahren. Sweenies kalte Wut beim ersten kekshungrigen Laboranten war Psolakis gut im Gedächtnis geblieben.

Schauerliches

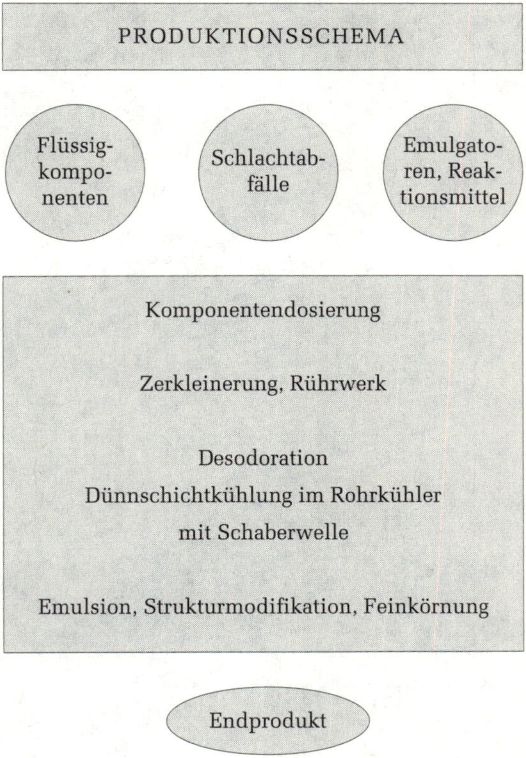

© Fosco International, Chicago, Hamburg

Wir mästen alle anderen Kreaturen, um uns selbst zu mästen. Und uns selber mästen wir für die Maden. Der fette König und der magre Bettler sind nur verschiedne Gerichte, zwei Schüsseln, aber für eine Tafel …

William Shakespeare

Auf Katharinas Schreibtisch türmten sich Programme von Märchentheater-Aufführungen. Hans im Glück, Rotkäppchen, Schneewittchen und immer wieder Hänsel und Gretel. Sie hatte eine lange Liste abzuarbeiten, die von A wie Akrobaten bis Z wie Zutrittsberechtigungen ging. Die Assistenten der Communications-Abteilung würden ihr zuarbeiten. Unter anderem mussten sie beim Ordnungsamt Erlaubnis einholen, dass Kinderdarsteller die sieben Zwerge mimen durften, und beim Tierschutzamt anfragen, unter welchen Bedingungen ein lebendiges Schwein für »Hans im Glück« gastieren durfte.

Dieter hatte ihr für die Schlaraffenland-Gala von einer Bühnenbildnerin aus dem Schauspielhaus vorgeschwärmt, die er kannte. »Sie hat in der letzten Saison ›Unter dem Milchwald‹ gestaltet – unheimlich poetisch!« Katharina hatte sich mit der Frau getroffen und ihr vom Projekt der Gala erzählt. Endgültig zugesagt hatte sie noch nicht, aber Dieter war ziemlich sicher, dass sie es tun würde. Der Komponist, der für Martha mit dem Roaring-Fitties-Chor arbeitete, hatte Lust, den musikalischen Teil zu übernehmen.

Die märchenkundige Anthropologin würde sie morgen kennen lernen. Eine Sekretärin hatte ihr in der letzten Woche mitgeteilt, dass Sofie Bauer sich auf einer Exkursion in Peru befand. Aber nach ihrer Rückkehr würde die Professorin ihr Seminar fortsetzen, das sich mit der Rolle des Essens im Märchen beschäftigte. Katharina hatte sich den Termin notiert und sich vorgenommen, in der nächsten Zeit die Nachmittage am Mittwoch freizuhalten.

Sie reckte sich und schaute aus dem Fenster. Das Panorama faszinierte sie nach wie vor. Seit ein paar Tagen war es grau und regnerisch. Enorme Wolkentürme zogen von West nach Ost. Sturmböen zerzausten den Rauch aus dem Kamin des Kekswerks. Die nassen Straßen glänzten, und statt Köpfen sah man Schirme von oben, die der Männer in der Regel schwarz, die der Frauen bunt. Gerade lief Miss Plappermaul mit einem unverkennbaren großen lila Schirm vom Büroturm zur Kantine. Sie hielt ihn falsch. Ein Windstoß fuhr hinein und bog die Metallstreben um. Die Communications-Chefin klappte den Schirm zu und eilte stöckelnd weiter, die freie Hand versuchte ihre Frisur zu bedecken.

Das Telefon riss Katharina aus den Betrachtungen. »Haben Sie um zwei Zeit für Fortbildung?«, fragte Lilli und sprach gleich weiter: »Der Megarotor wartet. Der Meister holt Sie am Eingang ab. Nehmen Sie den Plan mit. Das Gebäude liegt ziemlich versteckt. H 13, aber die Nummerierung ist irreführend, es ist das einzige zwischen H 7 und H 20. Richtung Kekswerk, aber bevor Sie da sind, unter der Rohrbrücke durch, dann sehen Sie eine graue Stahltür. Und vergessen Sie den Helm nicht.«

Der Meister von H 13 war klein und wirkte zur Abwechslung völlig normal. Der Rotor war ein silbriges Monster, das drei Stockwerke in der Abteilung Vorverarbeitung einnahm. Katharina gab sich höflich interessiert, aber durch ihren Kopf tosten an diesem Tag die gleichen heftigen Winde wie draußen. Es waren immer noch neun Wochen bis zur Gala, aber so vieles war zu bedenken.

Sie versuchte sich auf den Rotor zu konzentrieren. Im Gegensatz zu den Maschinen, die sie bisher kennengelernt hatte, schien er ihr unsympathisch. Ein abschreckendes, unheimliches Gerät. Katharina konnte den Erklärungen

des Meisters kaum folgen, denn das Monster war mit einem Prozess beschäftigt, der entsetzliches Getöse machte. Es schien sich um eine Art Mühle zu handeln. Ihr Führer versuchte das Dröhnen zu übertönen, brüllte ihr etwas von Grobschroter, Schneckenförderer und unterschiedlichen Korngrößen zu und führte sie zu dem Hebel, wo die Werte manuell mikrometerfein eingestellt werden konnten.
Endlich hatte der Rotor zu Ende rotiert. Genau in diesem Moment plötzlicher Stille schrie ihr Begleiter Katharina ins Ohr: »Egal, ob Sie da Getreide reinfüllen oder einen Haufen Knochen oder ein ganzes Schwein, am Ende kommt dasselbe Mehl raus.« Das gleiche, korrigierte sie innerlich und stutzte. Was hatte er gesagt? In ihrem Kopf entstand unwillkürlich das Bild einer Sau mit traurigen Augen, die über die Gitterroste und Treppen nach oben stapfte. Plötzlich wurde sie hellwach. Wenn dieser schreckliche Apparat groß genug war für ganze Schweine, ob dann auch …
Der Meister wies mit der Hand auf den riesigen verkapselten Einfüllstutzen knapp unter dem Dach des Gebäudes. Darunter rasselten schwere Ketten. Die Zuführung erfolgte mechanisch über eine Art offenen Lastenaufzug, der die Ausgangsprodukte containerweise nach oben transportierte und dann in die Öffnung kippte. Der Schlund hatte beeindruckende Dimensionen. Sie versuchte den Gedanken zu verdrängen, ob eine gut gemästete Schweineleiche schwerer oder leichter war als … Man sagte in diesem Fall nicht Leiche, es hieß Kadaver. Was war der Unterschied? Konnte man auch von einem Männerkadaver reden? Mit einer Leiche hatte man Mitleid, mit einem Kadaver nicht. Ihr lief ein Schauder über den Rücken. »Nur die Farben von dem Mehl sind unterschiedlich«, führte ihr Begleiter unerbittlich aus. Statt Getöse gab der Rotor jetzt ein Rau-

schen von sich. Der Meister ging vor ihr her zu einer Schütte, aus der nun das Endprodukt herausrieselte. Es war Staub in einem Ekel erregenden Graugrün. Er griff sich eine Handvoll mit der Linken. Dann leckte er seinen rechten Zeigefinger an, tupfte ihn in das Häufchen hinein und probierte. Er hielt ihr die Hand hin. »Feinste Stufe, trauen Sie sich ruhig!« Sie drehte sich um und hatte Probleme, ihren Würgreflex zu unterdrücken. Er lachte. »Keine Angst, Fräuleinchen, alles rein vegetarisch. Heute waren Erbsen dran. Rinder dürfen wir schon seit Jahren nicht, nicht mal als Friedhofsdünger.«

Sie zwang sich, näher an die Schütte heranzutreten und hineinzuschauen. »Aber es kommt vor? Knochen und Tiere, meine ich?«, fragte sie matt.

»Sicher doch. Es gibt eigentlich nichts im Körper, was man nicht noch gut verwerten könnte. Calcium kennen Sie ja, ist ein wertvoller Aufbaustoff. Aber auch Schlachtabfälle sind nicht zu verachten. Selbst Gedärm und Bindegewebe hat noch bis zu vier Prozent Lipid. Wir kriegen das Zeug containerweise tiefgefroren vom Schlachthof. Nur manchmal, wenn etwas hakt, müssen wir oben mit dem Stopfer ran. Sonst ist es eigentlich eine saubere Arbeit, fast wie bei Ihnen drüben im Büro.«

Sie schluckte. »Und wo bleibt das Blut, wenn es … ein Schwein war?«, traute sie sich zu fragen. Er zeigte auf eine Verdampferstufe im Flussdiagramm und gab ein Zischgeräusch von sich.

Der Meister war ein gemütlicher Mittfünfziger. Ihr Erbleichen interpretierte er als Erbarmen mit der Kreatur im Allgemeinen. Er versuchte sie zu trösten. »Is' doch kein schlechtes Ende«, sinnierte er, »bis zum Schluss zu was nutze zu sein.«

Sie folgte ihm stolpernd in die Messwarte und versuchte

ihre Fassung zurückzugewinnen. Er zeigte ihr auf einer dicken EDV-Liste, wie die Aufträge erfasst wurden. Fast alle Rotor-Aktionen bewegten sich im 10 000-Kilogramm-Bereich, deshalb sprang ihr der Eintrag ins Auge, als sie die letzten Apriltage durchblätterte. Unbewusst hatte sie danach gesucht. Am 29. April war in der Nachtschicht ein Kleinstauftrag abgewickelt worden. »70 Kilogramm, Forschung«, stand da. Und unter Verwendungszweck: »Düngemittel«.

Sie fragte nicht weiter. Sie schaffte es irgendwie, sich halbwegs formvollendet zu verabschieden. In H 13 gab es nur Männerklos. Zum Glück stand keiner an den Pissoirs. Über einem Waschbecken hing ein Spiegel. Ihr Gesicht unter den schwarzen dichten Haaren hatte die Farbe von Weizenauszugsmehl Type 1050. Sie schaffte es bis in die Kabine, verriegelte die Tür und erbrach sich. Die Stirn auf die Knie gelegt, blieb sie sitzen. Es half ihr nichts, dass sie die Situation theoretisch perfekt analysieren konnte. Sie reagierte wie im Lehrbuch: Wenn eine Verdrängungsleistung nicht länger aufrechterhalten werden kann, ist mit Spontanentladung zu rechnen. Der Druck wird zu stark. Es folgt ein Dammbruch.

Den restlichen Nachmittag brachte sie damit herum, in Märchentexte zu starren und an grünlich und rötlich gefärbtes Mehl zu denken. »Is' doch kein schlechtes Ende …« Der Satz spukte ihr im Kopf herum. Theoretisch hatte er Recht. Die Sache hatte sogar ein Gutes: Sie brauchte sich wohl keine Sorgen mehr zu machen, dass der Plastiksack mit Koniezko irgendwann wieder auftauchen würde …

Ihr wurde wieder schummrig.

»Katha, haben die dir drüben Molkepulver serviert, du bist ja totenbleich.« Martha sah sie entsetzt an.

»Es ist nichts. Gar nichts. Ich muss nur …« Sie rappelte

sich auf und keuchte. Die Waschräume waren direkt nebenan, aber diesmal schaffte sie nicht einmal diese kurze Distanz. Sie hielt sich ein Taschentuch vor den Mund. Stolperte die letzten paar Schritte zum Klo, riss die Tür auf, klappte den Deckel hoch.

Ihr Erbrochenes hatte gallige Farbe. Was musste man wohl in den Rotor stopfen, um dieses Ergebnis zu erzielen? Grünkohl mit Senf. Sie würgte und spuckte, bis ihr Magen leer war.

»Geht's dir wieder besser?« Martha war hinter ihr hergekommen und stand draußen.

Katharina nickte matt. »Ich muss was Schlechtes gegessen haben. Ich geh nach Hause. Ist wohl besser, wenn ich mich ins Bett packe.«

Es half nichts.

Sobald sie die Augen schloss, sah sie abwechselnd Koniezko und die Schütte mit dem Mehl vor sich. Zwischendurch den Müllsack.

Sie war ein Monstrum.

Herzlos.

Kalt.

Eiskalt wie ein Kühlkeller. Minus 45 Grad.

Jeder Tote hatte das Recht, begraben zu werden und in Frieden zu ruhen. Jeder.

Sie hatte sich schändlich benommen. Viel schändlicher als der dicke Tätowierte, der die Blätter zerfetzt hatte.

Sie musste dringend mit jemandem reden.

»Sie hatten Recht. Es gibt etwas Unerwartetes.«

»Ja?«

»Ihr Fräulein Quast ist Fotoamateurin.«

»Warum sollte mich das stören?«
»Weil sie ihr Hobby bei ungewöhnlichen Gelegenheiten pflegt. Es scheinen ihr außergewöhnliche Aufnahmen gelungen zu sein.«
»Wann? Wovon? Und woher wissen Sie das?«
»Sie hat gestern ihre liebe Gina in Marseille angerufen und sich einiges von der Seele geredet.«
»Jetzt noch? Nach sechs Wochen?«
»Irgendein Rotor in Ihrer Firma ist schuld. Hat anscheinend ihr Gewissen ins Rotieren gebracht. Gina war im Übrigen nur mäßig interessiert. Ziemlich coole Dame. Sie hat ihr gesagt, sie wäre eine Vollidiotin, wenn sie den Job sausen ließe.«
»Stimmt.«
»Sie hat ihr außerdem geraten, ein Druckmittel gegen Sie in die Hand zu bekommen, um sich notfalls elegant aus der Affäre zu ziehen.«
»Und?«
»Das Problem schien Ihrer Mitarbeiterin momentan weniger bedeutsam. Sie sorgt sich mehr um die ethisch-moralische Komponente. Nebenbei kam allerdings heraus, dass sie schon etwas Derartiges besitzt. Negative. Fotos von einem gewissen Herrn K. im lädierten Originalzustand im Labor Ihres Unternehmens.«
Ein kurzer anerkennender Pfiff. »Erstaunlich! Höchst unerfreulich, aber clever. Hat sie hilfreicherweise verraten, wo wir sie finden können?«
»In ihrem Badezimmer. Unter dem Katzenklo.«
»Sehr gut. Holen Sie sie raus!«
»Einbrechen? Mit dem Untier in der Wohnung? Nicht noch einmal!«
»Stellen Sie sich nicht an!«
»Sie haben gut reden. Ihr Arm war nicht zwei Wochen lang

vereitert. Sorgen Sie dafür, dass der Kater verschwindet, und ich bin Ihr Mann.«

»Soll ich ihn vielleicht schlachten lassen? Sie haben falsche Vorstellungen von unserer Unternehmensethik.«

»Sorgen Sie dafür, dass sie das Vieh selbst aus dem Weg schafft. Spendieren Sie ihr eine Dienstreise. Wenn sie weg ist, wird sie ihren Liebling kaum allein in der Wohnung lassen.«

»Stimmt. So könnte es klappen. Nicht sofort. Nächste oder übernächste Woche. Noch etwas?«

»Gina ist wirklich schwanger. Es wird ein Junge. Henri ist auch heureux.«

Märchenstunde

Vor einem großen Walde wohnte ein armer Holzhacker mit seiner Frau und seinen zwei Kindern; das Bübchen hieß Hänsel und das Mädchen Gretel …

Gebrüder Grimm

Das Telefongespräch mit Gina hatte Katharina nicht entlastet, aber beruhigt. Ihre Panik war verschwunden. Sie hatte eine unruhige Nacht verbracht und an Rumpelstilzchen gedacht, wo ein Müller eine Rolle spielte. Aber schließlich war sie doch eingeschlafen. Und beim Frühstück war sie wieder fähig, ihre Situation rational zu betrachten. Selbst wenn ihr grausiger Verdacht zutraf – jetzt Reue zu zeigen war eindeutig zu spät.

Nasreddin strich unruhig um den Frühstückstisch herum und maunzte, als ob er sich Sorgen um sie machte. Ein sensibler Perser. Sie kraulte ihn. Irgendwann würde sie ihm zur Belohnung das Märchen vom gestiefelten Kater vorlesen. »Warum haben Katzen kein schlechtes Gewissen, wenn sie eine Maus fangen, Reddie? Ihr seid eindeutig die Stärkeren. Mäuse sind keine ernsthafte Herausforderung für euch. Ihr könntet euch als Vegetarier durchschlagen. Selbst so große Tiere wie Elefanten und Orang-Utans sind Vegetarier.«

Der Kater leckte sich die Pfote, bevor er sie aufmerksam und verständnislos ansah. Er schien nicht recht zu wissen, wovon sie sprach. Kein Wunder. Soweit sie wusste, hatte er in seinem ganzen Leben weder eine Maus noch einen Elefanten zu Gesicht bekommen.

Warum hatte sie damals so schnell nachgegeben, als Psolakis sie überredet hatte, die Leiche verschwinden zu lassen? In Krisensituationen zeigen sich Charakterzüge, die Menschen sonst an sich selbst gar nicht wahrnehmen. Sie hatte keinen Augenblick gezögert. Sie hatte sogar die Initiative übernommen, Stärke bewiesen. Skrupellosigkeit. Was hatte Sweenie damals von Nietzsche zitiert? Sie hatte es spä-

ter noch einmal nachgelesen. Wer tiefer denkt, weiß, dass er immer Unrecht hat, er mag handeln und urteilen, wie er will.
Sie machte sich nichts vor – in der Chefetage zu sitzen, samstags mit dem Guru plauschen zu können und von ihm beim Vornamen angeredet zu werden befriedigte die Eitelkeit ungemein. Das Flair von Geld und Einfluss war verführerisch. Aber Sweenie selbst war ein Vorbild dafür, dass es auch beim Punkt Eitelkeit um ganz anderes gehen konnte als um Äußerlichkeiten. Kontostand, PS- und Kubikzentimeterzahlen oder irgendwelche Armani-Einnäher waren gut und schön. Aber mindestens genauso prickelnd war es, auf ein Ziel hinzusteuern, etwas zu bewegen.
Sie war mit im Boot. Dort, wo das Boot gesteuert wurde. Sie würde diese Sache bis zum Ende durchstehen. Und heute war ein besonderer Tag. Sie würde Sofie Bauer kennen lernen.
Als sie den Seminarraum betrat, stand die Professorin am Pult und unterhielt sich mit einer Gruppe Studenten. Katharina schätzte sie auf gut 50. Sie war braun gebrannt. Ihre grauen Haare trug sie lang und an diesem Tag zu einem Pferdeschwanz gebunden.
Es wurde voll. Als Sofie Bauer zu sprechen begann, herrschte eine erwartungsvolle Stille. »Für diejenigen, die im letzten Semester nicht dabei waren: Es gibt hier einen festen Rahmen. Erst einen Märchenvortrag, dann die Diskussion.«
Sie schloss die Augen, um sich zu konzentrieren, und begann dann auswendig mit ihrer Rezitation. Alle kannten die Geschichte. Hänsel und Gretel. Aber die Anthropologin verlieh dem Text eine Art akustischer Tiefenschärfe. Sofie Bauer brauchte keine zehn Sätze, um eine Stimmung eigentümlicher Intensität zu erzeugen. Ihr Publikum, dem

Kindesalter längst entwachsen, lauschte mit unschuldiger Aufmerksamkeit. Kein Stift raschelte auf Papier. Einige saßen ebenfalls mit geschlossenen Augen. Ein Zuspätkommer schloss sanft die Tür hinter sich und huschte auf einen freien Platz.

»... Und als der volle Mond aufgestiegen war, so nahm Hänsel sein Schwesterchen an der Hand und ging den Kieselsteinen nach, die schimmerten wie neu geschlagene Batzen ...« Katharina ließ sich mitreißen und versuchte gleichzeitig zu analysieren, mit welchen Mitteln die Erzählerin die fast hypnotische Wirkung erzielte. Sie hatte eine leise und doch eindringliche Stimme. Sie sprach langsam. Aus ihrem Mund klang die Wortwahl der Brüder Grimm nicht altertümelnd. Durch sie schien das Märchen eine wichtige Botschaft zu erhalten, die über rationales Verstehen hinausging. Um sie zu ahnen, mussten alle Sinne auf die Melodie der Erzählung eingestimmt sein. Knusperknusperknäuschen. Zuckerzeuggeschmack. Hexenwald mit Tannenzapfen- und Pilzgeruch. Häherkrächzen.

Katharina beobachete die Erzählerin. Hier lag ein Schlüssel. Hingabe. Volle Konzentration. Wenn sich diese Suggestionskraft während ihrer Gala erzeugen ließ, würde sie ein Erfolg werden.

Die letzten Worte verklangen, und die Stimmung änderte sich schlagartig. Die gesamte Zuhörerschaft beamte sich aus dem Wald in einen ziemlich schäbigen Raum der Universität zurück mit Graffiti an den Wänden und Holztischen, auf denen Generationen gelangweilter Vorgänger ihre Botschaften hinterlassen hatten.

Die Diskussion war hitzig und witzig. Der erste Student, der das Wort ergriff, interpretierte den Text als Parabel über die Gefahren des Erwachsenwerdens. »Um sich selbst zu retten, müssen die Eltern ihre Kinder loslassen. Und im

übertragenen Sinn in den finsteren Wald schicken. Der steht sozusagen als Synonym für eine ungewisse Zukunft. Ein unbekanntes Terrain voller Gefahren.«
»Und voll süßer Verlockungen«, schloss ein anderer an. »Ein ziemlich modernes Bild, wenn man an die Leckereien der Neuzeit denkt. Haschisch. Kokain, Alkohol, Heroin. Ecstasy«, meldete sich ein blasser blonder Typ zu Wort, der eine Mischung aus Hippie- und Disco-Outfit trug. »Erst als es schon zu spät ist, erweist sich das Knusperparadies als Falle, aus der es fast kein Entrinnen gibt.« Er sah aus, als wüsste er, wovon er sprach.
»Ich finde den Zuckerkram zweitrangig«, widersprach eine Studentin aus dem Hintergrund. »Ich glaube eher, es geht um Solidarität. Gretel ist für mich die Heldin. Sie muss mit ansehen, wie der Bruder gemästet wird, um als Hexenfutter zu enden. Aber die Geschwister sind gewitzt und tun so, als ob die Mastkur nicht anschlägt. Hänsel reicht der kurzsichtigen Hexe nur das Hühnerknöchelchen statt seines dicken Fingers. Und Gretel denkt sich den Trick aus, die böse Alte in den Ofen zu locken.«
»Denken Sie nicht in Gegensätzen! Ich finde es immer wieder erstaunlich, wie vielschichtig Märchen sind!«, schaltete sich Sofie Bauer ein. »Im kollektiven Unbewussten der Völker ist so vieles von dem angelegt, was uns bis heute fesselt. Man könnte bei der Deutung auch direkt am Thema Nahrung bleiben. Wir finden Hänsel-und-Gretel-Geschichten heute, sobald wir die Zeitungen aufschlagen: Der moderne Hänsel hat Angst vor Salmonellen, Magersucht und Gehirnerweichung durch Steaks und Wurst.«
Katharina hörte fasziniert zu. Für eine Sekunde überkam sie ein nostalgisches Gefühl, eine Sehnsucht zurück nach der Unizeit, in der das Leben aus Lernen, Denken, Streiten

bestand und die Zukunft ein fantastisches, noch unbekanntes Märchen war.

»Ich ahne auch, wer im Zeitalter der Globalisierung die Hexenmeister sind«, meldete sich eine kurz geschorene Studentin eifrig, »die multinationalen Konzerne, die mit Coca-Cola, Big Macs und Gensaat als Köder winken und letztlich immer nur sich selber mästen wollen.« Sie warf einen spöttischen Blick auf ihren Nachbarn, der eine Coladose vor sich stehen hatte, und erntete Gelächter.

Ihr Kommilitone hob die Dose, prostete ihr zu und konterte dann: »Und die Eltern, die ihre armen Kinder in die böse Welt hinausschicken, sind für dich die unfähigen und untätigen Lebensmittelbehörden, ja? Fehlt nur noch, dass du den Backofen als Vorahnung eines Atomkraftwerks entlarvst. Arme Brüder Grimm, solche platten Erklärungen habt ihr nicht verdient!« Er nahm einen tiefen Schluck.

Gelächter. Sofie Bauer schloss mit der Bemerkung, dass der Kannibalismus der Konzerne glücklicherweise nur latent ausgeprägt sei. Im Gegensatz zur Hexe müsse den Lebensmittelfirmen einiges daran liegen, ihre gemästeten Opfer lebendig und bei Laune zu halten.

Das Seminar war vorbei.

Katharina schlenderte auf den Gang und dachte über die letzte Bemerkung nach. Sie blieb unschlüssig vor den Aushängen stehen und überlegte, ob sie Sofie Bauer ansprechen sollte. Lieber nicht, sie würde sich darauf genauer vorbereiten müssen. Sie stellte sich vor, wie die Frau mit dieser hypnotischen Stimme sagte: »Heute werden Sie die Geburt einer neuen Epoche erleben. Joy Food.« Es klang nicht überzeugend.

So kitschig es sich anhörte – die Anthropologin verkörperte tatsächlich das Klischee der weisen Frau. Es würde harte

Arbeit sein, sie dafür zu gewinnen, eine Werbekampagne zu unterstützen. Und wenn es nicht gelang? Vielleicht konnte Katharina zumindest eine der nächsten Stunden auf Video aufnehmen.
Aber auch dafür würde sie einen Grund nennen müssen. Irgendwelche Lügen mochte sie dieser Frau nicht auftischen. Und die ehrliche Antwort wäre nach der heutigen Diskussion etwas seltsam gewesen: Ich will das Video, um zu analysieren, wie Sie diese Stimmung erzeugen. Um dieses Geheimnis in die Welt der Hänsel-Verführer zu transportieren. Vielleicht wird die Marketingsprache dann irgendwann um den Begriff »Knusperknäuschen-Effekt« erweitert.
»Sie studieren nicht hier, oder? Wie sind Sie auf unser Seminar gestoßen? Sind Sie eine Gretel?« Katharina zuckte zusammen. Als sie sich umdrehte, schaute sie in belustigte grün-braun gesprenkelte Augen. Sofie Bauer sah sehr wie eine Märchenerzählerin und gar nicht nach Frau Professor aus. »Ich wollte Sie nicht erschrecken.«
»Nein, nein ... Keine Gretel ... Vielleicht eher eine angehende Hexe.« Ihre spontane Antwort überraschte Katharina selbst. Sie lachte, um ihre Verlegenheit zu verbergen. »Ich bin Psychologin und beschäftige mich mit Ernährungsarchetypen. Ich finde das Thema interessant.«
Sie überlegte fieberhaft, wie sie reagieren sollte, wenn Sofie Bauer mehr wissen wollte. Aber deren Blick ruhte nur interessiert auf ihr. »Sehen Sie sich vor. Hexen leben gefährlich.« Sie schaute ihr immer noch forschend in die Augen. Es war schwieriger, diesem Blick standzuhalten, als bei Rolfs Spiegelsonnenbrille. Aber sie schaffte es. Irgendwann hob Sofie Bauer die Hand zum Gruß. »Es gibt auch gute Hexen. Kommen Sie gern wieder!«
Sie würde wieder kommen. Um mehr zu lernen. Über Sug-

gestion. Über Verlockung und Widerstehen. Über gute und böse Hexen. Über sich selbst.
Das Seminar hatte sie beunruhigt.
Knusperknusperknäuschen. Ecstasy, Ecstasy, Ecstasy. Fittyfittyfitty …

Messdiener

* MesseNews * MesseNews * MesseNews *

Fettersatz aus Rosinen

Als Fettersatz für Backwaren dient Raisin D-Lite, eine Masse aus kernlosen Rosinen und Maissirup mit Kaliumsorbat als Konservierungsmittel.

Halle 4, F 19

Gemüse-Eiweiß simuliert Muskelstruktur

Ein neues Protein auf Gemüsebasis, das unter dem Namen Tivall angeboten wird, simuliert die Muskelstruktur von Hähnchenbrust und Beefsteak.

Halle 3, K 30

Diät beim Kauen

Easy-Diet-Kaugummi enthält Zitrin, das die Fettsynthese im Organismus beeinflusst, und Gymnema-sylvestra-Extrakt. Letzterer mindert den süßlichen Geschmack. Gesüßt mit zahnverträglichem Xylitol.

Halle 2, E 10/F 11

* MesseNews * MesseNews * MesseNews *

Essen und trinken ist des Menschen Leben …
Wenn ihr gegessen und getrunken habt, seid ihr wie neu geboren;
seid stärker, mutiger, geschickter zu eurem Geschäft.

Johann Wolfgang von Goethe

Katharina traf Lilli im Fahrstuhl. »Waren Sie schon am Lago Maggiore, Katharina?« Sie verneinte. »Ich wette mit Ihnen, dass das bald anders wird. Und petzen Sie ihm nicht, dass ich etwas verraten habe!«
Eine halbe Stunde später klang ihre Stimme am Telefon hoch offiziell. »Ich verbinde.«
Mark Sweenie ließ ihr keine Zeit, Überraschung zu mimen. »Katharina, es gibt eine Messe in Locarno. Donnerstag, Freitag. Ich finde, es kann nichts schaden, wenn Sie ein bisschen Atmosphäre schnuppern. Sie können sich morgen bei Lilli Ihr Ticket abholen. Kommen Sie doch gegen zwei. Dann können wir noch kurz reden.«
Er grinste, als sie am nächsten Tag sein Büro betrat. »Haben Sie Lust? Ich denke, es könnte für Ihre Schlaraffenland-Recherche ganz interessant sein.«
Ob sie Lust hatte, auf Firmenkosten zwei Arbeitstage lang im Tessin herumzugondeln? Sie hob in gespielter Verzweiflung die Reiseunterlagen. »Mir scheint wenig Wahl zu bleiben. Als gehorsame Angestellte bin ich jederzeit bereit, meine Pflichten penibel zu erledigen.«
Er lachte. »Freuen Sie sich nicht zu früh, Messen sind Stress. Das Gute daran ist, dass die Veranstalter das wissen und sie zum Ausgleich in reizvolle Weltgegenden verlegen.«
»Hat Fosco einen Stand dort?«
»Nein, das wäre zu aufwändig. Es gibt alle zwei Monate irgendwo irgendwelche Fachmessen für Lebensmittelinhaltsstoffe. Wir konzentrieren uns auf die größten: Paris, Chicago, manchmal noch Mar de Plata.«
Das wurde ja immer besser. Es war also niemand aus der

Firma da, der mit Argusaugen beobachtete, was das Fräulein aus dem zwölften Stock auf der Messe trieb.
»Und was soll ich dort tun?«
»Sich umschauen. Die Augen offen halten und gute Werbekonzepte der Konkurrenz plagiieren. Nebenbei können Sie die Branche besser kennen lernen. Sie werden sehen, dass unsere Sojafraktionierung revolutionär ist, aber keinesfalls das Exzentrischste, was der Markt zu bieten hat.«
Eine seltsame Auskunft. Über die Kampagnen der Konkurrenz führte Martha dicke Aktenordner. Über die Skurrilitäten auf dem Markt wusste Katharina inzwischen selbst eine ganze Menge. Die Juristen im Team hielten die anderen auf dem Laufenden, was es an seltsamen Entwicklungen gab.
Er zählte ein paar Firmen auf, die auf der Messe präsent sein würden und im Bereich der funktionellen Nahrung interessante Konzepte verfolgten. Ihre Gedanken schweiften ab. Es musste einen Hintergedanken für diesen Ausflug geben. Wahrscheinlich eine Prise Bestechung, um sie bei Laune zu halten. Doch eigentlich traute sie ihm zu zu wissen, dass das längst nicht mehr nötig war. Vielleicht die zarte Andeutung eines Gefühls, das über die Sympathie hinausging, die zwischen ihm und den Mitgliedern seines persönlichen Teams üblich war? Sie schlug sich eine Fantasie aus dem Kopf, die sie seit jener ersten denkwürdigen Begegnung mitunter verfolgte: Sweenie und sie nach der Samstagssitzung auf dem Flauschteppich vereint – mit Opa Nestlé als gestrengem Zuschauer. Vergiss es, mahnte sie sich. Seit dem entsprechenden Loriot-Sketch war die Variante »Petting mit Vorgesetztem in betriebseigenem Ambiente« nicht mehr denkbar. Außerdem waren Iren mit Sicherheit ruppige Liebhaber.
»Ich bin sicher, Sie werden aus Locarno etwas für die Gala

mitbringen, Katharina. Und wenn es nur dieses Glitzern ist, das Ihre Augen bekommen, wenn Sie einer spannenden Sache auf der Spur sind.« Er sagte das ganz nonchalant, in nüchternem Ton. Und dann: »Nataraji tutaona na mara nyingine karibuni.«
Sie erinnerte sich und musste lachen. Er musste denselben Berlitz-Führer studiert haben. Suaheli für die Reise. Rubrik Bekanntschaften. *Ich hoffe, wir sehen uns bald wieder.* Glücklicherweise fiel ihr eine passende Antwort ein. »Nina haraka.« *Ich habe es eilig.*
Fein doppeldeutig. Beim Abgang über den Flausch malte sich Katharina die Loriot-Idee als Beitrag für Marthas Kampagne aus: Total normale Büropaare beim schnellen Sex auf oder unter dem Schreibtisch. Und als unentbehrliches Utensil den Becher mit dem Universalfett Fitty, das in diesem Fall als Gleitcreme diente.
Es gab Näherliegendes zu bedenken. Einer würde über ihre Reise nicht erfreut sein. Sie musste eine Gastunterkunft für Nasreddin finden.

Es war windig. Der Wind war anders als in Hamburg, eine laue liebkosende Brise, die nach Süden roch. Nach Süden und mehr, wie man im PR-Jargon sagen würde. Die Fächerpalmen vor dem Kongressgebäude winkten den Messegästen huldvoll zu, Äste blühender Oleandersträuche wedelten zur Begrüßung. Als Katharina aus dem Taxi stieg, segelte ihr eine Kamelienblüte vor die Füße. Keine hundert Meter entfernt glitzerte der See.
Inzwischen empfand sie die Reise als endgültige Initiation in die neue Welt. Eine Welt, durch die man sich per Flugzeug, Erste-Klasse-Waggon und Taxi bewegte. Deren Bewohner sich darüber austauschten, warum der Service von

Swiss Air höchstens von Singapore Airlines erreicht wurde. Eine Welt, für die fremde Beflissene Tickets ausstellten, Hotelzimmer buchten, Namensschildchen vorbereiteten. Eine Welt, in der man selbst nur noch entscheiden musste, ob man in die Schlange A-K oder L-Z gehörte.

Sie stellte sich in der falschen an, um zu sehen, was passierte. Vor ihr, neben ihr, hinter hier gruppierten sich gut gebügelte, gut frisierte, gut riechende Menschen mit gut geputzten Schuhen. Mienen und Gesten signalisierten gebändigte Energie und die unumstößliche Überzeugung von der eigenen Wichtigkeit. Die wurde allerdings durch die Realität konterkariert. Die Doppelreihe rückte nur im Zeitlupentempo vor. Katharina kniff die Augen zusammen und assoziierte gelehrige Schaufensterpuppen, die in irgendeinem geheimen Prozess mit einer Spezial-Software ausgestattet worden waren: Business-Wortschatz, Business-Bügelfalten, Business-Manieren.

Und sie selbst stand mittendrin, noch nicht ganz kompatibel, etwas zu schillernd in ihrem ochsenblutfarbenen rohseidenen Designerkostüm aus der Kollektion Eleftheria Stefanidis. Die griechische Änderungsschneiderin aus dem Nachbarhaus war begeistert über den Auftrag gewesen. Bei der Anprobe hatte sie sie mit Pistazien gefüttert und dann eine halbe Stunde lang stecknadelbespickt stehen gelassen, um einer lamentierenden Freundin zuzuhören. Als sie gegangen war, fasste Eleftheria das knappe Ergebnis der Konsultation zusammen: »Männer sind Kinder.« Katharina mochte Souterrains, in denen philosophierende Schneiderinnen agierten. Sie war noch nicht ganz sicher, ob sie marmorierte Messe-Vorräume, in denen die Messdiener auf die Zuteilung ihrer Utensilien warteten, genauso mochte. Sie würde Eleftheria auf jeden Fall eine Postkarte mit Palmen schicken.

Noch sechs vor ihr in der Schlange. Schon beim Piccolo im Flugzeug hatte sie ihr aktuelles Gefühlschaos zu analysieren versucht. Ihr bisheriges Leben war mit der Bergsteigerei vergleichbar. Vor einer Klettertour plante man, sah den Gipfel vor sich und die Schwierigkeiten. Durchbeißen war gefragt, trotz der Druckstellen des Rucksacks und der Blasen in den Bergstiefeln. Doch seit jenem Koniezko-Abend fühlte sie sich, als sei sie mit Siebenmeilenstiefeln im Zeitraffertempo unterwegs. Ganz so, als ob ein Helikopter sie im Tal aufgesammelt und zwei Minuten später in 4000 Meter Höhe abgesetzt hätte. Ein Schwindelgefühl blieb, im doppelten Wortsinn.

Sofie Bauer würde mit Sicherheit ein Märchen nennen können, das die Situation treffend charakterisierte. Gullivers Reisen vielleicht. Fremd genug war die Welt, in der sie angekommen war. Die Bewohner darin ebenfalls. Ein genialer rothaariger Fanatiker als Regent. Nervenbündel und kreative Chaoten als Untertanen. Nun auch noch eine Weise aus dem Märchenland. Fehlte nur noch der Prinz.

Sie würde mit ihrem Lehrtherapeuten ihre Gefühle duchgehen, wenn sie das nächste Mal in Heidelberg war. Gut, dass Psychologen fürs aktive Zuhören bezahlt wurden und Geheimnisse hüteten; bei ihm könnte sie endlich die ganze Geschichte ihres Fosco-Höhenfluges loswerden. Wenn sie mutig war, würde sie vielleicht sogar ihre Wachträume von einem unerreichbaren Chef mit grünen Iren-Augen preisgeben. Eine theoretische Lösung für Annäherungen hatte sie inzwischen gefunden. Sie stammte aus Berlitz, Seite 165, beim Arzt: Vua nguo zako mpaka kiunoni. *Bitte machen Sie den Oberkörper frei.* Vua suruali yako na andawia. *Ziehen Sie bitte Hose und Unterhose aus.*

Ihre Mutter und Gina waren nicht die richtigen Partnerinnen für Bekenntnisse und kritische Analysen. Gina war vollauf mit der Rezension ihrer Ultraschallbilder beschäftigt. Und ihre Mutter hatte bei der Nachricht, dass die einzige Tochter einen Kreativjob mit Spitzengehalt ergattert hatte, ihr Lieblingsstatement von sich gegeben. »Trinchen, wie wunderbar. Ich bin stolz auf dich!«

Katharina hatte lachen müssen. Ob Freischwimmer mit fünf Jahren oder Kilimandscharo mit 25 – das unerschütterliche Vertrauen, das da jederzeit abrufbar präsent war, schien ihr manchmal fast grotesk. Sie war ihrer Mutter dankbar; nicht erst seit dem Studium wusste sie, dass es verflixt gut tat, viel positive Bestätigung zu bekommen. Selbstsicherheit war eine Charaktereigenschaft, deren Mangel die Psychologenpraxen füllte. Wer sie nicht von klein auf erworben hatte, tat sich meist lebenslänglich schwer damit. Der Typ, der in diesem Augenblick vor ihr stand, war so ein Fall. Seine Hochglanz-Slipper scharrten unruhig auf den Marmorkacheln. Nicht gut fürs Geschäftsleben – Nervosität hatte die perfide Eigenschaft, sich auf die Umgebung zu übertragen. Vielleicht hätte er besser Stepptänzer werden sollen.

Es gab allerdings Zeiten, in denen Selbstsicherheit allein auch nicht weiterhalf und uneingeschränkte Bewunderung zur Bürde wurde. Man konnte einer Mutter, die sich entschieden hatte, alles toll zu finden, was die heldenhafte Tochter tat, gewisse Dinge schlecht beichten. Die gemischten Gefühle, die einen in Kühlkellern und vor Megarotoren überkamen, waren ein Beispiel.

Die gut geputzten Slipper vor ihr scharrten nicht mehr, sondern machten einen Seitwärtsschritt. Der dazugehörige Rücken verschwand aus dem Blickfeld. Katharina sah sich einem weiblichen Lächelwesen gegenüber, das mit Hostessen-Software programmiert worden war. Sie nannte ihren Namen. Ohne mit der Wimper zu zucken, schwebte die junge Frau mit dem blonden Pferdeschwanz an den Nachbarschalter, griff in den Karteikasten der Kollegin und übergab Katharina ihren Namenssticker und einen Leinenbeutel mit der Aufschrift »Functional – the food of tomorrow«. Sie brachte das Kunststück fertig, das Lächeln auch während des Redens nicht abzuschalten. »In den Unterlagen finden Sie den Katalog und den Coupon für das Dinner, Frau Quast.« Das Lächeln ging übergangslos auf den Nachfolger in der Schlange über. Ihn sprach sie auf Englisch an, während die Nachbarin von L-Z mit einem gestikulierenden Fettwanst fließend italienisch plauderte.

Die Halle war ein Erlebnis. Maschinen spien in dröhnendem Rhythmus innovative Kostproben aus. Für die Besucher kannte die Choreografie zwei Rollen. Stumme Einzelwesen in Bewegung, mit dem Messekatalog vor Augen. Und Grüppchen in Unterhaltung, deren Ritual mit Visitenkartenaustausch endete. Katharina probierte beide Versionen. Drei Stunden später schmerzten ihre Füße. In ihrem Kopf surrte das Kauderwelsch der Branche. Ihre Schultern brauchten einen Masseur. Die Leinentasche wog etwa zwei Zentner.

Bequeme Sitzgelegenheiten gab es nur dort, wo die Vertriebsmenschen ihren Opfern auflauerten. Wenn man ihnen glauben durfte, würde es demnächst als fahrlässig gelten, etwas zu essen oder zu trinken, ohne die genaue Zusammensetzung aller Spurenelemente zu erfassen. Bald würde es nur noch medizinisch optimierte Design-Lebensmittel geben. Sweenie hatte Recht. Glücksfett war nur eine von unzähligen exzentrischen Erfindungen. Je nach Firmenzugehörigkeit schwärmten die Funktionalisten von Algenextrakt im Bier, Omega-3-Säuren im Brötchen oder pulverisierten Rosinen als Fettersatz.

Katharina hatte von Taurin gehört, einer Aminosäure, die als Aufputschmittel in Säuglingsnahrung und Katzenfutter Verwendung fand. Sie würde die Wirkung an Nasreddin erproben. Sie hatte einem stotternden Vertreter gelauscht, der tapfer die Vorteile innovativer Jogurtkulturen pries. Unseligerweise hatten sie vielsilbige Namen wie Bifidobakterien. Sie hatte die Vorträge mehrerer Enzym-Experten über sich ergehen lassen und unzählige Prospekte in den Leinenbeutel gestopft. In ihrem Kopf herrschte laute Leere. Drin war Neon, draußen der See. Aber sie war keine Touristin. Sie wurde bezahlt, in diesen Hallen zu stehen und Wissen einzusaugen. Und sie hatte noch nicht einmal die erste Hälfte der ersten von fünf Hallen geschafft.
Sie ließ sich auf einem Kasten nieder, der schlechte Luft in andere schlechte Luft verwandelte, streifte die Wildlederklumpen ab, die sie am selben Morgen noch für bequeme Schuhe gehalten hatte, und griff sich wahllos eine Broschüre aus dem Beutel. Es ging um Fruchtsaft. »Zur Farbaufhellung erfolgt eine Sulfitation, zur weiteren Entkalkung des Dünnsaftes nutzt man Ionenaustauscheranlagen.« Als sie dabei war, die Funktionsweise der Schnitzelpresse zu ergründen, trat ein Schuh auf ihren Fuß.
»Passen Sie doch auf, Mann!«
Der feindliche Schuh war schwarz, geschnürt, vielleicht Größe 41, vergleichsweise miserabel geputzt. Also war der Besitzer ein Single, oder er pflegte eine emanzipierte Beziehung, oder er hatte Streit mit der Gattin. Katharina weigerte sich, nach oben zu schauen und zu prüfen, welche Alternative am ehesten zutraf. Der Schuh hatte sich gnädigerweise gehoben und zehn Zentimeter zur Seite bewegt, ehe er sich wieder senkte.
»Ich wollte mal hören, in welcher Sprache Sie fluchen. Sie haben den blassen Teint, der ideale Opfer für Einladungen

zu einer schwarzen Flüssigdroge kennzeichnet. Zufällig habe ich exklusiven Zugang.« Sie hatte an diesem Morgen schon plumpere Avancen gehört. Aber Anmache war Anmache. Ihr Blick blieb gesenkt. Außerdem begann sie gerade, die Mechanik der Fruchtschnitzelpresse zu durchschauen. Die Pressspindel war entscheidend.
Der Schuh blieb penetrant nah neben ihrem Fuß stehen. Ein zweiter parkte inzwischen auf dem Klimakasten, auf dem sie saß. Mit Pressspindeln und Königsfelder Messern aus der Saftproduktion hätte sie feine Lederschnitzel daraus machen können. Dummerweise hatte sie nichts davon parat. Also hob sie irgendwann doch den Blick.
Für einen Businessklon sah der Typ passabel aus. Die Locken waren die längsten im 100-Meter-Umkreis. Braune Augen hinter einer Silberrandbrille. Vor allem schien man ein paar Extraschaltkreise für Lebendigkeit und Unverschämtheit eingebaut zu haben. Er nahm ihr die Broschüre aus der Hand und schaute hinein.
»Sie sind unhöflich!«, knurrte Katharina und rieb sich den Fuß.
»Das macht mich in diesem Umfeld so unwiderstehlich. Aber ich kann auch anders. Ich kenne alle Geheimnisse der Kalk-Kohlensäure-Extraktreinigung naturtrüber Säfte. Über die belebende Wirkung der frisch gerösteten kolumbianischen Kaffeebohne habe ich sogar promoviert. Lassen Sie sich überraschen!«
Sein Namensschild war rosa. Presse. »Simon Paul. Food Trends International«. Sweenie hatte ihr geraten, kein Wort mit irgendwelchen Medienleuten zu wechseln. Aber Mr. Food Trend wartete ihr müdes Kopfschütteln nicht ab, sondern griff sich ihren Leinenbeutel als Pfand und steuerte auf die andere Seite der Halle zu. Sie schlüpfte in ihre Schuhe und stolperte hinterher. Kurz bevor sie eine Tür er-

reichten, reichte er ihr auch einen rosafarbigen Sticker. »Im Pressezentrum haben nur Erlauchte Zutritt.«

Die Sache begann Spaß zu machen. Gehorsam steckte sie ihre Identität in die Kostümtasche und heftete sich die neue an. Nina Mirow. Ebenfalls Food Trends International. Es lohnte sich. Das Pressezentrum hatte Fenster. Es war geräumig. Und noch besser: Es gab einen Innenhof mit Palmen und Kamelien und echter Süden-und-mehr-Luft. Ihr Begleiter organisierte den schwarzen Kolumbianer. Er schmeckte wirklich gut.

Das Magazin, für das er arbeitete, war eine Spezialzeitschrift für Investoren im Nahrungsmittelbereich mit Sitz in Zürich. Er versuchte sie tatsächlich auszufragen. Sie antwortete ehrlich, aber unverbindlich. Ja, bei Fosco. Psychologin, zuständig für neue Werbekonzepte. Dann fragte sie. Wer war Nina Mirow?

Ein Phantom. »Ein Trick, falls ich so etwas Nettes wie Sie auftreibe.«

Wenn einer der anderen Bügelfalten-Typen das gesagt hätte, wäre sie weggelaufen. So stand sie auf und holte Kaffeenachschub. Er hatte auch einen Extrasticker mit Männernamen dabei. Er erzählte, dass die meisten Interviewpartner es faszinierend fanden, einen Blick in das Terrain zu werfen, das ihnen versperrt blieb, und sich mit Insiderwissen revanchierten.

Nach dem Kaffee ging es ihr besser. Ihr Gönner verabschiedete sich zum nachmittäglichen Pressebriefing. Sie fühlte sich gewappnet für Halle 2. Weitere drei Stunden später wusste sie alles über Molkereiprodukte. Sie kannte das Verfahren zum Quark-Stretching und die optimale Bläschenstruktur für Sahneeis. Sie hatte eine Lebensmittelexperten-Allergie. Sie hätte auf das Dinner im Kreis der Bügelgefalteten auch dann verzichtet, wenn sie kein privates

Rendezvous mit dem Meister im Sanftfußtreten gehabt hätte.
Sie mieteten das albernste Verkehrsmittel der Welt, ein Tretboot. Damit strampelten sie vier Kilometer um die Bucht herum bis nach Ascona und unterhielten sich über Märchen.
Auf dem Rückweg bot der Skipper einer Motoryacht an, sie in Schlepp zu nehmen. Sie saßen in den seltsamen Plastikschalensesseln, ohne sich zu berühren. Verschränkten die Hände hinter den Köpfen. Sahen nach oben und unterhielten sich über Mond und Sterne. Später fütterten sie Schwäne mit taurinhaltigen und anderen Probierpackungen. Noch später gingen sie Pizza essen und brachten kaum einen Bissen hinunter. Tranken Wasser statt Wein. Trödelten bewusst herum, obwohl die braunen und die blauen Augen sich längst geeinigt hatten, worauf es hinauslaufen würde. Es war quälend schön, die Zeit in die Länge zu ziehen. Sie erzählte ihm von ihren Marktforschungsstudien und der Umfrage zur Erotik von Mineralwässern. Ein Pakistani-Verkäufer führte ihnen ein Feuerzeug vor, eine metallene Hirschkuh, deren Brüste Feuer spien. Katharina konnte das Gefühl nachvollziehen. Es war der Zeitpunkt zum Gehen. Sie teilten sich die Rechnung.
Zum Schluss betrat Katharina ein Zimmer 413, das in einem völlig anderen Hotel lag als dem vom Fosco-Vertragsreisebüro für die Mitarbeiterin Q. gebuchten. Mitarbeiterin Q. war verschollen. Wenn sie sich richtig erinnerte, hatte sie einem Messebegleiter den Vorschlag gemacht, ihn nach Hause zu bringen. Wenn es funktionale Nahrung gab, warum nicht andere Formen funktioneller Körperstimulierung?
Sie war an diesem Abend Nina Mirow. Journalistinnen waren bekanntermaßen Leichtlebewesen. Ganz anders als

Psychologinnen, die jede Emotion zehnmal durchkauten und zensierten, statt sie auszuleben. Ganz anders als Mitarbeiterinnen, die von romantischen Beziehungen zu verheirateten Männern fantasierten, die obendrein noch ihre Vorgesetzten waren.

Für eine Nina war ein Simon Medizin. Er hatte die Gabe, die Sache mit dem Sex mit heiligem Unernst anzugehen. Er nahm Eiswürfel aus der Minibar, streichelte damit ihre Augenlider, ihren Hals, den Ansatz der Wirbelsäule. Als sie sich entspannte, steckte er einen hinten in den Slip unter ihrem Rockbund. Sie unterdrückte den Quietschreflex. Blieb einfach stehen. Das schmelzende Eis bildete Tropfen, die einzeln in der Mitte zwischen den Pobacken herunterrannen. Nach einer Weile nahm sie den Restwürfel heraus und schob ihn ihm in den Mund.

»Lass es uns so machen«, schlug er beim Lutschen vor, »wir drehen uns um, Rücken zu Rücken. Ich zähle, und wir ziehen uns aus dabei. Bei zehn drehen wir uns wieder um.«

Katharina fand die Idee fair, bis es so weit war. Alles Geraschel seinerseits war Bluff gewesen. Er stand da, völlig bekleidet, mit schlecht geputzten Schuhen und Sakko und Brille, und schaute sie an. Grinsend. Bewundernd. Ohne ein Wort. Es war frech. Es tat ihr gut.

Sie nahm seinen uraltmodischen Lederschlips und wickelte ihn sich um die Hand, führte ihn an der kurzen Leine ans Bett. Sie lockerte den Schlips, band ihn um seine Augen und zog den restlichen Mann langsam aus. Was sie sah und fühlte, mochte sie. Keine überstraffen Business-Bodybuilding-Muskeln. Festes Fleisch, gut zu berühren. Kaum Haar auf der Brust. Aber Locken rund um den Schwanz, dem der Kontakt mit ihr zu gefallen schien.

Was sich anschloss, fand sie für ein erstes Mal erstaunlich

gelungen. Nicht nur die 0,0 Promille und die Eiswürfel waren eine erotische Neuerung. Die Idee, sich im Schneidersitz gegenüberzusitzen, ohne sich zu berühren, bis sie es eigentlich nicht mehr aushielten, und dann noch ein bisschen länger, hätte sie einem Mann nicht zugetraut. Männer mit Unbefangenheit beim Sex waren eine Rarität im Leben aller Frauen, mit denen sie sich je über dieses Thema unterhalten hatte. Selbst Henri, der französische Vorfahren bis in die Gallierzeit nachweisen konnte, war nach Ginas Angaben ein Leistungssportler. Sie hätte nicht erwartet, in der Businesswelt eine Ausnahme zu treffen. Als Simon anfing, ihre Brüste mit Selterwasser zu bespritzen und dann anzupusten, kapitulierte sie.
Sie war nicht Nina genug, um sich völlig gehen zu lassen. Sie war zu sehr Psychologin, um nicht noch zu einem ziemlich späten Zeitpunkt zu überlegen, ob es ihr besser gefallen würde, wenn der Mann in ihren Armen etwas Irischeres an sich gehabt hätte. Nein, fand Nina. Ein bisschen, korrigierte Katharina. Quatsch, entschied ihr Körper und schaltete das Denken ab. Sie brachten ziemlich absonderliche Geräusche zustande und schafften irgendwie einen nicht ganz synchronen, aber respektablen Abschluss.
Als sie wieder zu Atem gekommen waren, drehte er sie auf den Bauch und massierte ihr den Nacken. Das Letzte, was sie wahrnahm, war Simons Stimme, die ein Märchen erzählte. Es handelte vom verkleideten Sohn eines Bettlers, der Keuschheit gelobt hatte, von einer Prinzessin, die Ausschweifungen liebte, und von irgendeiner Spezialnahrung, mit der sie ihn gefügig machen wollte. Dabei streichelten seine Hände ihren Hintern.
Sie döste weg, streichelte im Schlaf zurück, kuschelte sich ein, vertraut-fremden guten Geruch in der Nase und ein

Gefühl subversiver Dauererregung in seltsamen Tiefenschichten unter der Haut.
Als sie aufwachte, war es hell, und die Bettlerssohnstimme erzählte etwas von Frühstück.
Irgendetwas stimmte nicht. Er war schon angezogen. Nur die Brille fehlte noch.
Braune Augen trafen blaue Augen. Ein Schleier lag in den braunen und eine Bitte um Verzeihung. Wofür sollte sie ihm verzeihen? Dafür, dass es so schön gewesen war? Dafür, dass er Zürich und sein Investorenmagazin nicht verlassen würde, um den Rest seines Lebens vor dem Fosco-Hochhaus zur Laute Minnelieder zu singen? Dafür, dass er wahrscheinlich zu jenem Wesen zurückkehrte, das nicht Schuhe putzen konnte oder wollte?
Katharina hätte es vielleicht persönlich genommen. Nina war anders. Sie sah zu ihm hoch. Schickte ein Lächeln in ihre blauen Augen. Es dauerte nicht lange, dann lächelten die braunen auch. Sie stand auf, ging zu ihm, nahm seinen Kopf sacht zwischen ihre Hände, zog an seinen Ohrläppchen. Ihr Kuss war schwesterlich gemeint und wurde dann doch so lang wie bei einer Prinzessin, die Ausschweifungen liebte.
Er seufzte. »Es ist zu kompliziert. Nicht wie du denkst. Noch komplizierter. Du bist wunderbar, Prinzessin.«
Sie knurrte leise. »Du auch. Obwohl du mir das Referat über die Kalk-Kohlensäure-Extraktreinigung schuldig geblieben bist.«
Kompliziert? Womöglich gab es ein Schweizer Gesetz, das Journalisten mit Berufsverbot bestrafte, die Ausländerinnen mit Kaffee und Sperma bewirteten. Oder er war bei Food Trends International als Don Juan angestellt und hatte eine Klausel im Vertrag, dass er seinen rationierten Charme ausschließlich Investorengattinnen zur Verfügung

stellen durfte. Oder Sweenie hatte ihn beauftragt, sie zu verführen, um herauszukriegen, welche ihrer Brüste sensibler war. Und nun wusste er es und hatte sich dabei in sie verliebt und musste fliehen, weil er sonst zur Strafe von der IRA niedergemäht würde. Diese Version gefiel ihr. Als er ins Bad ging, klaute sie ihm eine Visitenkarte aus der Tasche. Vielleicht hatte sie mal in Zürich zu tun, wenn die IRA anderweitig beschäftigt war.

Nach dem Frühstück gingen sie langsam am Seeufer entlang zur Messe. Vor dem Eingang küsste er sie. Der Stotterer mit dem Milchsäurebakterien-Expertenwissen kam vorbei und blieb mit offenem Mund stehen. Sie zwinkerte ihm an Simons Gesicht vorbei zu. Er schaute schnell weg und ging weiter.

Katharina sagte: »Falls es mal nicht mehr so kompliziert ist, ich stehe im Hamburger Telefonbuch.«

Die Antwort kam prompt. »Ja, Prinzessin. Siebenachtsechsfünfvierzweidrei.« Er konnte also auch Visitenkarten klauen.

Es war Zeit, sich zu trennen. Ihr Donnerstagsgeliebter hatte einen Interviewtermin mit einem Süßstoffexperten. Katharina musste die Hallen 3 bis 5 abarbeiten. Aber irgendein Mechanismus verhinderte, dass sie sich losließen. Vielleicht Biomagnetismus. »Ich habe eine Idee«, sagte sie. »Wir machen die Augen zu, ich zähle bis zehn, und dann drehen wir uns um und gehen einfach.« Er nickte. Sie zählte. Sie drehten sich um. Zu weit.

»Sag mir noch eins«, fragte sie, »haben sie sich zum Schluss gekriegt, der Bettlerssohn und die Prinzessin?«

Er seufzte. »Ich weiß es nicht. Ich bin auch eingeschlafen, bevor es so weit war.«

»Ich zähle noch einmal«, sagte sie.

»Pass auf dich auf, Prinzessin.«

»Du auch.«
Um zwei ging der Zug, der sie nach Mailand zum Flughafen brachte. Als sie im Flugzeug saß, heulte sie ein bisschen und war nicht ganz sicher, ob vor Glück oder Unglück.
Als sie nach Hause kam, stand die Tür zu ihrer Wohnung offen. Ein hässlicher Kratzer zog sich über das Holz. Ihr Walkman, der Fernseher, die Stereoanlage und die Büchse mit dem Marihuana waren verschwunden. Sonst schien nichts zu fehlen. Ihr Bargeld hatte sie mit nach Locarno genommen. Ihr Handy hatte sie Eleftheria geliehen, deren Mann ihr kein eigenes erlaubte. Wertvolle Briefmarkensammlungen und Original-Rembrandts besaß sie nicht. Und ihr wichtigstes Eigentum war glücklicherweise außer Haus gewesen. Bei aller Verärgerung war sie dankbar, dass sie Nasreddin sicher untergebracht hatte. Diebe waren heutzutage nicht wählerisch. Perserkatzen waren teuer.
Statt Wiedersehensfreude zu zeigen, begrüßte ihr Kater sie mit Nichtachtung. Er schien sich mit den griechischen Katzen bestens vertragen zu haben. Katharina bestellte den Schlosser-Notdienst. Wenn nicht irgendetwas auf irgendeine mysteriöse Weise kompliziert gewesen wäre, hätte sie Simon angerufen und ein Märchen verlangt, bei dem es Dieben an den Kragen ging und ein rasender Retter als Leibgarde einschwebte.
So musste sie sich damit trösten, dass Nasreddin beleidigt, aber heil war. Und dass ihre Wohnung für Diebe noch so wenig Attraktionen bot.

»Hat sie einen Verdacht?«
»Es scheint nicht so. Sie nimmt es erstaunlich gelassen. Sie hält den Einbruch für einen typischen Fall von Beschaffungskriminalität. Ihre einzige Sorge war der Kater. Ihrer

Mutter hat sie erzählt, dass sie froh ist, dass die Diebe einen schlechten Musikgeschmack hatten und ihr wenigstens die Kassetten gelassen haben. Die Fotos hat sie anscheinend überhaupt nicht auf der Rechnung.«

»Hat sie sonst noch jemand angerufen?«

»Ja, einen Klapsdoktor in Heidelberg. Ist das üblich, in dem Alter einen eigenen Psychiater zu haben?«

»Es heißt Therapeut. Erinnern Sie sich, sie ist Psychologin. Das gehört zur Ausbildung.«

»Sie will jedenfalls unbedingt einen Termin. Müsste einiges mit ihm durchsprechen, hat sie gesagt.«

»Haben sie etwas abgemacht?«

»Ja, am übernächsten Sonntag. Der Herr scheint reichlich gefragt zu sein.«

»Gut. Danke. Ich sehe zu, dass sie dann kurzfristig etwas anderes vorhat. Sonst noch etwas?«

»Sie scheint ein ziemlich gutes Verhältnis zu ihrer Mutter zu haben.«

»Wie kommen Sie darauf?«

»Würden Sie Ihrer Mutter Ihre Männergeschichten erzählen?«

»Werden Sie nicht frivol!«

»Oh, so hab ich es gar nicht gemeint. (*Leises Lachen.*) Ich wollte andeuten, dass sie es getan hat. Es scheint ein Techtel auf der Messe gegeben zu haben.«

»Etwas Ernstes?«

»Wohl eher die typische Fitnessübung zwischen Minibar und Frühstücksbuffet. Sie haben jedenfalls gestern nicht mehr miteinander telefoniert. Von Ihnen hat sie übrigens auch in glühenden Worten gesprochen.«

»Gut zu wissen.«

»Ich kenne sie ja nicht persönlich, aber wenn man den Fotos an der Pinnwand trauen darf, ist sie verdammt attrak-

tiv. Ich meine, vielleicht sollten Sie Ihre Neigungen in diesem Fall überdenken.«
»Ich glaube, Sie verwechseln da etwas. Sie sind nicht als Sexualberater, sondern als Detektiv engagiert.«
»Könnte es sich um einen wunden Punkt in Ihrem Leben handeln?«
»Bis demnächst. Bleiben Sie weiter dran.«

Eiertanz

Um Ihr legefrisches Frühstücks-Ei zu produzieren, steht der Henne fast ein zwanzigstel Quadratmeter Käfigboden zu. Da sie gern im Hellen arbeitet, sorgt Neonlicht in festerlosen Ställen für optimale Bedingungen. Gegen Einsamkeit hilft die Unterbringung mit bis zu einer Million Artgenossinnen. Fütterung, Entmistung und Eisammlung sind automatisiert, um beim intimen Legevorgang nicht zu stören. Da undankbare Hühner anderen dennoch Verletzungen zufügen, wird das Futter vorsorglich mit Antibiotika versetzt. Nach einem Output von 280 Eiern erwartet die Henne ein würdiges Ende als Suppenhuhn in Ihrem Kochtopf.

Guten Appetit! v.i.S.d.P. ESSkalation

Auf ungelegte Eier ist ungewiss hoffen.

Sprichwort

Es war zu früh.
Es war zu kalt an den Füßen.
Es war zu heiß am Kopf.
Er war zu alt für Verkleidungen.
Die alberne Hennenmaske juckte im Gesicht. Und dennoch genoss er jede Sekunde; es würde das letzte Mal sein. Den gelben Umschlag hatte er vor der Aktion im Schließfach deponiert. Sein Freilos für eine andere Zukunft.
Noch schlappte Max Groß inmitten einer Hühnerhorde von 20 Freiwilligen – für diese Uhrzeit erstaunlich. Sie waren von der S-Bahn zum Einsatzort unterwegs, einem neuen Supermarkt. Nach den Recherchen der ESSkalation kamen die angeblichen Freilandeier des Eröffnungs-Sonderangebots direkt aus einer der berüchtigtsten Legebatterien im Münsterland. Die Lieferung sollte gegen sechs Uhr eintreffen. Ihr Informant musste an der Quelle sitzen; er hatte sogar das Nummernschild des LKW gewusst.
Um sich herum hörte Max Groß helle Stimmen, aufgeregtes Geplauder, durch die Masken leicht gedämpft. Die Größeren in der Gruppe waren, wie er, als Huhn verkleidet, die Kleineren als Ei. Jeder hatte in einer großen Tasche des Kostüms zwei Eierkartons voller Munition bei sich.
Fünf Mädchen im besten BRAVO-Alter hatten ihn vor dem Umziehen um ein Autogramm gebeten. In ihre Sozialkundehefte. »Mit Datum und Huhn, bitte, Big Max!« Dann hatten sie schüchtern gefragt, ob sie bei der Aktion fotografieren dürften. Sie kamen von dem Gymnasium, in dem Andrea neulich über Massentierhaltung und Gesundheitsgefährdung referiert hatte. Achte Klasse, wenn er sich rich-

tig erinnerte. Er hätte ihr Vater sein können. Wenigstens siezten sie ihn nicht.
Er würde nach der Aktion noch einmal ins Büro gehen und dann von einer Zelle aus telefonieren. High Noon, hatte er gestern verabredet.
Die Mädchen quirlten um ihn herum. Für sie war es der erste Einsatz. Sie hatten Max gefragt, wie viele er schon hinter sich hatte. Tatsächlich sechstausendsechshundertdreiundzwanzig? Offene Münder. Ehrfürchtiges Staunen. Bis die pfiffigste mit den Pippi-Langstrumpf-Rattenschwänzen angefangen hatte nachzurechnen, dass er bei drei Einsätzen pro Woche ungefähr 100 Jahre alt sein müsste. Die Mathelehrerin konnte stolz sein. Munteres Gegacker.
Zu viele auf jeden Fall. Er hatte vergessen, seit wann er es als Strafe empfand, sich als Batteriehuhn, BSE-Kuh oder Gentomate zu kostümieren. Und dann mit Gleichgesinnten plus Aufklärungsplakat durch die Straßen zu zotteln und sich die Beine in den Bauch zu stehen, bis Polizisten Beine, Bauch und den Rest mehr oder weniger vorsichtig beiseite räumten. Es war jedenfalls schon lange her.
Die Mädchen schwenkten ihre »Flugis«, wie man Flugblätter heutzutage nannte. Er hätte ihnen vorher sagen können, dass das zur Rushhour vergebene Liebesmüh war. Wer auf dem Weg zur Arbeit war, gönnte zweibeinigen Eiern und Hennen selten einen zweiten Blick. Nur ein Obdachloser ließ gnädig ein Blatt auf seine Decke heruntersegeln und lallte ihnen nach: »Bringt mir aufm Rückweg Eierlikör mit!« Seine beiden Hunde jaulten zustimmend.
Stadtteilaktionen waren lästige, gleichzeitig wichtige Pflicht. Um den Nachwuchs bei Laune zu halten und die Organisation immer wieder ins öffentliche Bewusstsein zu bringen. Perfekt durchgeplante Happenings wie die heimliche Blaufärbung einer gesamten Genmais-Ladung von

Monsanto oder das Einschmuggeln von brustlastigen Truthahn-Ungetümen in die Unilever-Hauptversammlung boten den Strategen der Gruppe natürlich eine ganz andere Genugtuung. Sie waren aber realistischerweise nur selten hinzukriegen. Deshalb hatte er selbst noch vor ein paar Monaten dafür votiert, dass sich auch die Leitungsebene an Aktionen der Stadtteilgruppen beteiligte. Sie mussten den Kontakt zum »jungen Gemüse« behalten, das sich mit einem Überschwang engagierte, der der Gründergeneration nur noch gerührtes bis zynisches Lächeln entlockte.
Aktionen brachten Geld in die Kasse. Geld von denen, denen es zu früh, zu kalt, zu stressig und zu peinlich war, im Plüschgewand mit rotem Filzkamm und -schnabel vor einem Laden zu stehen und laut hinauszukrakeelen, was alle Welt längst wusste: Die Lebensmittel der Moderne waren minderwertiger Fabrikramsch, hergestellt unter unwürdigen Bedingungen. Der Spruch von Rosa Luxemburg stimmte nach wie vor: »Es ist und bleibt die revolutionärste Tat, immer das laut zu sagen, was ist.«
Wegen ihrer frechen und unkonventionellen Art, unangenehme Wahrheiten in dutzendfacher Variation zu wiederholen, war die ESSkalation gemeinsam mit Greenpeace ganz oben auf der Medien-Lieblingsliste. Max Groß hatte schon beim alten Böhme im Turm getalkt und auf dem Sofa von Margarethe Schreinemakers gesessen. Er war im Tomatenkostüm bei Biolek aufgetreten und hatte beim Schminken eine Liebeserklärung von der Maskenbildnerin von Wickerts Tagesthemen abwehren müssen. Er traute sich zu, innerhalb einer Woche einen Ministertermin zu bekommen, wenn er es darauf anlegte. Aber er legte es immer seltener darauf an. Das Prickeln ließ nach.
Denn all ihr aufgeregtes Kikeriki und Gegacker bewirkte – NICHTS, NICHTS, NICHTS.

Der Inhalt des Umschlags sprach für sich. Glücksfett! Das war die Krönung, die ultimative Verhöhnung der Konsumenten. Lasst euch einlullen, kauft schön den Ramsch weiter, der uns reich macht. Notfalls helfen wir nach. Fein ausgedacht. Aber diesmal würde es einen ungebetenen Gast beim Verteilen der Torte geben.
Er hatte hoch gepokert, und sein Gespür hatte ihn nicht getrogen. Dass die Sache nicht die zwei Millionen wert war, die er spaßeshalber verlangt hatte, war klar gewesen. Dass der hohe Herr am anderen Ende der Leitung ohne Zögern bereit war, eine Million zu zahlen, hatte ihm kurzfristig die Sprache verschlagen.
Sie waren am Hinterausgang des Supermarkts angekommen. Zwei bekittelte Arbeiter schauten erst misstrauisch, was sich vor der Laderampe abspielte, und verzogen sich dann fast verängstigt zurück ins Lager. Jetzt begann der zermürbendste Teil. Das Warten.
Er wusste noch nicht, was er mit dem Geld anfangen würde. Eine Weile wärmere Luft atmen. Über die Zukunft nachdenken. Ob Lucie sich überreden ließe, in eine andere Stadt zu ziehen? Wie versteuerte man Geld aus einer Erpressung? Erpressung war ein hässlicher Begriff, ein falscher obendrein. Es war ehrlich erworbenes Geld, erzielt aus einem geschäftlichen Arrangement zu beiderseitigem Nutzen. Herr Max G. traf Zukunftsvorsorge für sich selbst, Mister Mark S. sorgte für den Ruf seiner Firma.
Ein klappriger Corsa fuhr vor. Der Fotograf stellte sich als Freier vom Wochenblatt vor, gähnte herzhaft und reichte eine Thermoskanne herum. Ein Junior, den Max nicht kannte. Er flirtete mit den Gymnasiastinnen, die ihre Eimasken zum Trinken auf die Stirn geklappt hatten, ein Flugblatt aus der Tasche zogen und aufgeregt zu ihm hinüberzeigten. Auf ihn, den Obersten in der Hackordnung,

Big Max, der aufgrund seiner Größe auch im Hühnerkostüm leicht zu erkennen war.
Er winkte ab und zeigte seinerseits auf das Ei mit dem roten Pünktchen. Bei lokalen Aktionen machte nicht die Zentrale, sondern jemand aus der Stadtteilgruppe die Pressearbeit.
Zwei weitere Reporterteams rollten an und ein Kameramann vom Fernsehen. Und wie gerufen kam der Transporter. Die Hühner stellten sich als Kette davor, die Eier dahinter auf. Der Sound-Verantwortliche schaltete ein Tonband mit Gegacker an. Als es zu Ende war, skandierte die Gruppe zuerst etwas kläglich, dann beherzt: »Ei, ei, ei – das ist nicht nett / Rührei aus dem Huhn-KZ! »
Genau in diesem Moment war Max Groß klar, dass seine Entscheidung unumstößlich war und richtig. Er war für seine Maske dankbar. Sie verbarg, dass ihn bei dem Chor schauderte. Früher hatte er den KZ-Vergleich selbst oft benutzt, inzwischen gehörte er zu den »Softies«, die ihn entschieden ablehnten. Er hatte den Biss verloren. Zu alt, zu alt, zu alt, hämmerte es in seinem Kopf.
Denn sosehr ihm der missratene Reim gegen den Strich ging – der Slogan tat seine Wirkung. Passanten wurden aufmerksam. Gaffer liefen zusammen. Hausfrauen gaben Interviews. Pippi Langstrumpf-Rattenschwanz war von Kameras umringt, als sie eine Jonglier-Einlage mit zwei braunen und zwei weißen Eiern improvisierte. Die Zuschauer johlten, als sie die Eier am Ende ihrer Darbietung geschickt auffing und dann eins der braunen mit einem wohlplatzierten Wurf und voller Wucht mitten auf die Windschutzscheibe des LKW klatschen ließ.
Er sah ihr zu. Sie war nicht nur hübsch und clever, sondern auch ein mediales Naturtalent. Sie würde dabei bleiben in der Gruppe und zwei, drei, vielleicht sechs Jahre aushal-

ten. Dann: good bye ESSkalation, hello Studium, Karriere, Ehe, Reihenhaus.
Der Rest war Routine. Ein bisschen Eigelb am Schaufenster. Ein LKW, der seine Ladung in die Legebatterie zurückbrachte. Ein betroffener Supermarktleiter, der ins Mikrofon hinein versprach, die Herkunft der Eiproduktion in Zukunft sorgfältig zu prüfen. Keine Polizei. Friede, Freude – nur kein Eierkuchen für die Schnäppchenjäger und -jägerinnen, die jetzt in den Laden strömten und mit einer Nelke begrüßt wurden.
Ein Erfolg. Zur Manöverkritik gingen alle in ein italienisches Eiscafé. Die Gymnasiastinnen waren aufgedreht, hängten sich links und rechts bei ihm ein, wollten Heldenstorys hören. Die Schweinebefreiung von Ramelsloh. Das Buttersäure-Attentat auf der Grünen Woche.
Max Groß erzählte, schmückte aus, spielte die Rolle des Kriegsveteranen mit Hingabe. Die letzte Vorstellung sollte perfekt sein. War perfekt. Die Mädchen saßen andächtig und löffelten Zabaione – eine schaumige Masse, die mit ziemlicher Sicherheit aus Eischnee der gleichen dubiosen Herkunft bestand, die sie eben angeprangert hatten. Der Veteran unterließ Aufklärungsarbeit, beschränkte sich allerdings auf Espresso. Sein Magen konterte mit wütendem Kneifen.
Zehn Uhr. Der Mädchentrupp ging gut gelaunt zur Schule, um sich dort für heldenmütiges Schwänzen feiern zu lassen. Max Groß holte den dottergelben Umschlag aus dem Versteck. Und das Tomatenkostüm, das er bei der Übergabe tragen wollte. Dann fuhr er ins Büro.
Er nahm den Fahrstuhl. Seine Beine hatte er für heute genug strapaziert.
Andrea hatte frei.
Er öffnete seine Schublade und genehmigte sich einen

Schluck aus einer Flasche, zu der er seit dem seltsamen Besuch neulich häufiger griff. Natürlich enthielt sie keinen Billigfusel, sondern einen Grappa garantiert ökologischer Herkunft. Das köstliche Brennen in der Kehle war dasselbe.

Max Groß schaute sich um. Betrachtete die Poster, über deren Slogans sie sich nächtelang gestritten hatten. Streichelte die faserigen Blätter der Yuccapalme, die ihm Lucie geschenkt hatte, als die ESSkalation aus dem romantischen Kakerlakenkeller in dieses »richtige« Büro gezogen war. Nur Lucie und Simon waren übrig geblieben. Simon würde sich verraten vorkommen. Nicht, weil er ihn nicht verstanden hätte. Sondern weil er ihm keine Chance gelassen hatte, über Alternativen zu diskutieren. Aber Simon war jünger und flexibler. Für ihn war die ESSkalation keine Einbahnstraße in die Sackgasse.

Er selbst war 44. Niemand konnte ihm Vorwürfe machen, dass er keine Lust hatte, noch als Fossil mit 50 oder 60 in Hühner-Uniformen zu steigen und mit Eiern gegen Schaufensterscheiben zu kämpfen. Mit einem Zeugnis als »vorbildlicher Aktivist« war auf dem ersten Arbeitsmarkt wenig anzufangen.

Blieb der gelbe Umschlag. Ein Geschenk des Schicksals.

Übergabe

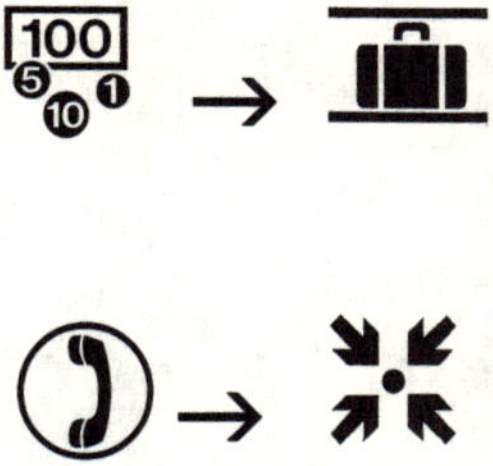

Dem Geld darf man nicht nachlaufen.
Man muss ihm entgegengehen.

Henry Ford

Die Nummer 3000 erschien auf dem Display. Mark Sweenie war direkt am Apparat. »Kommen Sie einen Augenblick her, Katharina! Es gibt eine interessante psychologische Aufgabe.«

Sie klappte ihr Märchenbuch zu und wandelte über Flausch in Sweenies Teil der Etage.

Er saß hinter seinem Schreibtisch und deutete auf die Sitzecke.

»Passen Sie auf!« Er schaltete einen Apparat an. Es folgte ein unverständliches Genuschel, aus dem sie nur die Worte »Wochenmarkt«, »Polizei« und »Tricks« identifizierte. Während Sweenie die Aufnahme zurückspulte, trat sie an den Schreibtisch und setzte sich auf die Kante.

Jetzt konnte sie die Männerstimme besser verstehen. »Wenn Sie die Unterlagen wollen: Treffpunkt ist der Wochenmarkt an der Christophoruskirche. Der Tomatenstand am Ostende. 14 Uhr. Geld in gebrauchten Scheinen. Keine Polizei. Keine Tricks.«

Katharina schaute Sweenie an. »Ein Verrückter?«

»Das müssten Sie besser beurteilen können als ich!«

»Mir sind die Standards in letzter Zeit verloren gegangen.«

Sie musterte Sweenies Miene. Er hatte die Hände hinter dem Kopf verschränkt und wippte leicht auf seinem Sessel, wie er es bei den Sonnabendsitzungen manchmal auch tat, wenn er überlegte. Eine Pose, die Offenheit signalisierte: Mein Herz ist frei. Stich zu, schieß hinein! Es wirkte nie ganz ehrlich, heute auch nicht.

Besonders alarmiert sah er nicht aus. Allerdings auch nicht so belustigt, als hielte er den Anruf für nichts als einen schlechten Scherz. Sie tastete sich vor.

»Von wann stammt das?«
»High Noon, wie pathetisch angekündigt.«
»Es hat also eine Vorgeschichte gegeben.«
Er nickte.
»Und davon existiert keine Aufzeichnung?«
»Leider nein.« Sein leicht nervöses Augenzwinkern war ihr nicht entgangen. Und ihm war nicht entgangen, dass sie es bemerkt hatte. »Sie ist jedenfalls nicht greifbar.« Sweenie verschränkte die Arme jetzt vor der Brust. »Solche Anrufe bekommen wir häufiger. Irgendein Spinner behauptet, er hätte irgendetwas gegen uns in der Hand. Tote Fliegen im Apfelsaft. Glasscherben im Jogurt. Er verlangt irgendeine Phantasiesumme und droht mit der Polizei.«
»Klingt wie im Krimi. Und dieser?« Katharina bemühte sich, die lässige Tonart zu bewahren. Es gelang ihr nicht ganz.
»Keine Angst. Nichts von dem, was Sie denken.«
Sie atmete innerlich auf. Keiner, der die Plastiksack-Affäre kannte.
»Ich dachte immer, wir bezahlen Steuern für diese Menschen mit Lederjacke, Walther PKK und Blaulicht.«
»Sie sehen zu viel Tatort. Oder nicht genug. Im Wirtschaftsleben ist die Anwesenheit der Schimanski-Spezies verpönt.«
»Wie reagieren Sie stattdessen?«
»Wie immer. Wir gehen darauf ein. Jemand macht sich auf und übergibt dem Betreffenden einen Geldkoffer. Dem Mann. Es sind immer Männer. Einzelne Männer. Dafür bekommen wir dann die so genannten Beweise, was immer es ist. Machen Sie nicht so ein ungläubiges Gesicht!«
»Wie kommt es, dass Fosco noch nicht in Konkurs ist?«
»Das Geld ist nicht echt.«
Sie konnte ein Grinsen nicht unterdrücken. Typisch Swee-

nie. Iren mussten ein Trickser-Gen besitzen. »Und die Geprellten gehen nicht zur Polizei, zur Presse oder wohin auch immer?«

Er legte den Kopf leicht schief. »Nein. Warum sollten sie?«

Katharina krauste die Stirn. »Tut mir Leid. Da komm ich nicht mehr mit.«

Sweenie lachte. »Dabei ist es einfach. Die Leute schauen auch zu viel Tatort. Die denken: Da ist eine reiche Firma, die hat bestimmt Dreck am Stecken, probieren wir es einmal aus. Sie sind scharf auf Geld.«

»Aber sie bekommen keins. Jedenfalls keins, mit dem man glücklich wird. Warum machen sie ihre Drohungen dann nicht wahr?«

»Weil unser Schachzug sie überrumpelt. Und wir gewinnen Zeit. Falls ein Erpresser wirklich etwas gegen uns in der Hand hat – was wohlgemerkt noch nicht passiert ist –, können wir in Ruhe seine Unterlagen prüfen. Und er unser Geld, mit dem er nichts anfangen kann. Patt. Was würde der gute Mann tun?«

»Weiter drohen.«

»Richtig. Er würde sich wieder melden. Was in dieser zweiten Runde passiert, müssten wir von neuem entscheiden. Lassen Sie uns jetzt aber den sehr viel wahrscheinlicheren Fall betrachten, dass unser Freund ein Amateur ist.«

»Was passiert?«

»Spätestens beim ersten Einlösen eines Geldscheins merkt er, dass wir ihm Falschgeld angedreht haben. Dass Erpressung ein verdammt heikles Geschäft ist. Und lässt die Finger davon, jetzt und immerdar. Quod erat demonstrandum.«

»Und wer wagt sich in solchen Fällen hinaus ins Feindesland? Ihr Finanzchef? Ihre Sekretärin?«

Er schüttelte sacht den Kopf. Lächelte. Bedachte sie mit der großen Grünaugen-Tiefe. Schwieg ein paar Sekunden, bevor er eine Kopfbewegung machte.
»Da drüben steht der Koffer. Viel Erfolg!«

Der Koffer war aus schwarzem genarbtem Kunstleder. Besonders schwer war er nicht. Sie scheute sich trotzdem, mit der U-Bahn zum Einsatzort zu fahren. Es war noch genug Zeit, einen Abstecher nach Hause zu machen und die einzige Waffe zu greifen, die sie hatte: Nasreddin im Katzenkorb.
Sie konnte der Versuchung nicht widerstehen, einen Blick in den Koffer zu werfen. Das Geld sah wirklich täuschend echt aus. War es echt? Der Empfänger würde Schwierigkeiten haben, es zu prüfen. Es war kein deutsches Geld. »In God we trust«, las sie. Wer immer die Scheine einlösen wollte, würde Gottvertrauen brauchen. Es handelte sich um Dollars. Obenauf lag ein Papier mit dem aktuellen Umrechnungskurs.
Sie ließ den Taxifahrer einmal um den Block fahren, bevor sie ausstieg, Koffer links, Katerkörbchen rechts. Das Wesen im Tomatenkostüm fiel auf, aber nicht sehr. Es hatte ein handgemaltes Plakat vor dem Bauch hängen, auf dem Südtiroler Obst und Gemüse angepriesen wurde.
Die Tomate war mit ziemlicher Sicherheit wirklich ein Mann, sie überragte Katharina um mehr als eine Kopfeslänge. Offensichtlich hatte der Erpresser ein ziemlich überkommenes Rollenverständnis. Er hielt nervös Ausschau in die Ferne und übersah die Botin auch noch, als sie direkt neben ihm stand.
Katharina pfiff die High-Noon-Melodie. Die Tomate wen-

dete sich erschrocken um. Hinter der Maske, die ihren Stängel darstellte, füllten sich dunkelbraune Augen mit Wasser. Dann folgte ein gewaltiger Nieser. »Tun Sie die Katze weg, ich bin allergisch.«

Sie schüttelte energisch den Kopf.

Etliche Nieser später gab er nach und stieß einen Laut aus, den sie als »Mitkomm!« interpretierte. Nachdem er sich misstrauisch nach allen Seiten umgeschaut hatte, legte er das Gemüseschild ab und stapfte vor ihr über die Straße auf einen Kinderspielplatz. Die dunkelhaarigen Gören schienen an Tomaten gewöhnt zu sein, die Touristinnen und Kater verschleppten.

Für die Transaktion hatte er ein dunkles Kinderblockhaus vorgesehen, in dem wahrscheinlich noch Monopoly-Geld überzeugend gewirkt hätte. »Kohle her«, befahl der Tomatenmann, der sich endlich auf seine Gangsterrolle besann. Nasreddin fauchte.

»Erst wenn ich die Unterlagen gesehen habe.« Katharina beglückwünschte sich zu ihrem professionell kühlen Ton.

Mr. Tomato wühlte in den Tiefen seines Kostüms. Katharinas Befürchtungen, dass sie jetzt die Mündung eines Revolvers aus der Nähe kennen lernen würde, bestätigten sich nicht. Stattdessen förderte der Mann eine Packung Papiertaschentücher zutage und wandte sich fluchend ab. Zum Schnauben war es offensichtlich nötig, die Maske zu lüften. Man sollte Gangstermode-Designern einen entsprechenden Tip geben.

Wenigstens sein Schnauben war Furcht erregend, beste Louis-Armstrong-Trompete. Als er die Maske wieder aufgesetzt hatte, zog er einen dottergelben Umschlag aus den Tiefen seines Kostüms und warf ihn ihr hin. Katharina klemmte den Koffer zwischen die Beine und schaute auf die Papiere. Molekularkauderwelsch. Aber anscheinend nicht ganz so ohne Realitätsbezug, wie Sweenie geglaubt hatte. Für die erste Seite hatte jemand sich die Mühe gemacht, Zeitungsbuchstaben auszureißen und zu zwei Worten zu gruppieren. »GLÜCKSFETT«, hieß es da. Und: »FITTY«.

Sie gab den Koffer frei. Er öffnete ihn und hielt einen Augenblick inne. Dann strich er mit seinen roten Handschuhen sanft über die Scheine, blätterte, um die unteren Schichten zu prüfen. Dass es sich um Dollars handelte, schien ihn nicht zu stören. Er stopfte den Geldsegen in eine große Plastiktüte, die er aus einer Tasche auf dem Rücken seines Tomatenkostüms zog.

Katharina war nervös und fasziniert zugleich. Konnte es wirklich möglich sein, dass jemand glaubte, ein Anruf mache ihn zum Millionär? Und dass der Anblick von Dollarbündeln eine Allergie heilte?

Der Tomatenmann richtete seine braunen Augen mit plötzlichem Misstrauen auf sie. »Da ist was faul. Entweder Sie sind idiotisch loyal. Oder verrückt. Oder Sie haben mich reingelegt.«

Er fing an, sich wie ein denkender Mensch zu artikulieren. Höchste Zeit, das Tribunal zu verlassen. Katharina warf den Umschlag in den Koffer und schloss ihn. Im nächsten Moment schwenkte sie den Katzenkorb so, dass Nasreddin dicht an der empfindlichen Nase vorbeiflog. Dann verließ sie den Spielplatz, ohne sich noch einmal umzublicken. Die kleinen Raucher johlten ihr nach: Quickyfickie. Quickyfickie …

Am Durchgang zur Straße verlangsamte sie die Schritte. Die Kinder hatten sie auf eine Idee gebracht. Ihr Allergiker würde mit Sicherheit nicht ewig in einem Tomatenkostüm herumlaufen; er würde sich jetzt ausziehen. Sie hatte gese-

hen, dass der Hinterausgang des Spielplatzes auf den Park hinausging. Ziemlich nah an der Kanalböschung.
Der Erpresser war naiv, aber nicht dumm. Er hatte sich kostümiert. In der geräumigen Kostümtasche hatte er mit Sicherheit noch mehr zusammenknüllbares Verpackungsmaterial, in dem sich die Beute und die Maskerade leicht verstecken ließen. Das Blockhaus war ideal, um sich in seinem Schutz umzuziehen. Und dann? Vielleicht hatte er im Kanal ein Boot liegen, um sich eventuelle Verfolger vom Hals zu halten.
Nach der Darbietung der Nieskaskaden war ihre Neugier stärker als die Angst. Spielplätze waren öffentliche Räume. Es war Frauen mit Katzenkorb nicht verboten, auch zweimal am Tag das Areal zu begutachten, in dem später vielleicht ihre eigenen Kinder das Rauchen lernen würden.
Der Spielplatz war leer. Sie lief zum Hinterausgang weiter, der auf einen breiten Uferrandstreifen mit einzelnen Weiden hinausführte. Es gab keinen Weg, aber etliche Trampelpfade durch das hohe Gras. Katharinas Blick schweifte über die Böschung. Tatsächlich schaukelte im Wasser ein verwaistes Kanu. Aber warum war der Erpresser nicht auf und davon damit? Wenn er sich doch für eine Flucht zu Fuß entschieden hatte, gab es eigentlich nur den Weg durchs Gras parallel zum Kanal. Weit hinten, schon fast an der Brücke, nahm sie eilige Bewegung wahr. Sie kniff die Augen zusammen. Wenn er es war, hatte ihr Nieser Verstärkung dabei. Sie sah nicht nur einen, sondern gleich drei Männerrücken. Diesmal also kein Einzeltäter.
Sehr einig schien sich die Gruppe allerdings nicht zu sein, soweit sie das aus der Entfernung einschätzen konnte. Der größte Typ ging in der Mitte. Er hatte jetzt eine blaue Jacke an, aber von der Statur her war es mit ziemlicher Sicherheit ihr niesender Erpresser. Wie erwartet, hielt er eine gro-

ße Tasche in der Hand. Die anderen beiden trugen Anzüge. Sie gingen auffallend eng an seiner Seite, fast wie Wächter. Unvermittelt machte der Große einen Ausfallschritt und eine weite Ausholbewegung. Er schwang die Tasche im Bogen um sich herum, wie um die anderen damit niederzumähen. Doch der Mann auf seiner rechten Seite duckte sich geschickt, und der Linke bekam den Angreifer zu fassen, der ihm, vom eigenen Schwung getrieben, entgegenwirbelte.

Der Kampf, wenn es denn einer war, endete mit technischem K. o. Der Rechte packte den Mann in Blau am Ellenbogen. Der Linke schien ihm irgendetwas gegen das Gesicht zu drücken. Erstes Ergebnis war eine durch die Entfernung gedämpfte Nieskaskade, wie Katharina sie schon kannte. Dann schienen dem Großen plötzlich die Beine wegzurutschen. Es sah so aus, als ob der rechte Begleiter, der seinen Arm gepackt hatte, ihn nur mit Mühe vor dem Hinfallen bewahren konnte. Mit seinem ganzen Gewicht lastete der Nieser nun auf ihm, während er sich instinktiv trotz allem immer noch an die Tasche klammerte. Der Linke nahm sie ihm ab.

Katharina schaute der Szene zu wie gebannt. Ihr allergischer Erpresser tat ihr fast Leid. Eine Slapstickfigur. Ein betrogener Betrüger wie aus dem Bilderbuch, der Opfer seiner Komplizen geworden war. Sie unterdrückte den Impuls, der ehemaligen Tomate zu Hilfe zu eilen oder zu schreien. Vielleicht war das Pech sein Glück. Vielleicht kam er mit dem buchstäblichen blauen Auge davon, während die anderen irgendwann einem Richter würden erklären müssen, woher die falschen Dollars kamen.

Aber die makabre Odyssee war noch nicht vorbei. Katharinas Erwartung, dass die beiden Angreifer ihr Opfer nun im Gras liegen lassen und sich mit der Tasche davonmachen

würden, trog. Der Größere, der jetzt die Beute hatte, legte sich den einen Arm des Erpressers über die Schulter und seinem Kompagnon den anderen. Gemeinsam schleppten sie ihn hoch zur Straße.
Kurz vorher machten sie Halt. Während der eine in irgendeinen Apparat sprach, sah sich der andere um. Instinktiv duckte sich Katharina hinter den Weidenstamm, von dem aus sie die Szene verfolgt hatte. Als sie es wagte, wieder hervorzuschauen, war das Trio am Bürgersteig angekommen. Ein Auto fuhr vor. Die beiden Männer öffneten die Ladeklappe und bugsierten den dritten hinein. Bis zu diesem Augenblick hatte Katharina die Aktion fast mit amüsierter Spannung verfolgt. Nun spürte sie ein Schwindelgefühl.
Der Lieferwagen trug das Fosco-Emblem.
Sweenie hatte sie hereingelegt.

Ein lahmes Gefühl im linken Arm und ein klägliches Winseln erinnerten Katharina daran, dass sie zu viel Gepäck mit sich herumschleppte, um handlungsfähig zu sein. Sie hauchte einen Kuss durch den Bast, ließ den Katzenkorb neben dem Boot am Ufer stehen und legte einen Spurt ein. Den Koffer behielt sie in der Hand. Er war jetzt leicht, aber er schlenkerte gegen ihre Beine und behinderte sie. Außerdem war die Straße weiter entfernt, als sie vermutet hatte. Als sie sie erreichte, war kein niesender Erpresser und kein Fosco-Lieferwagen weit und breit zu entdecken. Der übliche Nachmittagsverkehr rauschte an ihr vorbei, an- und abschwellend in rhythmischen, durch Ampelphasen gesteuerten Wellen. Hypnotische Rastlosigkeit.
Ein paar Minuten stand sie am Straßenrand und schaute ratlos Automobilen zu, die sich wie ferngesteuert über den Asphalt bewegten. Ein freies Taxi bremste elegant vor ihr.

Die Frau am Steuer schaute sie fragend an. Sie schüttelte benommen den Kopf. Langsam kehrte sie ans Kanalufer zurück.

Eine Amsel sang. Ein Teenager-Pärchen kam ihr schmusend entgegen. Es konnte nicht wahr sein, dass sie mitten am helllichten Tag eine Entführung beobachtet hatte. Es war völlig unwahrscheinlich, dass ein angesehenes internationales Unternehmen an dieser Entführung beteiligt war. Und dass sie selbst in dieser Geschichte eine Rolle spielte, war ganz und gar grotesk. Kellerleichen, Erpressung, falsche Dollars im Koffer. Lachhaft. So etwas passte in einen absurden Kriminalfilm, nicht in eine Wirklichkeit, auf die man Psychologiestudenten vorbereitete.

An der Böschung standen die Brennnesseln hoch. Katharina fuhr mit dem Handrücken an ihnen entlang, fast sicher, dass der Schmerz ausbleiben würde. Aber so traumhaft einfach lag der Fall nicht. Die Hand zuckte zurück. Um irgendeine Art verdrehter Wirklichkeit musste es sich denn doch handeln, um einen Wahn, eine Projektion der eigenen Wichtigkeit.

Sie ging auf eine Weide zu, streichelte den Stamm, fixierte die Rindenstruktur so intensiv wie eines dieser verrückten bunten 3D-Klecksbilder, bei denen sich durch langes Hineinstarren das verborgene, tiefer liegende Muster offenbart. Die Weidenrinde blieb eine Weidenrinde blieb eine Weidenrinde. Katharina schloss die Augen und zwang sich, nacheinander alle Gesichtsmuskeln anzuspannen und Grimassen zu schneiden.

Als sie die Augen öffnete, schaukelte unten im Wasser noch immer ein einsames Kanu. Noch immer lag im Gras der Katzenkorb. Daneben stand jetzt allerdings eine Rentnerin in geblümtem Krepp, deren Stock Unheil verkündend in Richtung Katharina und Straße fuchtelte, während

die Besitzerin Wortschwälle über einen unüberhörbar fauchenden Nasreddin ergoss.
»Ich habe die Polizei gerufen.«
Katharina beachtete die triumphierende Stimme kaum und nickte abwesend. Sie war erleichtert, dass ihr jemand die Entscheidung abgenommen hatte. Die Frau sah sie missbilligend an. Sie war vielleicht Ende sechzig, der Typ allwissende Nachbarin mit scharfen Augen und verkniffenem Mund. Gut, dass es eine unbeteiligte Zeugin für die Entführung gab. Katharina zweifelte daran, dass ihr selbst die Polizisten die verwirrende Geschichte vom Verschwinden einer niesenden Tomate geglaubt hätten. Wenn sie ganz ehrlich mit sich war, zweifelte sie auch daran, dass sie den Mut gefunden hätte, sie zu erzählen. Adieu, Fosco. Adieu, Karriere. Sie hätte verdammt gern weiter für Sweenie gearbeitet. Vielleicht nicht nur gearbeitet. Sie sah auf ihren Handrücken, auf dem sich ein Streifen von kleinen rosa Bläschen gebildet hatte. Sie hätte sich gern von einem grünäugigen irischen Magier durch Berührung Brennnesselspuren weghexen lassen. Sie hätte gern mit ihm im Duett »Summertime« gesungen. Oder, noch besser, etwas Reines. Ein Kirchenlied. *Laudate omnes gentes, laudate dominum …*
Sie konnte nach Zürich ziehen und die schlechte Schuhputzerin in die Flucht schlagen und ersetzen. Sie summte die Melodie weiter, stellte den Koffer ab, setzte sich ins Gras daneben und öffnete den Katzenkorb. Sie brauchte jetzt Körperwärme, ein vertrautes Fell, etwas zum Streicheln.
Zuerst schoss eine Pfote heraus, und Krallen kratzten an dem Arm entlang, an dem sie eben den Brennnesseltest absolviert hatte. Dann sprang der ganze Nasreddin mit einem Satz an ihr vorbei, ohne sie eines Blickes zu würdigen.

Schnurrte treulos die Alte an. Rieb sich an den fremden Beinen. Ließ sich unter Freudenbekundungen den Hals kraulen. Versetzte dem Stock spielerisch Tatzenhiebe.
Als sich zwei Polizisten vom Spielplatz her näherten, wechselte der Kater die Rolle und schwang sich auf zum Kavalier des gesamten weiblichen Geschlechts. Er sträubte die Haare, zeigte einen gewaltigen Buckel und stellte sich in Kampfhaltung zwischen die beiden Frauen. Wie von einem Magneten gezogen, pendelte die Schwanzspitze mal in die eine, mal in die andere Richtung.
»Wer von Ihnen hat die herrenlose Katze gefunden?«, fragte einer der beiden Polizisten und zückte sein Notizbuch.
Die Alte blickte giftig in Richtung auf Katharina. »Es hat sich wohl alles erledigt.« Sie griff nach ihrem Stock und stiefelte davon. Nasreddin maunzte und schmiegte sich an Katharinas Beine. Der Protokoll führende Polizist lachte gemütlich und ließ sein Notizbuch sinken. Sein Kollege ging in die Knie, riss einen Grashalm ab, kitzelte den Kater an der Schnauze und berichtete, dass der Onkel seiner Schwägerin chinchillafarbene Perser züchtete. Die Familie hätte sich einen Industriestaubsauger zulegen müssen, nachdem drei normale Haushaltsstaubsauger an der Aufgabe gescheitert waren.
Der Zeitpunkt schien unpassend, um eine Anzeige wegen Menschenraubes loszuwerden. Der Kollege des Katerfreundes hatte sein Notizbuch weggesteckt, ohne auch nur ihren Namen zu protokollieren, und verabschiedete sich. Unten am Ufer dümpelte ein Kanu.

»He, was soll das? Hast du keine Augen im Kopf, Mädchen?« Katharina sah zwei Wassermelonen auf sich zurollen, ehe sie begriff, dass sie wieder auf die Straße zurückge-

kehrt war, wo die Marktleute gerade ihre Stände abbauten. Es roch durchdringend nach Grillwurst. Am Gemüsestand pries eine Marktfrau die letzten mageren Spargelstangen an. Ein verschwitzter Mann im Unterhemd warf Katharina einen bösen Blick zu und sammelte die Melonen wieder ein, die ihm von seiner Steige gefallen waren. Eine von ihnen war in zwei bizarre Hälften zerborsten.
Katharina schaute auf die Uhr. Der Spuk hatte nicht einmal eine Stunde gedauert. Sie musste unbedingt mit Sweenie sprechen. Jetzt hätte sie ihr Handy gut gebrauchen können, das immer noch bei Eleftheria war. Die Zelle am U-Bahn-Eingang war besetzt. Immerhin fand sich im Portemonnaie noch eine alte Telefonkarte. Türmchen, Giebel, blauer Himmel – das Schloss Neuschwanstein, gebaut von König Ludwig, dem Wahnsinnigen. Ob es in dessen Leben auch eine ergebene Vertraute gegeben hatte, die seine Narrheiten gedeckt hatte? Zum Schluss hatte jedenfalls alles böse im Wasser geendet, wenn sie sich richtig erinnerte. Aber berühmt geworden war er doch.
Als sie aufblickte, war die Zelle leer.
»Tut mir Leid, Katharina, der Chef musste weg.« Bei Lilli konnte man nie sicher sein. Sie log routiniert wie Baron Münchhausen.
»Hören Sie, Lilli, es ist dringend.«
»Ich kann Sie hören, aber nicht erhören. Er ist wirklich weg.« Es gab einen Knall am Ohr. Lilli kaute Kaugummi. Das traute sie sich normalerweise wirklich nur in Sweenies Abwesenheit.
»Okay, wann ist er wieder zu sprechen?«
»Heute nicht, morgen nicht. Aber ich soll Ihnen etwas ausrichten, wenn Sie anrufen. Sagen Sie mir, wo Sie sind, dann schicke ich Ihnen einen Kurier, der den Koffer hierher bringt. Danach sollen Sie sich einen gemütlichen

Nachmittag machen. Außerdem hat er Ihnen eine Mail geschickt, aber es reicht, wenn Sie sie morgen lesen.«
»Geben Sie mir seine Handynummer! Es ist ein Notfall!« Katharina merkte, dass ihre Stimme nach bettelndem Kleinkind klang, und versuchte, in der souveräneren Tonart ihres Erwachsenen-Ichs hinterherzuschieben: »Es hat einen Zwischenfall gegeben.«
Lilli lachte am anderen Ende. »Katharina, Sie kennen die Regeln. Die Nummer ist heilig. Also, verraten Sie mir, wo Sie genau sind?«
Sie gab nach, hängte den Hörer ein und hockte sich neben ihren Korb auf den Boden der Zelle. Draußen trommelte etwas gegen Glas. Als sie aufblickte, sah sie Rippen eines Unterhemds mit rötlichen Flecken. Sie gehörten zu einer ausladenden Bauchpartie, die sich gegen die Scheibe quetschte. Der Melonenmann verzog wütend sein Gesicht, als er sie erkannte. Nasreddin fauchte. Katharina nahm den Katzenkorb und den Koffer und verließ die Zelle. Es dauerte kaum fünf Minuten, bis ein Kurierfahrzeug vor ihr hielt.
»Frau Quast? Sie haben etwas für mich?«
Den Koffer mit dem Umschlag abgeben zu können war wie eine Befreiung. Langsam stieg Katharina die Treppen zur U-Bahn hinunter und versuchte die Bruchstücke neu zu ordnen. Eigentlich konnte sie keineswegs sicher sein, dass das, was sich vor ihren Augen abgespielt hatte, eine Entführung gewesen war. Ihre überreizte Fantasie hatte ihr einen Streich gespielt. Alles ließ sich vielleicht anders und wesentlich plausibler erklären. Das Kanu hatte vielleicht mit der Sache gar nichts zu tun. Oder es hatte zur Verwirrungstaktik der Tomate gehört, um etwaige Verfolger abzuschütteln.
Und die beiden Männer? Wahrscheinlich waren sie doch Komplizen. Und die vermeintliche Überwältigung war in

Wahrheit Unterstützung gewesen, weil der sensible Nieser nach vollbrachter Tat schlappgemacht hatte. Nein, dazu hatte es zu sehr nach Kampf ausgesehen. Vielleicht wollte die Tomate die beiden anderen austricksen, und sie hatten sich das nicht gefallen lassen. Der Fosco-Lieferwagen konnte dann etwas anderes bedeuten: Alle Erpresser kamen aus der eigenen Firma. Das würde Sweenie interessieren.

Die U-Bahn fuhr ein. Die Wärme und das Schuckeln gaben ein heimeliges Gefühl. Mutterbauch, assoziierte die Psychologin in ihr, Geborgenheitsbedürfnis im Anschluss an Extremspannung. Sanft fuhr sich Katharina über den Brennnesselstreifen. Ob sie Sweenie die Sache mit den Polizisten erzählen sollte? Besser nicht. Oder erst in ein paar Wochen – nach der Fitty-Einführung. Das Märchen von Gretel, die sich beinah im finsteren Wald verlaufen hätte, statt als Heldin aus der Geschichte hervorzugehen.

Als sie die Wohnungstür aufschloss und Nasreddin aus seinem Korb befreite, seufzte sie erleichtert auf. Sie hatte den freien Nachmittag verdient.

Krisensitzung

???

Einem Wartenden scheinen Minuten Jahre zu sein.

Sprichwort aus China

Die Avantgarde des guten Geschmacks, die Retter entrechteter Haustierrassen, die Angstgegner globaler Foodkonzerne hatten sich als kümmerliches Häuflein in ihrem Konferenzraum versammelt. Erster und einziger Tagesordnungspunkt: das unentschuldigte Fehlen eines altgedienten Kampagnenleiters.

»Max würde nie einfach so verschwinden, versteht ihr das denn nicht?« Die Stimme gehörte zur Juristin der ESSkalation und hatte schon manchen gegnerischen Anwalt aus dem Gerichtssaal vergrault. Normalerweise war sie schrill, jetzt hysterisch schrill und nah am Umkippen. »Schaut doch seine Termine in der Zeit an.« Die Sprecherin blätterte einen abgegriffenen Schreibtischkalender auf: »11 Uhr 30 das Telefoninterview mit ›Perspektiven‹, 14 Uhr Auswertung der Ei-Aktion, dann das Briefing für die Hormonkampagne, 17 Uhr die Vorbe…«

Der Nebenmann schnitt ihr das Wort ab. »Aber Barbara, Fakt ist doch, dass er in der Zeit, wo dieses lebenswichtige Interview stattfinden sollte, offensichtlich samt Aktentasche und Handy aus dem Haus gegangen ist. Simon hat ihn gesehen. Und ich hatte die Redakteurin am Apparat. Sie war stinksauer.« Er imitierte aufgesetzte Wichtigkeit: »›Aber Herr Groß hatte mir doch versprochen, sind Sie auch ganz sicher, dass er nichts hat ausrichten lassen, ich meine, mein Name ist Stubbenbrook-Sailer von der Sendung ›Perspektiven‹. Ich habe ihm doch gesagt, dass ich extra das Studio ….« Er wechselte in Normalsprechweise und boxte das Polster seines Sessels. »Ich hoffe, dass Max gute Gründe hatte, sie zu versetzen.«

Eine Frau mit karottenfarbenem Haar schaltete sich spöttisch ein. »Bestimmt, Martin! Aber es muss mindestens ein Rendezvous mit Lady Di selig gewesen sein. Big Max verpennt eine Chance zur Selbstdarstellung im Radio? Das glaubt ihr doch selbst nicht. Keine Angst. Der taucht wieder auf.« Sie schaute auf die Uhr. »Wo bleibt bloß Andrea?«

Barbara warf der Karottenfrau einen vernichtenden Blick zu. »Und was zum Teufel soll Andrea, bitte schön, wissen? Die hat doch die ganze Woche freigehabt. Martin, erzähl doch noch mal, was die Freundin von Max am Telefon genau gesagt hat.«

»Lucie war völlig aufgelöst. Er war seit zwei Nächten nicht zu Hause und hat sich auch nicht abgemeldet, was sonst überhaupt nicht seine Art ist. Als sie gehört hat, dass er auch nicht hier ist, ist sie fast durchgedreht.«

Die Karottenfrau spielte mit ihrem Muschelohrring und stöhnte. »Das hast du doch nun schon dreimal erzählt. Aber danach hat sie doch dann alle Stellen durchgerufen, an die man in Notfällen denkt, Polizei, Krankenhaus, Verkehrswacht, und kein Big Max nirgends. Also ist ziemlich ausgeschlossen, dass ihm was passiert ist! Wenn ihr meinen Tip hören wollt, will sich unser Maestro ein bisschen wichtig machen. Vielleicht, weil ihm Simon neuerdings die Schau stiehlt mit seinen konspirativen Auslandseinsätzen.«

Sie warf ihrem Nebenmann einen fragenden Blick zu. Der schüttelte seine Locken. »Quatsch. Himmel, ich kenn ihn seit Ewigkeiten. Und man kann gegen ihn sagen, was man will: Zuverlässig ist er. Obwohl mir auch keine Erklärung einfällt. Im Roman würde er irgendwo im Park herumirren und hätte das Gedächtnis verloren …«

Die schrille Stimme hatte sich beruhigt und war jetzt sachlich: »Einspruch. Dazu ist er dann doch wieder zu bekannt.

Ich wette, jeder Dritte würde sein Gesicht mit uns in Verbindung bringen. Und selbst wenn wir nicht so prominent sind, wie wir alle hoffen: Was würdest du tun, wenn du jemand orientierungslos findest, der seinen ganzen Kram dabeihat? Du würdest dich doch in seinem Büro oder zu Hause melden!«

Es klingelte. Simon strampelte sich aus dem Sitzsack hoch zur Gegensprechanlage. »Oh ja, komm rauf.« Er wartete an der Tür. Die Frau, die eintrat, hatte lange glatte blonde Haare. Ihr Gesicht war totenbleich. Sie lehnte sich gegen den Türrahmen, als ob sie zu erschöpft wäre, auch nur einen Schritt weiter zu gehen.

»Um Gottes willen, Lucie, was ist passiert?«

Sie blieb in der Tür stehen. »Max hat eine E-Mail geschickt. Dass er okay ist!«

Großes Aufatmen. Martin fischte einen Klappstuhl aus der Ecke und stellte ihn in die Runde. Erleichterte Stimmen redeten sich in Rage. »Na also, wo ist er? Warum freust du dich nicht? Dieser Scheißkerl! Uns so im Stich zu lassen. Fremdelt er? Hat er eine von den Lolitas zur Strecke gebracht, von denen er nach solchen Eiertanz-Aktionen immer so schwärmt? Keine Angst. Das ist übermorgen vorbei.«

Lucie setzte sich, fingerte eine Zigarette aus ihrer Tasche und versuchte sie am falschen Ende anzuzünden. Ihre Hände zitterten zu stark.

Simon nahm sie ihr aus der Hand, drehte sie um, gab Lucie Feuer und streichelte beruhigend ihren Arm. »He, komm erst mal zu dir! Was immer unser großer Junge für Dummheiten gemacht hat, die Hauptsache ist doch, dass es ihm gut geht.«

Lucie inhalierte und starrte vor sich hin auf die abgewetzte Ziegenhaar-Auslegeware. Sie fing leise an zu sprechen.

Verschluckte sich. Hustete. »Scheiße, Scheiße, Scheiße.« Rauchte. Sah, wie die Asche von der Zigarette fiel, und trat sie geistesabwesend mit ihrem Stiefel in den Teppich.
Barbara wedelte den Rauch in Lucies Richtung und bemerkte wieder schrill: »Tja, das Drama scheint sich ja noch hinzuziehen. Ich gehe dann wieder an meine Arbeit. Falls in puncto Vermisstenmeldung noch etwas Wichtiges folgt, könnt ihr mich gerne wieder hinzuziehen.« Ihren Abgang krönte sie sie mit dem Aufreißen des Fensters.
Lucie sah ihr mit leerem Blick hinterher und drückte die Zigarette aus. »Ich weiß nicht, wo ich anfangen soll. Es gibt etwas, was ihr nicht wisst.«
Andrea polterte in den Raum. »Sorry, ich bin zu spät. Ist Big Max wieder ...?« Sie sah Lucie, verstummte, ging zu ihr und nahm sie in die Arme.
Simon stand auf und sagte in dem Ton, mit dem er sonst Freiwillige zum Briefversand rekrutierte: »Ich koch uns einen Kaffee, okay? Und dann erzählst du uns, was wir alles nicht wissen, Lucie.«
»Ich glaube, ich brauch etwas Stärkeres als Kaffee«, sagte Lucie kläglich. »Habt ihr was da?«
Martin schüttelte den Kopf.
Die Karottenfrau ging in Max' Büro und förderte die Flasche aus der Schreibtischschublade zu Tage.
Lucie nahm einen Schluck. »Big Max hatte in letzter Zeit eine Krise. Ich hab es nicht so ernst genommen. Kam ja immer mal wieder vor. Wir haben mein gutes Lehrergehalt. Und ich hab an manchem Morgen gedacht, wie gerne ich mit ihm tauschen würde. Selbstbestimmt arbeiten für eine gute Sache, statt mich morgens um acht mit den Gören rumzuschlagen.«
Sie schüttelte den Kopf. »Ich hab einfach die Signale übersehen.«

Sie rieb mit dem Absatz auf dem Aschefleck herum. »Und dann kam er vor drei Tagen an wie ausgewechselt. Er sei einem heißen Ding auf der Spur. Das hätte mir schon auffallen sollen. Er hätte sonst nie in Ichform gesprochen. Aber diesmal. Nicht WIR sind einem Ding auf der Spur, sondern ich ich ich ich.«
Andrea lachte. »Da würde ich nicht so viel drauf geben. Du hast nie wahrhaben wollen, was für ein Egomane er ist. Frag mal seine direkteste Kollegin.«
Lucie zuckte die Schultern. »Mag sein. Aber diesmal war er außerdem geheimniskrämerisch. Und das hätte mich nun wirklich misstrauisch machen sollen. Er hat mir sonst immer fünfzehnmal mehr Details erzählt, als ich je wissen wollte.«
Sie schaute Martin direkt an. »Ist euch übrigens nicht aufgefallen, dass er neuerdings trinkt?«
»Big Max? Alkohol??« Martin war verblüfft.
Andea verdrehte die Augen. »Männer!« Sie fuhr durch ihr Stoppelhaar, ehe sie Lucie antwortete. »Ich war zu feige, ihn darauf anzusprechen.«
»Egal. Ich meine ja nicht, dass er zum Säufer geworden ist. Aber es war eine Veränderung. Er hatte jedenfalls ein paar Gläser intus, als ich ihm dann langsam ein paar Informationen aus der Nase gezogen habe.«
Sie starrte einen Augenblick vor sich hin, bevor sie weitersprach.
»Zuerst hat er nur allgemein gesagt, er würde sie drankriegen. Er wüsste auch schon, wie. Und es würde einiges für ihn dabei rausspringen. Er hätte den Laden satt. Es sei völlig sinnlos. Er wollte sich endlich selbstständig machen. Ich hab ihn gefragt, wovon er spricht. Er hat irgendwas von Glücksfee oder Glückspferd erzählt und ein seltsames Wort wiederholt wie in Trance: Fittifittifittifitti. Und ir-

gendwann hat er doch angefangen, etwas Verständliches rauszulassen.«
Lucie referierte jetzt schneller.
»Er hat ein anonymes Schreiben bekommen. Von irgendeinem Insider aus der Branche. Da läuft anscheinend eine Entwicklung, die auf reichlich hohem Niveau stinkt. Und statt das mit euch zu besprechen, hat sich mein lieber Freund die Idee in den Kopf gesetzt, einen Alleingang zu starten. Er wollte mit den Dokumenten zum Vorstand von Fosco gehen.«
»Fosco?«, fragte Simon alarmiert.
Lucie nickte.
Martin sah verwirrt aus. »Da komm ich nicht mit. Glückspferd? Fitty? Schon möglich, dass das ein Pferdename ist.«
Andrea pfiff durch die Zähne. »Vielleicht Wettbetrug. Stellen die bei Fosco Tierfutter her? Vielleicht setzen sie irgendein illegales Dopingmittel ein.«
»Keine Ahnung«, sagte Lucie. »Es lief jedenfalls auf Erpressung hinaus. Allerdings wurde er richtig tückisch, als ich das gesagt habe. Er hat immer etwas von völlig normaler Transaktion gefaselt. Auf jeden Fall hatten sie ihm Geld versprochen. Ich weiß nicht, ob er es für sich behalten oder in die Organisation stecken wollte. Ich weiß nicht einmal, ob er das selber wusste.«
Sie zündete eine neue Zigarette an.
»Das war vorgestern Abend. Ich hab auf ihn eingeredet wie auf meine Drittklässler. Und es wurde dann noch eine verdammt tolle Nacht, gar nicht wie mit einem Drittklässler. Jedenfalls war ich der Meinung, er hätte sich die Sache aus dem Kopf geschlagen. Am nächsten Morgen ist er ja früh aufgestanden, das war der Tag mit der Ei-Aktion. Und dann ist er verschwunden.«

»Und seitdem hast du nichts mehr von ihm gehört außer dieser E-Mail?«, fragte Simon.
»Die kam heute Morgen. Aber es ist irgendwie nicht sein Stil, dieses knappe ›Bin okay, melde mich bald‹. Kein Wort, wo er ist, was er vorhat.«
»Bist du denn sicher, dass sie von ihm ist?«
»Wie meinst du das? Von wem soll sie denn sonst sein?«
»Na, Elektronik ist ja so herrlich anonym. Wer immer den Laptop von Max in die Hand bekommt und ihn ankriegt, kann auf das Adressverzeichnis schauen, die Home-Adresse rauspicken und auf Verdacht so eine Mail abschicken. Wie war der Text genau?«
»Alles klar, ich bin okay, melde mich bald«, wiederholte Lucie.
»Ich will ja nicht schwarz malen«, sagte Simon, »aber nehmen wir mal an, die Leute, zu denen er Kontakt aufgenommen hat, halten ihn fest. Wenn sie schlau wären, würden sie genau so eine Meldung abschicken. Ohne Anrede. Wer immer die Nachricht zu Hause öffnet, ob Freund, Freundin oder Großfamilie, ist halbwegs beruhigt. Was sagt sein Handy?«
Lucie zuckte die Schultern. »Dass sein Besitzer leider nicht zu erreichen ist.«
»Insofern wäre das Beste, was uns passieren kann, dass die Mail echt ist. Was allerdings hieße, dass sich unser lieber Max einen ziemlich eigenwilligen Abgang verschafft und seine Organisation in eine böse Falle gebracht hat.«
Lucie stöhnte. »Gott, was soll ich bloß machen? Zur Polizei gehen und sagen: Bitte durchsuchen Sie Fosco! Mein Lebenspartner wollte dort eine groß angelegte Erpressung starten, und ich befürchte, dass sie schief gegangen ist. Mit wem er dort Kontakt hatte, weiß ich leider nicht, aber seine Fingerabdrücke haben Sie aus Dutzenden Einsätzen; er ist

doch Aktivist bei ESSkalation. Ob ich beweisen kann, dass ihm überhaupt etwas passiert ist? Na ja, eigentlich hat er mir eine Nachricht geschickt, dass es ihm gut geht, aber ich glaube nicht so recht daran …«

Ihr hysterisches Gelächter ging in Schluchzen über.

»Simon, kannst du nicht noch einmal deine Journalistenrolle übernehmen und ein bisschen bei Fosco schnüffeln?«, fragte Martin. »Immerhin hat dir die Organisation den Anzug bezahlt.«

Simon bedachte ihn mit einem seltsamen Blick und schüttelte langsam den Kopf. »Vielen Dank, einmal Doppelagent hat gereicht.«

Die Karottenfrau zog an ihrem Ohrring. Andrea ließ sich die Flasche reichen. Dann sah sie Martin an. »Du hast reichlich auf Max rumgehackt in letzter Zeit.«

Martin nahm seine Brille ab und putzte sie umständlich. »Klar hab ich ihn kritisiert. Aber es war ja wohl wirklich seine Schuld, dass die McDonald's-Aktion so aus dem Ruder gelaufen ist.«

Eine Weile lang schwiegen alle bedrückt. Simon streichelte hilflos Lucies Arm. Er war der Erste, der wieder sprach. »Hör zu. Du sagst doch selbst, dass er eine Pause gebraucht hat. Wenn etwas passiert wäre, hätten wir etwas gehört. Ich denke, seine sogenannte Transaktion hat geklappt und Big Max meldet sich übermorgen von den Bahamas. Man kann über diese Lebensmittelkonzerne ja viel Schlechtes sagen. Aber es sind doch keine Menschenfresser. Und Fosco ist doch sowieso eher eine rühmliche Ausnahme …« Er geriet ins Schlingern. »Ich meine, Max hat jedenfalls von Fosco immer viel gehalten.«

»Zu viel, wenn du mich fragst«, schaltete sich Andrea ein. »Erinnert ihr euch an den seltsamen Kerl, von dem ich euch erzählt habe? Dieser Arno war auf der Suche nach seinem Kumpel. Testkoster bei Fosco, von einem Tag auf den anderen nicht mehr gesehen. Verschwinden lassen scheint eine Spezialität von denen zu sein.«

»Also, was machen wir?« Martin sah auf die Uhr.

»Wir versuchen auf eigene Faust, etwas herauszubekommen. Und dazu verlegen wir die Kälber-Aktion, die wir für nächste Woche geplant haben«, schlug Simon vor.

Martin sprang von seinem Sessel hoch und versetzte Simons Sitzsack einen Fußtritt. »Bist du verrückt? Sollen wir deiner Meinung nach vielleicht die ganze Organisation auflösen, nur weil unser lieber Max Großmaul auf unsere Kosten seine Midlife-Krise auslebt?«

Simon lächelte leicht. »Nicht doch. Ich sage ja nicht, dass wir die Aktion absagen sollen. Wir verlegen sie einfach zu Fosco.«

Klinischer Fall

Rede nicht über das, was du gesehen hast,
wisse nicht, was man dich fragt,
mische dich nicht in fremde Angelegenheiten,
und wenn du nichts zu tun hast, kehre zeitig heim.

Chinesisches Sprichwort

Als Katharina ins Büro kam, stapelten sich auf ihrem Schreibtisch Skizzen für die Kostüme der Märchenfiguren und der Engel. Sie hatte Entwürfe bei der Abschlussklasse der Fachhochschule und in verschiedenen Theaterschneidereien bestellt. Gemeinsam mit Martha hatte sie am Prototyp des idealen Engels getüftelt. Es sollte kein martialischer Erzengel à la Gabriel mit Schild und Schwert werden, aber auch kein weihnachtliches Rauschgoldpüppchen mit blonden Korkenzieherlocken. Irgendetwas gleichzeitig Ätherisches und Handfestes. Eine Himmelsgestalt mit blauen Augen, wie von Kaurismäki in Szene gesetzt. Sie sollte im Diesseits verloren wirken, aber das Vertrauen auf bessere Verhältnisse nicht verloren haben, hatte sie im Briefing geschrieben.
Dieter hatte vorgeschlagen, den Obersympathieträger Manfred Krug mit fittypolierter Glatze als Herrgott einzubinden. Die Idee war unter lautem Gelächter verworfen worden. Sie hatten in der Gruppe dann leidenschaftlich darüber diskutiert, ob alle blauen Augen echt sein sollten oder ob auch Kontaktlinsen den Zweck erfüllten. Für die Vorführung war es egal, aber die Engelsgestalten sollten auch in einem späteren Videoclip auftreten, für den Nahaufnahmen der Gesichter vorgesehen waren. Die Abstimmung war pro Kontaktlinsen ausgefallen, um bessere Auswahl bei den Akrobaten zu haben.
Einige der Agenturen hatten Stoffproben beigelegt. Aus einem Umschlag fielen Taubenfedern. Strass und weißer Plüsch schieden aus, rosa Taft ebenfalls. Latex hauteng sah auch in Weiß obszön aus. Eine Gruppe hatte eine Traumgestalt skizziert, die über weit flatterndem Tüll in verschie-

denen Pastellfarben ein märchenhaftes Federboa-Konstrukt trug. Das war schon eher die Richtung, die sie sich vorstellte.
Katharina war früh aufgestanden, um Sweenies Mail zu lesen, bevor die anderen ins Büro kamen. Nun beobachtete sie sich dabei, wie sie alles tat, um den Augenblick hinauszuzögern. Schließlich holte sie sich einen Espresso, schaltete den Computer an und öffnete die Mailbox. Die Nachricht stand als dringend gekennzeichnet obenan. Eine Anrede gab es nicht, nur Text: »In der Obhut der Forschungsabteilung gibt es jemand, den Sie sich anschauen sollten. Es erscheint sinnvoll, dass er bis zum großen Datum im Hause bleibt. Nehmen Sie Kontakt mit Psolakis auf. Good luck! Ich melde mich. MS.«
»Hallo, du bist ja heute früh dran!« Martha warf Katharina zur Begrüßung eine Kusshand zu und stellte ihren Tagesvorrat an Tomatensaft auf ihren Schreibtisch. »Gestern Nachmittag hab ich mich richtig einsam gefühlt hier. Dieter beim Casting für den Fernsehspot, du weg, die Szientifisten weg …« Sie warf ihre Jacke über den Stuhl, ihren Poststapel auf die letzte noch freie Schreibtischecke und erzählte vom Konzert einer französischen A-cappella-Gruppe, während sie die eingegangenen Faxe sortierte. »Oh, es geht voran. Die Werbung unten fängt an, korrekt zu ticken. Wenn sie so weitermachen, ist die Printkampagne am nächsten Wochenende fertig.«
Katharina hörte nur mit halbem Ohr zu. Ihr Blick blieb auf den Bildschirm gerichtet. Was mochte das heißen, »in der Obhut«? Vor ihrem inneren Auge lief die Lieferwagenszene ab. Jetzt hätte sie einen der Kekse gebrauchen können, aber sie hatte sich geschworen, die Finger davon zu lassen. »Weißt du, wo Sweenie ist?«
»Irgendein Managermeeting in Brüssel.«

»Ich stell zu dir um, falls jemand anruft – ich muss mal kurz zur Forschung rüber.«

Katharina war noch nie vorher in Psolakis' Büro gewesen. Dass ihr ehemaliger Vorgesetzter eitel war, hatte sie gehört. Dass er es dermaßen offen zur Schau stellte, hatte sie nicht erwartet. Sein Diplom und die Promotionsurkunde hingen an der Wand. Da fehlte nur noch das Ergebnis des IQ-Tests bei der Aufnahmeprüfung ins Gymnasium. Stattdessen gab es Dutzende sorgsam gerahmter Fotos zu sehen, auf denen der kleine Doktor mit verschiedenen unbekannten Männern vor und neben verschiedenen unbekannten technischen Geräten gruppiert war. Er war immer der Kleinste und hatte die buschigsten Augenbrauen.
Außerdem hatte er tatsächlich einen Tennisschläger aufgehängt, umrahmt von einer ganzen Menge Urkunden. Sie konnte keine Jahreszahlen erkennen. Der Spieler, dem sie verliehen worden waren, musste wohl ein jüngerer und fitterer Psolakis gewesen sein als der Gnom mit Doppelkinnansatz, der sich jetzt den Schweiß von der Stirn wischte. Dass er bei seiner Statur überhaupt Siegertitel geholt hatte, war beachtlich.
In diesem Moment sah er nach Game over, Spiel, Satz und Sieg für den Gegner aus. Der Forschungsdirektor stand am Fenster. Seine Finger zupften am Jackettärmel. Er drehte ihr den Rücken zu, wippte auf Sohlen, die ihn fünf Zentimeter größer machen sollten, und unterhielt sich mit der Scheibe. »Fräulein Qu… ääh, Sie sind über die … ääh … Erpressung informiert?« Oben am Kopf wurden die Haare schütter, darunter ringelten sich Locken.
Die Scheibe blieb stumm. Katharina auch.
Er wagte eine Vierteldrehung, rückte näher. Nun unterhielt er sich schon mit seinem Diplom.

»Der Betreffende ist uns … sozusagen zugelaufen. Mark Sweenie hat angeordnet, dass Sie seine Betreuung übernehmen.« Das sichtbare Augenbrauenbüschel bewegte sich und signalisierte Missbilligung.
»Warum, wer … was soll das heißen: zugelaufen?«
»Fragen Sie lieber, was Ihre Aufgabe sein wird. Oder fragen Sie besser gar nichts. Ich erkläre Ihnen alles, was Sie wissen müssen, wenn wir vor Ort sind.« Er wippte weiter unkontrolliert. Der Countdown lief nach Lehrbuch. Unsichere Menschen, die sich in die Ecke gedrängt fühlten, verschafften sich Linderung, indem sie vermeintlich Schwächere terrorisierten. In spätestens zwei Minuten würde er explodieren.
Es geschah sofort. Er drehte sich abrupt um und stampfte auf. »Ja, verdammt, warum, warum, warum?« Er machte eine herrische Bewegung mit dem Kinn. »Kommen Sie mit!«
Der Forschungschef zog einen Kittel über und reichte ihr auch einen. Der Weg führte über den Hof zur Rückseite des medizinischen Labors. Katharina hatte Mühe, den energischen Schritten ihres Führers zu folgen. Er tippte Codes in diverse Türen und lotste sie durch Flure, die sie weder bei ihrer Tätigkeit im Foodlabor noch bei ihrer Tour durch die Produktion gesehen hatte.
Hinter einer Tür mit der Aufschrift M 20 betraten sie einen Raum, der wie ein Krankenzimmer ausgerüstet war. Psolakis führte sie an eine Trennscheibe. Auf der anderen Seite war ein identischer Raum zu sehen. In dem Krankenbett dort lag ein Mann im Schlafanzug. Ein anscheinend recht großer Mann. Seine Beine ragten aus dem Bettgestell. Das Laken über der Brust hob und senkte sich; offensichtlich befand er sich im Tiefschlaf. Er hatte riesige Füße. Es musste Mr. Tomato sein. Mit den dunklen Haaren, dem bleichen

Teint und dem friedlichen Gesichtsausdruck erinnerte er sie entfernt an Koniezko.
»Na, erkennen Sie ihn?«
Katharina seufzte. »Ich nehme an, es ist der Mann, dem ich den Koffer übergeben habe.«
Psolakis lachte trocken. »Weiter erkennen Sie nichts? Wertes Fräulein Quandt, es handelt sich um ein führendes Mitglied unserer Freunde von der ESSkalation. Darf ich vorstellen, Max Groß, in Funk und Fernsehen bekannt unter seinem Spitznamen Big Max. Ich weiß nicht, was ihn zu dieser Aktion veranlasst hat. Aber ich weiß eines: Wenn irgendjemand Wind davon bekommt, dass er hier ist, wird es Ärger in einem Ausmaß geben, das Sie und ich uns noch gar nicht vorstellen können.«
Der Körper im anderen Zimmer zuckte. Mit dem oben liegenden Arm zog der Schlafende die Bettdecke ans Kinn und nuckelte an einem Zipfel wie ein Baby.
Katharina hasste es, mit Fräulein angeredet zu werden. Sie hasste es, wenn jemand Namen nicht behalten konnte. Sie hasste Choleriker. Sie hasste Krankenzimmer. Sie hasste Männer in Schlafanzügen. »Dann legen Sie ihn doch auf die verdammte Böschung zurück, wo Sie, oder wer immer es war, ihn hergeholt haben! Was habe ich denn damit zu tun?«
Diesmal wendete Psolakis die Augen nicht ab. Er schaute durch Katharina hindurch. Unartige Borsten in der Mitte seiner Augenbrauen zeigten himmelwärts. Für einen kurzen Moment sah er vor allem müde aus, bis die nächste Eruption kam. »Wem, zum Teufel, sagen Sie das? Ich war genau derselben Meinung.« Er schloss die Augen und holte tief Luft. »Mark Sweenie ist dagegen. Er glaubt, dass es eine bessere Lösung gibt. Sie sollen dafür sorgen, dass Herr Groß freiwillig hier bleibt. Er hält Sie für geeignet, ihm ent-

sprechende Vorschläge zu übermitteln. Säuseln Sie, drohen Sie, kaufen Sie ihm Spielzeug. Aber sorgen Sie dafür, dass der Kerl sich in diesem Gefängnis zu Hause fühlt und niemand in der Firma merkt, dass er da ist!«

»Ich???« Katharina kniff die Augen zusammen wie Nasreddin, wenn sie ihm Katzenfutter aus dem Discount hinstellte. »Ich soll hier die dumme Augustine für Ihre idiotischen Manöver spielen? Nur damit dieses Scheißfett auf den Markt kommen kann, soll ich mit Menschenräubern gemeinsame Sache machen? Geben Sie ihm doch Ihre blöden Kekse, dann können Sie gleich sehen, ob sie funktionieren!«

Er schnaubte und richtete seine Worte an die Glaswand. Aber als er sprach, hatte seine Wut ihre Kraft verloren. »Mäßigen Sie sich. Schließlich waren nicht wir es, die diese Situation provoziert haben. Ich darf Sie daran erinnern, dass dieser Mann da drüben größten Wert darauf gelegt hat, mit unserer Firma Kontakt aufzunehmen. Nun – es ist ihm gelungen. Selbstverständlich werden wir ihm ohne sein Einverständnis keine funktionale Nahrung geben, obwohl dadurch wahrhaftig vieles leichter würde.«

Er wippte und zupfte wieder. Dann versteckte er seine Hände in den Kitteltaschen und ballte sie zu Fäusten. »Sie entschuldigen mich einen Moment.«

Er stampfte hinaus. Es war wie einst im Labor mit der Leiche. Seine cholerische Hilflosigkeit weckte in ihr eine mütterliche und praktische Ader. Der Rollentausch damals hatte automatisch stattgefunden. Der Vorgesetzte hatte sich in einen Jämmerling verwandelt, die Hilfskraft als souverän entpuppt. War die Situation heute gefährlicher? Gefährlicher als gestern bei der Übergabe? Vielleicht ja, vielleicht nein.

Ein Aktivist der ESSkalation als Gefangener der Lebensmittelmafia ... Wäre sie nicht selbst beteiligt gewesen, hätte sie darüber lachen können. Auf dem Spielplatz, als sie noch nicht wusste, wer der Nieser war, hatte sie sich dem Erpresser und der Situation gewachsen gefühlt. Nüchtern betrachtet, hatte sich seine Lage seitdem nicht verbessert. Denn wenn seine Gruppe von seinem Kontakt zu Fosco wusste, hätte sie längst Himmel und Hölle in Bewegung gesetzt, um ihn herauszuholen. Dass er hier lag, bestätigte eher, dass ihr Eindruck vom Spielplatz richtig war: Dieser Typ hatte sich auf etwas eingelassen, das zu groß für ihn war.

Am meisten ärgerte es sie, dass Sweenie diese Geschichte nicht selbst mit ihr aushandelte. Dass er diesen nervösen Zwerg vorschickte, um sie herumzukriegen. Dass er glaubte, sie würde sich brav und artig fügen, wenn er nur mit dem Finger schnippte. Feigling! Rothaariger irischer Gangster!

Psolakis kam wieder herein. »Telefon für Sie. Kommen Sie mit, dann können Sie Ihre Beschwerden an höchster Stelle loswerden.« Er führte sie in ein Nachbarzimmer und verließ den Raum.

Bevor sie ein Wort sagen konnte, drang ein Lachen an ihr Ohr. Ein leises, liebevoll spöttisches Lachen. »Hallo, Katharina, was machen die Märchen?«

»Danke. Die Hexe hat Hänsel soeben im Käfig vorgefunden«, knurrte sie frostig. Sie machte eine kalkulierte Pause. Keine Reaktion.

Sie musste wohl deutlicher werden. »Hören Sie, wie denken Sie eigentlich, dass Sie mit Menschen umspringen können? Herr G. wird entführt. Frau Q. wird zu seiner Babysitterin bestellt. Oder soll ich sagen Gefängniswärterin? Frau Q. denkt nicht daran, das mit sich machen zu lassen!« Sie schmiss den Hörer auf die Gabel.

Und nun? Wohin sollte sie jetzt gehen? Nach Hause, sich die Wunden lecken? Nach drüben ins Büro, Engelskostüme auswählen und an der Fitty-Kampagne tüfteln, als ob nichts gewesen wäre? Zu den Katzenfreunden von der Polizei? Ein besonders rühmlicher Abgang bot sich nicht an. Wahrscheinlich kam sie nicht einmal aus diesem Labyrinth heraus, ohne wie ein Lamm hinter Psolakis herzutrotten, weil sie die Codes nicht kannte.

Das Telefon klingelte wieder. Bitte sehr, sie würde es klingeln lassen. Diesmal hatte Sweenie sich getäuscht. Sie war keine Marionette, die sich mit ein bisschen Säuseln herumkommandieren ließ. Sie schaffte es, fünf, sechs ... dreizehn aufdringliche Töne abzuwarten, bevor sie den Hörer schließlich doch abnahm. Sweenie redete, als seien sie nie unterbrochen worden: »Erinnern Sie sich an unser Gespräch, als wir uns kennen lernten?« Diesmal war sie es, die nicht antwortete. Er fuhr fort: »Es gibt Punkte im Leben, wo man ganz auf sich gestellt ist zu entscheiden, ob man Chancen nutzen kann oder nicht. Sehen Sie mich am Kilimandscharo an. Ich bin umgekehrt. Ein Wrack am Ende seiner Kräfte. Es wäre besser gewesen, wenn ich durchgehalten hätte, aber ich habe es nicht geschafft. Nisawa, wie es auf Kisuaheli heißt. Alles in Ordnung.«

»Danke, ich brauche keine Übersetzung. Nitapenda chumba chenye bafu«, antwortete sie mit dem ersten Satz, der ihr in den Sinn kam – *ich möchte ein Zimmer mit Bad.*

»Lazima kiwe kimya«, kam es wie aus der Pistole geschossen zurück – *es muss ruhig sein.* Sie hatten wirklich denselben Sprachführer studiert.

»Okay, das hier und heute ist der Punkt, wo *ich* umkehre.«

Er wurde nicht ärgerlich. Er klang väterlich, besorgt – und gleichzeitig schmeichelte seine Stimme, hatte den Unterton der Samstagssitzungen, als sei die Welt nichts als ein spannendes Spiel. »Genau das ist die Gretchefrage. Oder Gretel-Frage, sollte ich in diesem Fall wohl besser sagen.« Wieder das leise perlende Lachen. Vom Standpunkt der Psychologin aus war dieser Mann zu bewundern. Führungsverhalten – Note eins plus: Sich in die Mitarbeiterin hineinversetzen, ihr zu verstehen geben, wie sehr er sie schätzte. Jetzt fehlte noch der Appell, an sich selbst und die eigenen Kräfte zu glauben.

Er sprach ernst weiter: »Loten Sie das in Ruhe aus, Katharina! Bleiben Sie der Profi, der Sie sind. Ich persönlich glaube, dass Sie viel zu zäh sind, als an dieser Hürde zu scheitern. Was heißt denn Babysitterin, Gefängniswärterin? Sie sind Psychologin. Sie sind an Menschen interessiert, an Emotionalität, an biografischen Brüchen, an Abgründen.« Er hielt einen Moment inne. Sie merkte, dass sie ihn weiterreden hören wollte, dass sie kurz davor war, sich dieser Stimme wieder auszuliefern. Phase 2 der totalen Kapitulation – Glückskekse waren unnötig geworden. Sie wollte ihm gefallen, von ihm beachtet werden. Sie würde noch ein Weilchen zappeln, aber dann den Köder schlucken. Er hatte gewonnen. Im Hintergrund hörte sie leisen Applaus aus seinem Konferenzsaal.

Sie versuchte, schnippisch und verächtlich zu antworten. »Was raten Sie mir also? Soll ich eine Doktorarbeit darüber schreiben, welche Motive aus gescheiterten Zeitgenossen Kriminelle machen? Vielleicht mit einem Einblick voller Selbsterkenntnis im Vorwort. Und verlegt wird das Ganze im Selbstverlag des Frauengefängnisses ...«

Er lachte. Er lachte auf eine Art, die sie auch zum Lachen brachte. »Katharina, sorry, das Melodram liegt Ihnen nicht. Was ich Ihnen vorschlage, ist Folgendes: Beschäftigen Sie sich mit diesem Groß! Fragen Sie ihn, warum er getan hat, was er getan hat. Diskutieren Sie mit ihm unsere

Position. Binden Sie ihn ein. Lassen Sie ihn gehen, wenn er gehen will. Und gehen Sie selbst, wenn Sie meinen, gehen zu müssen.«

Der Vorschlag war ein Kompromiss. Er ließ ihr Zeit, ihn zu verdauen, ehe er weitersprach: »Sie sind mir nichts schuldig. Ich bin Ihnen nichts schuldig. Sie wissen, dass ich alles daransetzen werde, Fitty zum Erfolg zu führen. Aber Fitty wird auf jeden Fall ein Erfolg. Idealerweise noch in diesem Sommer. Wenn etwas dazwischenkommt, könnte es etwas länger dauern. Manche Notwendigkeiten mögen unkonventionell sein. Aber gerade das kann Spaß machen.«

Sie stieß ein Knurren aus. Aber es war das Knurren, das sie von Nasreddin kannte, wenn er nur noch pro forma grollte. Im Hörer war im Hintergrund wieder Applaus zu hören, diesmal kräftiger.

»Ich muss jetzt Schluss machen. Mein Vorredner hat aufgehört. Ich soll den Kollegen hier etwas über kreatives Management erzählen. Sind Sie noch an Bord?«

Katharina hörte sich sagen: »Ndiyo.«

»Asante sana. Tutaonana.«

Bevor sie einhängte, nahm sie ein Knacken in der Leitung wahr. Psolakis musste von einem Nebenapparat alles mitgehört haben.

Er verheimlichte nicht, dass er gelauscht hatte. Er schaute sie sogar fast direkt an, mit einem schwer deutbaren Ausdruck. Er schien nicht mehr wütend zu sein. Wippend wechselte er ins Geschäftliche. Er schaute auf seine Uhr. »Sie können noch einmal in Ihr Büro zurück. Die Schlafmitteldosis wird noch zwei Stunden reichen. Danach wird Ihr Schützling erst einmal benommen sein. Kommen Sie gegen Mittag wieder!«

Bis zur Mittagszeit hatte sich Katharina einen vagen Plan überlegt. Sie würde Groß irgendwo in der Stadt an einem neutralen Ort zum Essen ausführen und ihn vor die Wahl stellen, zu gehen oder zu bleiben. Von ihrer Seite aus war Schluss mit der Trickserei. Sie hatte sich eine Strategie zurechtgelegt, ihn dazu zu bringen, kein Wort über die Fosco-Eskapade zu verlieren. Ndiyo – das war sie Sweenie immerhin schuldig.

»Metabolic studies« stand auf einem kleinen Glasschild am Hintereingang des Labortrakts. Das war ihr vorhin entgangen. Sie hatte Sweenies Sekretärin inzwischen nach diesem abgelegenen Teil des Forschungsbereichs gefragt und gelernt, dass er intern HoHo hieß. Er war ein Zwitter zwischen Hospital und Hotel. »Ich nenne es immer Hosenscheißer-Hochburg«, hatte Lilli ihr augenzwinkernd anvertraut, »testen Sie den Ausdruck an unserem Forschungsdirektor, dann wird er zum Rumpelstilzchen-Rambo!«

»Sein Allerheiligstes«, hatte Lilli erklärt. Die Ausstattung ähnelte einer Intensivstation. Alle paar Monate, wenn aufwändige klinische Studien anstanden, wimmelte es im HoHo von MTAs und Laboranten. Testverkoster hielten sich dann ein ganzes Wochenende, mitunter auch eine ganze Woche dort auf und erfuhren in dieser Zeit einen Total-Check. Herzfrequenz und Hirnströme wurden Tag und Nacht registriert. Besondere Aufmerksamkeit galt ihrem Stoffwechsel. Jeder Tropfen Urin, jedes Gramm Kot wurde gesammelt und analysiert.

Die meiste Zeit stand der Trakt leer. Anders formuliert: Er wartete darauf, für Notfälle genutzt zu werden. Widerstrebend hatte Psolakis Katharina den Code für die Glastüren verraten. Es war der Bürocode mit zwei anderen Anfangsziffern. Für die Eingangstür hatte er ihr eine seltsam gelöcherte Plastikkarte überlassen, die angeblich als Universalschlüssel für alle Außentüren funktionierte. Sie schob sie in den Schlitz. Es tat sich nichts. Sie drehte das Ding um. Erneut Fehlanzeige. Sie sah sich die Karte genauer an und fand einen Pfeil. Nun ließ sich der Knauf drehen.

Es war sehr still. Im Eingangsbereich glänzten Büropflanzen in frischem Grün Stahlrohrstühle an. Eine Agave streckte eine Blüte in die Luft. Der Sekundenzeiger einer Uhr drehte einsam seine Runde. Katharina wartete, bis er oben angekommen war, und übte Pulszählen. 104 Schläge. Eigentlich zu schnell für eine Psychologin im Dienst. Womöglich hatte sie erhöhte Temperatur. Vielleicht sollte sie Wadenwickel anlegen und sich Seite an Seite mit der Tomate ins Krankenbett legen.

Sie ging zuerst wieder in den Nachbarraum und spähte durch die Kontrollscheibe. Das Zimmer hatte sich verändert. Das Bett war gemacht. Max Groß saß frisch geduscht am Tisch. Die Haare waren noch leicht nass. Er trug ein neues kariertes Flanellhemd und ebenfalls neue Jeans, die ihm genau zu passen schienen. Vor ihm stand ein Tablett, auf das er sein abgegessenes Geschirr zu einem Kunstwerk drapiert hatte. Der Kaffeebecher thronte auf dem Dessertschälchen, das Schälchen auf dem umgedrehten Salatteller, der wiederum auf dem großen Teller. Messer und Gabel ragten zu einem stehenden Dreieck verzahnt aus dem Becher; der kleine Löffel war im Loch des Henkels untergebracht. Der Künstler las in einer Broschüre.

Augenscheinlich hatte er seine Mahlzeit schon hinter sich gebracht; die Idee mit dem gemeinsamen Essen konnte Katharina für ihr Einstiegsgespräch vergessen. Was kam sonst als unverfängliches Ambiente in Frage? Vielleicht ein Elbspaziergang. Passenderweise begann draußen gerade ein Regenguss.

Sie klopfte und trat ein. Er sah auf. Seine erste Frage gehörte nicht zu denen, auf die sie sich eine Antwort zurechtgelegt hatte.

»Wissen Sie eigentlich, wie hübsch Sie sind?«

Er schaute sie verträumt an.

»Sie haben Indianerhaar. Ich mag Indianerhaar. Sie müssen es wachsen lassen. Bis ...« Er überlegte, stand dann auf und legte eine Hand auf seinen Lendenwirbel. »Vielleicht bis hier. Ich wollte es Ihnen gestern schon sagen, aber die Gelegenheit hat sich nicht ...«

Er setzte sich hin, ohne sie aus den Augen zu lassen. Sein Blick bekam etwas Entrücktes. Die braunen Augen schienen sich wieder mit Tränen füllen zu wollen, wie gestern unter der Tomatenmaske. Plötzlich verzog er die Lippen unter dem Bart zu einem Schmollmund und furchte die Stirn. »Das Vieh. Sie müssen das scheußliche Vieh abschaffen!«

Unvermittelt wandte er sich ab und studierte weiter seine Broschüre. Es schien irgendein Fosco-Jahresbericht zu sein.

»Far Food«, murmelte er, »erstaunlich!« Er hob ruckhaft den Kopf und wandte sich ihr wieder zu. »Ich werde Sie Nscho tschi nennen.«

Es gab zwei Möglichkeiten. Entweder der Kerl war nicht bei Trost. Oder er spielte den Idioten, um hier möglichst schnell herauszukommen. Sie hatte nichts dagegen. Sie setzte sich auf das Bett, um in einer Höhe mit ihm zu sein, und begann ihren in groben Zügen einstudierten Vortrag. »Herr Groß, wir wissen, wer Sie sind. Dass Sie hier gelandet sind, ist eine bedauerliche Entgleisung, für die Sie allerdings selbst einen Teil der Verantwortung tragen. Es steht Ihnen frei, diesen Raum und dieses Gebäude zu verlassen. Sie sollten allerdings wissen, dass Sie nicht unge-

schoren davonkommen werden, wenn ein Wort darüber, was gestern und heute geschehen ist, an die Öffentlichkeit dringt.«
Ihre Worte schienen an ihm vorbeizurauschen. Sie legte etwas an Lautstärke zu.
»Erpressung ist keine Bagatelle. Es gibt eine Tonbandaufzeichnung Ihres Telefonats. Ihre Stimme kann jederzeit identifi...«
Sie brach abrupt ab, um herauszubekommen, ob er überhaupt aufnahm, was sie ihm nahe zu bringen versuchte. Er blieb noch einen Moment lang in die Broschüre vertieft, dann drehte er sich zu ihr um und betrachtete sie mit seinem verklärten Lächeln. »Nahrung bedeutet Leben – für jedes Alter und für jede Zeit«, verkündete er mit der Ernsthaftigkeit eines Fernsehpredigers.
Sie riss ihm die Broschüre aus der Hand. »Herrgott, jetzt hören Sie mir bitte zu! Ich mache es kurz. Sie können auch noch ein paar Wochen hier bleiben. Als Gast des Hauses, als Testesser für Kartoffelchips oder was immer Sie bevorzugen ... Aus bestimmten Gründen sind manche in dieser Firma an dieser Lösung interessiert.«
Er schaute wieder freundlich neugierig und nickte. Katharina wünschte, er würde wie gestern sein Tomatenkostüm tragen, niesen und »Kohle her!« kommandieren. Wie er sich jetzt benahm, empfand sie als entschieden unheimlicher. Idiot oder Schauspieler? Es war schwer zu entscheiden. Sie betrachtete die Seite der Broschüre, die er so aufmerksam angesehen hatte. Das Bild zeigte ein Zimmer, das dem Raum aufs Haar ähnelte, in dem sie sich befanden. Der Patient auf dem Foto trug eine Blutdruckmanschette und wurde von zwei bekittelten Pflegerinnen umsorgt. Der Text beschwor die umfangreichen kostspieligen klinischen Tests, mit deren Hilfe Fosco die

völlige Unbedenklichkeit der Nahrung der Zukunft garantierte.

Als sie die Zeilen überflog, wurde Katharina seine Reaktion verständlicher. Dieser Text musste in seiner Situation wie ein Hohn wirken. Er war aufgewacht im fremden Bett, in einem Geistertrakt mit verschlossenen Türen. Er konnte ja überhaupt nicht sicher sein, dass sie die Wahrheit sagte. Womöglich sah er sich gar als Versuchskaninchen. Also spielte er den Idioten, bis sich eine Fluchtmöglichkeit bot.

»Herr Groß, ich versichere Ihnen, dass Sie keine Angst zu haben brauchen.«

Er schüttelte betont energisch den Kopf. Dann wandte er sich seinem Geschirrturm zu. Mit seinem Zeigefinger pickte er sorgfältig ein paar letzte Krümel von der Untertasse und führte sie zum Mund.

Das verklärte Grinsen verschwand nicht von seinem Gesicht.

Nein, dieser Mann hatte gar keine Angst. Obwohl sie eigentlich die nachvollziehbarste Reaktion gewesen wäre, beschäftigte er sich mit Geschirrtürmen.

Katharina gab es auf, ihn verstehen zu wollen. Sie hatte versucht, Sweenies Auftrag zu erfüllen. Sie war nicht sicher, ob Groß begriffen hatte, worum es ging. Aber in diesem Zustand stellte er mit Sicherheit keine Gefahr für Fosco dar.

»Nscho tschi, wo gehen Sie …?« Der Schmollmund wurde zum Kussmund.

Sie verabschiedete sich nicht. Sie verließ das Zimmer und ließ die Tür weit offen stehen. Aus der Toilette nahm sie zwei Klopapierrollen mit. Sie ließen sich so zwischen die Glastüren klemmen, dass sie nicht zufallen konnten. Zur Sicherheit schrieb sie auch noch die Codenummer des Tages mit Lippenstift neben die Zahlenreihe. Draußen fand sie einen Stein und legte ihn so in den Eingang, dass auch die Stahltür einen Spalt offen blieb. Wenn Mr. Tomato jetzt nicht aus seinem Käfig herausfand, war ihm nicht zu helfen.

Terror in der Tiefgarage

TIERSCHAENDER
VONFOSCO
SEHTEUCHVOR

Heute back ich, morgen brau ich,
übermorgen klon ich Schaf, Schwein, Rind und Kind.
Ach, wie gut, dass niemand weiß,
dass ich HOMO HORROR heiß.

Spottvers der Gruppe ESSkalation

Die Vespa schnurrte. 10,7 PS, 91 km/h Spitzengeschwindigkeit, wenn auch nicht im Stadtverkehr. Katharina schlängelte sich elegant am Stau in der Hafenrandstraße vorbei. Als das Fosco-Signet auftauchte, warf sie einen Blick auf die Stoppuhr. Zwölf Minuten. Mit Bus und U-Bahn hatte sie mindestens dreiundzwanzig gebraucht. Neun Minuten gewonnene Lebenszeit pro Tag, das machte bei 300 Arbeitstagen im Jahr und vierundvierzig Jahren bis zum Rentenalter ... Die Berechnung nahm ein abruptes Ende. Die Vespa schlingerte leicht, als ihre Besitzerin ihr die erste Vollbremsung der gemeinsamen Karriere zumutete. Katharina unterdrückte den Fluch über das Auto, das die Einfahrt zur Tiefgarage blockierte. Es war ein Polizeiwagen.

Es war nicht der einzige. Ein weiterer grün-weißer PKW und zwei Mannschaftswagen befanden sich auf dem Gelände. Um sie herum wimmelten ein halbes Dutzend Kamerateams, Kabel schwenkende schwarz gewandete junge Menschen, Blitzlichter. Trenchcoat-Typen mittleren Alters, denen Mobiltelefone zwischen Ohr und Schulter festgewachsen schienen, damit sie Notizblöcke vollkritzeln konnten. Und über allem ein herzzerreißendes vielstimmiges Muhen eindeutig lebendig tierischen Ursprungs.

Katharina ließ die Vespa vor der Schranke stehen, neben der Krings, der Pförtner, schreckstarr den Kopf schüttelte. »Was ist denn hier los? Hollywood?« Krings murmelte etwas Unverständliches und blickte an ihr vorbei. Sie nahm ihren Helm ab, schaute sich um und sah den Chef der Buchhaltung hinter sich. Der Pförtner dirigierte ihn stumm zu seinem Glaskasten. Katharina drängte sich unaufgefordert mit hinein. Auf den Überwachungsmonitoren war die Belagerung aus sechs verschiedenen Perspektiven zu übersehen.

Wer immer von der Belegschaft schon anwesend war, stand als gaffender Statist herum. Martha und die anderen aus dem zwölften Stock hatten sich strategisch günstige Plätze an der Wand der Parkplätze gesichert, die für die Lieferanten reserviert waren. Katharina sah sie prustend gestikulieren und in den hinteren Teil der Tiefgarage zeigen, der von der Pförtnerloge her nicht direkt einsehbar war.

Auf dem Monitor wurde deutlich, was dort Heiterkeit erregte. Ein Trupp von einem Dutzend Polizisten rannte an parkenden Wagen vorbei und trieb eine gleich große Gruppe von Tieren vor sich her, deren Spezies auf den ersten Blick nicht leicht zu bestimmen war. Sie waren klein, muhten und trugen weißes Kräuselfell hinter den dunklen Köpfen. Katharina dämmerte die Botschaft. Es waren Kälber im Schafsfell. Klon-Clowns. Ein Happening.

Mit beachtlichem Tempo stob die Herde gerade in die hinterste Ecke der Garage, die noch ziemlich leer war. Einige der Verfolger in Uniform hatten offensichtlich bereits kapituliert und sich auf freien Stellplätzen weiter vorne in Sicherheit gebracht. Andere hüpften einbeinig herum und wischten sich angeekelt braunen Dung von den Stiefeln.

Der Einsatzleiter versuchte die Aktion vom Dach von Psolakis' metallicgrünem Rover aus zu dirigieren. Aus dem Megafon tönte ein verzerrter Bass: »An Abteilung E 4: E 4 sammelt sich auf dem Stellplatz dreizweinull und kreist den Gegner im Uhrzeigersinn ein. Ich wiederhole: E 4, auf dreizweinull zum Einkreisen sammeln. Abteilung K 7 rückt vom Fahrstuhl her in Richtung dreizweinull vor und schneidet etwaigen Flüchtenden den Weg ab. K 7 zum

Fahrstuhl. Alle Personen, die mit der Aktion nichts zu tun haben, werden hiermit von der Einsatzleitung aufgefordert, die Garage unverzüglich zu verlassen.«
Geschützt in der Glasloge sah Katharina fasziniert zu, wie die Beamten zuerst den Kampf gegen zweibeinige Zuwiderhandelnde aufnahmen und höchst effizient für die Einhaltung der letzten Anweisung sorgten. Nur knapp entging der Buchhaltungschef ihrer Attacke. Geduckt und die Aktentasche schützend gegen seinen Mantel gepresst, kam er bei seinem gehorsamen Abgang den vorrückenden Polizisten gefährlich nahe. Unerbittlich und mit routiniert erhobenem Schlagstock trieben sie die Mitarbeiter durch die Feuertür hinaus und die Presse in entgegengesetzter Richtung hinter die Schranke der Einfahrt. Erst dann setzten sie den Kampf gegen die tückischeren Störer fort.
»Da, da, schauen Sie!« Der Pförtner lenkte Katharinas Aufmerksamkeit wieder auf den Bildschirm. Ein kleiner blonder Polizist mit Schnauzer, der, von einem besonders frechen Kalb mit schwarzem Kopf verfolgt, die Mütze verloren hatte, fuchtelte mit seiner Pistole herum und gab Warnschüsse ab. Sie fanden im Verdeck des Porsche-Cabrios ihr Ziel, das Miss Plappermaul von Communications gehörte. Das Kalb blieb stehen und begann zufrieden an der weißen Mütze herumzukauen. Der Ordnungshüter floh hinter Krings' Schranke zu den Journalisten und wurde mit Applaus empfangen. Einer prägte den Spruch, der am nächsten Morgen als Personalie in der Lokalzeitung stehen sollte: »Der Bulle, der vor dem Kälbchen floh …«
»Wie sind die denn bloß hier reingekommen?«, fragte Katharina den Pförtner. Der wandte sich ab, schlug die Hände zusammen, schaute sie flehentlich an und gleichzeitig durch sie hindurch. »Also, ich geb ja zu … Glauben Sie denn, dass man mich deswegen … Ich konnte doch nicht

wissen ... und das Auto sah doch genau aus wie das von Kasi, und da hab ich ...« Er brach ab.

»Sie haben einem Wagen die Schranke geöffnet, den Sie erkannt haben. Oder erkannt zu haben glaubten«, half Katharina nach.

Krings nickte. »Zehn nach acht kam der. Sah genauso aus wie einer von Kasi, wissen Sie, die Firma, die immer das Labor beliefert, so weiß, mit blauer Reklame drauf. Ich lass ihn durch und schau nicht näher hin, weil kurz vorher Dr. Prahl gekommen ist und gerade seine Kartons aus dem Kofferraum holt, der bringt ja dienstags immer Apfelsaft für seine Abteilung, und da helf ich ihm normalerweise, weil die Tür nach oben geht doch nach innen auf, das dürfte laut Feuerschutzbestimmungen eigentlich gar nicht sein. Also, das Nächste, was ich sehe, ist, dass das doch gar kein Kasi-Auto ist, weil da ein Münchner Nummernschild drauf ist. Ich hätt schwören können ... Jedenfalls ist es eins von einem Autoverleih.« Der Pförtner kratzte sich am Hals. »Aber es ging auch alles so schnell. Plötzlich steigen zwei Kerle in Kitteln aus, machen die Hecktür auf, und schon ist der Teufel los: diese Viecher überall, die Kerle in null Komma nichts verschwunden. Nur das hier lag überall verstreut rum. Da hab ich einseinsnull gewählt. Und jetzt sagt Frau Konrad von Communications, dass das ein Riesenfehler war ... Die ist gleich nach oben zur Krisensitzung. Die dreht durch, wenn die jetzt noch mitkriegt, dass ihr Cabriolet ...« Krings verstummte.

Katharina nahm das Flugblatt, über dem groß Signet und Schriftzug von ESSkalation prangten. Es zeigte die Montage eines »Schalbs«, einer Kreuzung zwischen Kuh und Schaf. Darunter begann der Text. »Tierschänder, seht euch vor! Jedes Wesen, das ihr für den Schlachthof bestimmt habt, leidet wie ihr! Jeder Einzelne, der sich in der Lebensmittelindustrie verdingt und an Fleischerzeugnissen verdient, versündigt sich. Das Brüllen eurer Opfer wird euch in den Ohren klingen, wenn ihr zulasst, dass unschuldige …«

So unsäglich sie das moraltriefende Pamphlet fand – Katharina hätte klatschen können. Sie fühlte sich unendlich erleichtert. Sie hatte in den letzten Tagen häufig an Max Groß gedacht, sich aber verboten, den Labortrakt noch einmal zu betreten. Keiner hatte sie informiert, was aus dem Nieser geworden war. Dass die ESSkalation jetzt bei Fosco zuschlug, konnte nur eins bedeuten: Der Aktivist hatte sein Krankenbett und seine seltsamen Geschirrtürme verlassen. Er hatte sich auf das zurückbesonnen, was er besser verstand als Erpressen. Er übte Rache.

Sie versuchte, ihre Frage harmlos klingen zu lassen. »Bei den beiden aus dem Lieferwagen, war da ein sehr großer Dunkelhaariger dabei?«

Krings sah sie misstrauisch an. »Wieso, kennen Sie Leute von denen?«

»Ich? Neinnein. War nur ein Gedanke. Als ich vorhin um die Ecke kam, lief mir so ein Typ voll vor die Vespa. Völlig hektisch.«

Der Pförtner überlegte. »Besonders groß? Ist mir nicht aufgefallen. Könnte sein, könnte nicht sein. Mein Gott, ich weiß es einfach nicht mehr. Ich dachte doch, es sind die von der Kasi. Ich konnte doch wirklich nicht ahnen …« Er brach abrupt ab.

Katharina faltete das Flugblatt zusammen und steckte es in ihre Tasche. Sie wandte ihre Aufmerksamkeit wieder dem Videospektakel des Happenings zu. Ihr Blick blieb auf einem Bildschirm hängen, der das Geschehen an der anderen Schranke dokumentierte. Hinten auf der Ausfahrtseite harrte die ausgesperrte Journalistengruppe der Dinge, die da kommen würden. Obwohl dort nichts passierte, zwang

Katharina irgendetwas, auf genau diesen Monitor zu starren.
Biomagnetismus. Das Ziehen im Bauch kam einen Sekundenbruchteil früher als das Wiedererkennen. Mitten auf dem Bildschirm gab es ein Gesicht, das ihr vertraut vorkam. Quälend vertraut. Diese Augenbrauen hatte sie vor kurzem gestreichelt, in diese Ohrläppchen hatte sie gebissen. Mit den Lippen hätte sie sich intensiver anfreunden können, wenn nicht … Was machte Simon hier? Er konnte es nicht sein. Ihr Simon, ihr Phantom-Simon, der Fachmann für Komplikationen, arbeitete in Zürich und tippte in diesem Augenblick wahrscheinlich dubiose Investorentipps in seinen Computer.
Aber wenn er weder Klon noch Zwillingsbruder hatte, war er es. Er trug dieselbe voluminöse Umhängetasche wie in Locarno. Dunkelbraunes Leder, mit schwarz abgesetzten Nähten. In diesem Moment griff er hinein und zerrte etwas heraus, einen Fotoapparat. Irgendetwas verhakte sich, der Ärmel einer weißen Jacke wurde sichtbar; er stopfte sie hektisch wieder hinein. Jetzt hob er die Kamera und knipste. Wieder und wieder. Was hatte er hier zu suchen? War der Bettlerssohn auf Pilgerfahrt gegangen, um seiner Prinzessin endlich wieder nah zu sein? War er für sie zur Provinzpresse übergelaufen? Der Simon auf dem Monitor ließ seinen Fotoapparat sinken. Katharina sah ihn lächeln. Dann verschwand er aus dem Blickfeld der Kamera.
Katharina reckte sich, um einen Blick auf jene hintere Schranke zu erhaschen, wo Simon sich aufhalten musste. Aber Krings, der Pförtner, stand vor ihr und versperrte die Sicht. Als sie sich unter ihm durchgeduckt hatte, formierte sich eine Polizeikette vor der Pförtnerloge. Erst als ein Marschbefehl ertönte, entdeckte sie den Mann mit der Umhängetasche und der Kamera wieder. Auf dem Monitor

war Katharina sicher gewesen, Simon vor sich zu haben. Jetzt zweifelte sie. Es ergab einfach keinen Sinn. Als Journalist würde er einem Happening bei Fosco, das er zufällig erlebte, sicherlich interessiert zuschauen. Aber er würde sich wohl kaum in vorderster Front in die Kälberschlacht stürzen.

Genau das tat Vielleicht-Simon. Er hatte sich an der Ausfahrtschranke vorbeigemogelt, um freie Bahn für Fotos zu haben. Das Motiv war nicht übel. Im Vordergrund kämpften vier Polizisten gegen zwei Kälbchen, dahinter prangte ein großes Banner der ESSkalation. Viel Muße zum Abdrücken blieb nicht. Einer der Polizisten hatte den Störer entdeckt und bugsierte ihn unsanft Richtung Schranke zurück. Augenscheinlich wollte der Polizist Kamera und Film beschlagnahmen, doch der Fotograf konnte seinen Apparat rechtzeitig in die Umhängetasche zurückstopfen. Eine Polizistenhand griff ebenfalls in die Tasche, bekam sie aber nicht zu fassen. Stattdessen segelte eine weiße Jacke zu Boden. Dann sprang der Fliehende mit einer gewagten Flanke über die rettende Absperrung. Der Polizist folgte nicht.

Die Mikrofonstimme des Einsatzleiters ertönte. »Jetzt aufrücken und Kessel schließen!« Im Schlachtgetümmel der Garage schien die Abteilung E 4 beim Umzingeln gewisse Fortschritte gemacht zu haben. Allerdings hatte sich auch die Zahl der weniger beherzten Polizisten erhöht, die ihren Chef imitierten und auf Autodächern Zuflucht suchten. Sie zählte inzwischen neun, wobei jetzt die Marke Daimler eindeutig Vorrang genoss.

Mit einigem Sicherheitsabstand drängten die Journalisten wieder an die Aussichtsplätze. Und dann öffnete sich die Brandschutztür, und Mark Sweenie persönlich schritt durch die Garage auf die Pförtnerloge zu, ohne den Polizeiauftrieb zu beachten. »Können Sie die Sprinkleranlage gezielt anschalten?«, fragte er. Krings nickte. »Los. Dahinten im 600er-Bereich. Möglichst auf die Tiere!«

Die Dusche hatte einen beruhigenden Effekt. Dem agrotechnisch talentierteren Polizeitrupp gelang in patschnassen Uniformen im Anschluss die endgültige Einkesselung der begossenen Tiere. Ohne weiteres Widerstreben ließen sie sich auf eine große grüne Minna zutreiben, umringt von den Kamerateams und Fotografen, die die Regenüberraschung endgültig zum neuerlichen Vorstoß genutzt hatten.

Eine Rampe wurde heruntergelassen. Katharina wunderte sich, dass sie zum Inventar gehörte und wozu sie wohl sonst gebraucht würde. Für Mafiosi im Rollstuhl? Für Teenie-Killer auf Inlineskates?

Im Nu war der Tumult beendet. Bis auf den Einsatzleiter mit dem Megafon und einen Assistenten verschwanden alle Beamten. Jetzt hatten die Journalisten ihre große Stunde. Blitzlichtgewitter und Gejohle begleiteten die Wagenkolonne, als der Transport den Schauplatz mit Blaulicht, aber ohne Sirene verließ.

Katharina drängte sich aus dem Pförtnerhäuschen und rannte, die Kuhfladen im Blick, zur Ausfahrt, wo die Journalistentraube jetzt dicht gedrängt stand. Wenn er es war, war ihr der Bettlerssohn ein paar Takte Erklärungen schuldig. Aber der Mann mit der Lederjacke und der Umhängetasche war wie vom Erdboden verschluckt.

Nur die Jacke, die Vielleicht-Simon beim Gerangel verloren hatte, lag noch auf dem Boden. Allerdings war sie nicht mehr weiß, sondern voll mit dungverschmierten Abdrücken von Polizeistiefeln aller Größen. Katharina bückte sich. Es war keine Jacke, es war ein Kittel, wie ihn Ärzte und Krankenpfleger trugen. Katharina hängte ihn an die

Antenne des nächststehenden Wagens und überlegte, wo der Besitzer sein mochte.
Ein klägliches Muhen riss sie aus ihrer Grübelei. Ein einziges braun-weiß geflecktes Kälbchen hatten die Ordnungshüter übersehen. Es hatte sich friedlich auf Stellplatz 571 niedergelassen, dem Nachbarplatz von Mark Sweenies Volvo, und leckte sich die Beine. Sweenie hatte noch in der Pförtnerloge gestanden. Nun ging er langsam auf das Tier zu, beugte sich zu ihm herunter, löste die Schafsverkleidung, die mit einer Leine um den Hals gebunden war. Er tätschelte das Fell. Er band seinen Gürtel ab und legte ihn dem Kalb vorsichtig um den Hals.
Rote Lämpchen leuchteten, Kameras klickten, Mikrofone streckten sich ihm entgegen, als Mark Sweenie das Kalb aus der Tiefgarage hinaus ins Freie führte. Er holte ein Flugblatt aus der Sakkotasche und zerriss es demonstrativ. Das Kalb blickte mit verständigen Augen schräg zu seinem Hüter hoch und muhte. Es hatte wunderbare lange Wimpern.
Es war dieses Bild, das in den Nachrichtensendungen den stärksten Eindruck hinterließ: der Fosco-Chef und das Kalb. Nach den Aufnahmen vom Tumult um den entführten Viehtransporter wurde das Statement eingeblendet, in dem Mark Sweenie in freier Rede, ruhigem Ton und gesetzten Worten auf die führende Rolle der Firma in Sachen Tierschutz verwies. Fosco habe als erste Firma in Deutschland, ja in Europa, den Bedarf für neue Ethik-Richtlinien erkannt und sich auf Symposien und in internationalen Gremien mehrfach eindeutig warnend zum Thema Klonen geäußert. Eine Aktion wie die an diesem Morgen diene mit Sicherheit nicht dem Schutz der Kreatur. Im Gegenteil, sie gefährde den mühsam erreichten Konsens um das Gütesiegel für Qualitätsfleisch aus artgerechter Haltung.

An dieser Stelle legte Sweenie leicht ironisches Pathos in die grünen Iren-Augen und blickte eindringlich und direkt in die Kamera. Er schloss mit einem Lächeln: »Aber lassen Sie uns die Sache nicht zu hoch hängen. Wir betrachten den Vorfall als Dummerjungenstreich.«

Im Fosco-Hochhaus ging am Nachmittag alles seinen geregelten Gang: Das Kalb wurde dem Schlachthof zugeführt. Miss Plappermaul zeigte jedem, den sie traf, stolz die beiden Kugeln, die ihre Assistenten aus ihrem Cabrio-Verdeck geborgen hatten. Katharina überlegte, wie hoch die Wahrscheinlichkeit war, dass Simon einen Zwillingsbruder mit Zwillingslocken und Zwillingsumhängetasche besaß. Lilli beklagte sich, dass eine halbe Flasche ihres Eau de Toilette von Jil Sander dabei draufging, den strengen Geruch aus dem Chefbüro vertreiben. Und der eloquente und mediengewandte Mark Sweenie fand zwischen TV-Aufnahmen, zwei Sondersitzungen und ungezählten Telefonaten noch Zeit, die fristlose Kündigung des Pförtners Heiko Krings zu veranlassen.

Abgetaucht

Vom Wahrsagen lässt sich wohl leben in der Welt,
aber nicht vom Wahrheit sagen.

Georg Christoph Lichtenberg

Die Kälber-Aktion hatte es zum Aufmacher auf der Lokalseite gebracht. Vier Spalten, drei Bilder. Auf dem größten waren der Manager und das Kalb zu sehen. Dann gab es das Foto vom unbemützten Polizisten beim Tohuwabohu in der Tiefgarage. Und als drittes die Phantom-Zeichnung von »Schalb«, dem Schafskalb.

»Schau mal, Reddie!« Katharina hielt dem Kater den Artikel hin und bürstete sein Fell gegen den Strich. »So etwas können sie mit solchen wie dir bald auch machen. Wenn du frech wirst, bastelt man aus Zutaten von dir und dem Dackel von Oma Britt einen Kackel.« Nasreddin fauchte, sprang von ihrem Schoß und flüchtete mit hoch erhobenem Schwanz in die Küche.

Ihr Blick streifte das Telefon. Los, melde dich, wenn du in Hamburg bist. Warum meldest du dich nicht endlich?

Sie überflog den Artikel und zollte der ESSkalation in gewisser Weise Respekt. Von einer höheren Warte aus war es gerecht, dass Max Groß sich bei seinen Entführern revanchierte. Calfnapping, nicht schlecht ausgedacht! So viel Witz hätte sie dem Tomatenmann gar nicht zugetraut. Im Fall der Aufklärung dürfte so ein Tatbestand die Staatsanwaltschaft vor einige Probleme stellen. Wenn sie denn je Verdächtige zu fassen bekam. Fingerabdrücke auf Tierfell waren nicht so leicht zu sichern.

Jegliche Gegenüberstellung im Gerichtssaal dürfte sich jedenfalls als schwierig erweisen. Katharina malte sich die Szene aus. »Die Vertretung der Anklage ruft die Kälber mit der Ohrmarke Nummer 2398 bis 2417 in den Zeugenstand, damit sie dem hohen Gericht die Angeklagten benennen, die an der Entführung maßgeblich beteiligt waren.«

Der Kater tauchte wieder auf und legte den Kopf schief. »Muuuuhhh«, sagte Katharina. Keine Reaktion. »Ja, ich komme schon.«
Der Respekt bei Fosco vor der ESSkalation war jedenfalls nachvollzuziehen. Lächerlich gemacht zu werden war für den Ruf im Geschäftsleben heikel; als unmoralisch gebrandmarkt zu sein erst recht. Wenn im entscheidenden Moment Psolakis oder Miss Plappermaul statt Sweenie aufgetaucht wäre, hätte die Sache peinlich enden können. Sweenie hatte optimal reagiert. Er hatte die Attacke faktisch ins Leere laufen lassen. Im Fernsehen war kein Einziger der Aktivisten zu Wort gekommen; der Reporter hatte die Filmausschnitte nur in dürrer Nachrichtensprache kommentiert. In der Zeitung hatte immerhin eine Frau aus der Gruppe Stellung nehmen dürfen. Aber mehr als ein lauer Satz zur ethischen Verantwortung der Manager aus der Nahrungsmittelbranche wurde nicht abgedruckt.
»Diese Woche wird Schnitzel bei uns aus Pietät gestrichen«, kündigte Katharina an. Sie las Nasreddin vor, was auf seiner Dose stand. »Für anspruchsvolle Katzen. Hühnerleber mit Lunge.« Sie hielt ihm die Gabel hin, mit der sie die Dose ausgekratzt hatte.
Nasreddin hätte als Werbekater keine Chance gehabt. Er würdigte die Gabel keines Blickes, sondern versenkte seinen Kopf in die Schüssel und schlang den Mansch kommentarlos hinunter. Statt seine Zunge mit sauberem Auslecken zu beschäftigen, hinterließ er unappetitliche Reste.
Katharina ging zurück zu ihrer Zeitung und goss sich Tee nach. Eine allerletzte Tasse. Es war längst Zeit fürs Büro.
Simon P., wenn dir etwas an mir liegt, melde dich. Jetzt.
Am Tag zuvor war sie mit Herzklopfen nach Hause gekommen. Voller Panik, dass ihr Anrufbeantworter ihr nichts zu bieten hatte. Es kam schlimmer. Es blinkte rot. Es gab vier

Nachrichten. Vier Chancen. Viermal Herzklopfen. Vier Nieten.

»Komm, Reddie, wir machen einen letzten Versuch. Ich stell die Stoppuhr. Eine Minute!« Sie setzte sich direkt vor das Telefon, zog einen Stuhl für den Kater heran und bedeutete ihm, gemeinsam mit ihr den Apparat zu hypnotisieren. Zur Ermunterung legte sie seine Gummimaus daneben. Ohne sich um die Spielregeln zu kümmern, sprang er mit einem eleganten Satz auf die Maus zu und riss dabei den Apparat herunter. Auf dem Weg zwischen Tisch und Teppich fing er an zu klingeln. Klingelte weiter, als er den Boden erreicht hatte.

Ihr Herz setzte zwei Sekunden aus und hüpfte dann Richtung Hals. Sie griff nach dem Hörer und ließ die Hand ruhen, bevor sie ihn abhob. Erst musste sie ihren Atem unter Kontrolle kriegen. Das Vergnügen, sie hecheln zu hören, wollte sie ihm nicht gönnen.

Der Anrufbeantworter sprang an. Sie hörte sich sagen, dass es einen Pfeifton geben würde.

Schon in dem kurzen Moment, wo der Anrufer noch schwieg, um sich seine Nachricht zu überlegen, war ihr klar, dass es sich um Niete Nummer 5 handeln würde. Was sich anschloss, war der falsche Mann, das falsche Gesäusel. »Nscho tschi, ich will dich treffen. Ich kann dir nicht sagen, wo ich bin, aber du fehlst mir. Ich will deine Haare streicheln. Ich will … Ich werde dir persönlich sagen, was ich will. Ich rufe wieder an.« Bedeutungsvolle Pause. Dann ein missglückter Schmatzlaut. Dann ein gehauchtes »Max«. Sie hob den Hörer nicht ab, sondern stand auf. »Ich will NICHT«, schrie sie den Apparat an. »Ich will keinen Erpresser. Ich will überhaupt keine Männer mit Katzenallergie. Ich will Simon.«

Woher hatte der Typ ihre Privatnummer?

Sie ging ins Schlafzimmer. Simons Visitenkarte lag seit ihrer Rückkehr aus Locarno auf ihrem Nachttisch. Aus irgendeinem Grund trug sie Lippenstiftspuren. Nass schien sie auch einmal geworden zu sein. Sie steckte die Karte in die Mappe fürs Büro. Nicht, dass das nötig gewesen wäre – im Geist hatte sie die Nummer in Zürich schon häufig genug gewählt.

Sie beruhigte sich damit, dass es nicht Katharina, sondern Nina war, die Sehnsucht nach gewissen Berührungen und gewissen sanften Fußtritten hatte. Also würde Nina das machen, was Katharina nie täte: Sie würde hinter einem Mann hinterhertelefonieren, der es nicht einmal für nötig hielt, ihr täglich Rosensträuße, Brillanten, Platinringe und mehr zu schicken – geschweige denn, sich selbst sehen zu lassen; es sei denn auf dubiosen Überwachungsmonitoren. Sie würde bei seiner Zeitschrift anrufen. Ganz geschäftlich, vom Büro aus. Irgendein Vorwand würde sich finden.

Die Vespa fand ihren Weg diesmal schon fast allein. Heute gab es keine Überraschungen in der Tiefgarage. Katharina wollte ein paar aufmunternde Worte zu Krings sagen, dem sie den gestrigen Logenplatz verdankte, aber ein anderer Pförtner hatte Dienst.

Sie ging nach oben, wartete, bis Martha unterwegs war, und tippte die Schweizer Nummer ein. Eine Frauenstimme meldete sich. Außer dem melodischen »Grüezi woll« bekam Katharina nichts mit. Sie nannte Simons Namen. Die Frau am anderen Ende fragte etwas Unverständliches. Katharina brachte »Food Trends International« ins Spiel. »Handelt es sich um eine Lebensmittelvergiftung?«, fragte die Gesprächspartnerin, jetzt auf Hochdeutsch. Katharina wiederholte noch einmal: »Simon Paul von Food Trends International.« – »Wissen Sie die Station?« Einige Miss-

verständnisse später war klar: Sie war im Züricher Kantonsspital gelandet.
Sie tippte die Nummer noch einmal ein, diesmal ganz langsam. Als dasselbe melodische »Grüezi woll« kam, legte sie auf. Unprofessionell, einen Druckfehler auf der eigenen Visitenkarte zu übersehen. Aber kein Problem. Sie rief den netteren Assistenten von Miss Plappermaul an. Er blätterte Handbücher mit Branchenadressen für sie durch. Es gab in der Schweiz ein »Food-Tech-Brevier« mit Sitz in Bern. Sie las noch einmal laut vor, was auf der Karte stand. Fehlanzeige. Er fand keine weitere Schweizer Zeitschrift, die den Begriff Food im Namen trug. Simons angebliches Investorenblättchen musste einer Geheimloge gehören. Oder es existierte nicht.
Blieb seine Privatnummer. Katharina wappnete sich. Bei einer weiblichen Stimme würde sie eine Telefonumfrage für Schuhcreme improvisieren. Einem Anrufbeantworter würde sie etwas von Nina Mirow erzählen und ihre Büronummer hinterlassen. Mit der Variante, die eintraf, hatte sie nicht gerechnet. Nach dem letzten Piepton blieb die Leitung still, bis eine halbe Minute später das Besetztzeichen einsetzte. Bei der Auslandsauskunft bedauerte man. Ein Simon Paul war nicht verzeichnet.
»Was treibst du denn da? Brauchst du einen Reißwolf?« Martha war wiedergekommen. Katharina reagierte nicht. Sie riss sorgfältig weiter an der Visitenkarte und schaffte es, jeden Buchstaben säuberlich von seinem Nachbarn zu trennen. Wo konnte sie das Häufchen anzünden? In Marthas Aschenbecher! Zum Schluss überlegte es sich die Psychologin in ihr anders. An bittere Lektionen sollte man ein Andenken bewahren. Sie leerte die Schnipsel in ein Fach ihrer Schreibtischschublade.
Irgendwann würden Nina und sie darüber lachen können.

Ein Liebhaber, dessen Identität sich als ein Stückchen Pappe erwies. Ein Phantom, das sich in Messen einschlich, um kostenlos Kaffee trinken zu können und naive Mägdlein aus der Fremde zu verführen. Ein Flimmern auf einem Monitor.

Es war später Nachmittag, als der Anruf kam. Sie standen gerade zu viert an der Schautafel. Die Agentur mit dem Auftrag für das Becherdesign hatte erste Vorlagen für die möglichen Favoriten geliefert. Über die Schrift waren sie sich schnell einig geworden. Nun stritten sie über die Grundfarbe. Unschuldiges Schneeweiß hätte allen gefallen, aber es kam nicht in Frage, weil es gegen den leicht gelblichen Margarineton ungesund bleich wirkte. Dieter zitierte die Ergebnisse: »Männer mögen bläulich türkise Töne, Frauen bevorzugen welche aus dem Rosa-Beige-Spektrum.« Rolf schlug Silber vor.

Das Telefon unterbrach die Diskussion. Es läutete auf Katharinas Schreibtisch. Martha stand am nächsten und reichte ihr den Hörer.

»Hallo, Prinzessin.« Es klang rau. Schmeichelnd. *Verlogen.*

»Hallo.« Ihre Stimme erinnerte an eine Elster mit Halsschmerzen.

»Wie geht es dir?«

Von hinten hörte sie, dass Dieter Beige für eine Klimakteriumsfarbe hielt.

»Danke.«

Der zähe Dialog schien ihn zu irritieren, aber nicht allzu sehr. »Hör zu. Ich habe hier in Hamburg zu tun. Ich würde dich gern sehen.« Zögernd. Zurückhaltend. *Verlogen.*

»Ein Termin für euer Magazin?« Sie hatte keine Skrupel, ihn ins Messer laufen zu lassen.

Er bejahte erleichtert. »Ein Interview bei ... Unilever.« Der Simon aus Locarno hätte sich niveauvollere Lügen ausgedacht. Damals wäre er auch sensibel genug gewesen, sich von Untertönen warnen zu lassen.

»So kurzfristig?« Sie deckte den Hörer ab und schrie in Richtung Schautafel: »Und Türkis ist die heimliche Lieblingsfarbe spätpubertierender Boygroup-Stars.«

Vom anderen Ende der Leitung kam ein Seufzer. »Ich hätte dich eher angerufen, aber in Zürich ist alles drunter und drüber gegangen. Es war bis gestern nicht klar, ob es mit Hamburg klappt.« Theatralisch. *Verlogen.*

Jetzt war der Zeitpunkt für Rache. Sie sprach jetzt leiser, aber gut akzentuiert. »Hör mir zu, Simon Paul oder wie immer du sonst heißt. Wir wissen beide, dass du im Märchenerzählen ganz groß bist. Aber Lügenmärchen kannst du dir für jemand anders aufheben.« Martha nahm die Pappen von der Wand und machte ein Victory-Zeichen in Katharinas Richtung. Edelgrau hatte gesiegt. Zumindest vorerst.

Am anderen Ende war es still. Was danach kam, klang anders. Erschöpft. »Katharina. Ich muss dich sehen. Es ist ...«

»... kompliziert«, half sie höhnisch nach.

»Bitte. Ich kann es dir nicht am Telefon erklären. Aber es ist wichtig.«

»Ach, und dann darf das gnädige Fräulein springen?« Plötzlich musste sie über ihre eigene Bitterkeit lachen. »Wohin und wann sie springen soll, hast du dir sicher schon ausgedacht!«

Sie verabredeten sich nach Feierabend am Alsterufer. Beim Tretbootverleih.

Hamburg war nicht Locarno. Der Himmel war verhangen. Es nieselte. Als sie an den Steg kam, saß er schon im Boot. Die Locken nass, die Lederjacke auch – es war dieselbe wie gestern. Braune Augen trafen blaue und schauten schnell wieder weg. Er sah noch müder aus als am Tag zuvor. Und so traurig, dass eine Nina ihn wahrscheinlich großmütig in den Arm genommen hätte. Katharina hielt ihren Schirm so über sich, dass er sie selbst und niemand anders vor dem feinen Regen schützte. Ein Rinnsal tropfte auf seinen Hals. Ohne sich darum zu kümmern, strampelte sie los, den Blick starr nach vorn gerichtet.

»Okay, schieß los, Mr. Anonymus. Was soll dieses Versteckspiel mit Zürich?«

Er hielt beide Hände am Lenkrad. »Wo fahren wir hin?«

Sie zuckte die Schultern. »Wie wär's mit dem Hotel Atlantic? Da pflegen erfolgreiche Schweizer Medienmacher wie du doch abzusteigen.«

Er steuerte in die Gegenrichtung, in einen der Kanäle hinein. »Hör zu, ich verstehe, dass du sauer bist. Ich hätte dich sehr viel lieber unter anderen Umständen wieder gesehen.«

»Ich bin gerührt. Hättest du mir unter diesen anderen Umständen sogar deinen richtigen Namen verraten?«

»Simon stimmt. Hinten Pauli statt Paul.«

»Herr Pauli, warum haben Sie mich angerufen?«

»Weil du bei Fosco arbeitest.«

»Da arbeiten noch 1200 andere; wenn man unsere Mutter in USA mitzählt, sind es 22 700.«

»Aber die kennen wir nicht. Ich bin der Einzige von uns, der überhaupt jemand bei Fosco kennt.«

»Ich liebe deine Rätsel. Wer ist uns?«

Ihr Knie hatte noch nicht begriffen, dass der neue Simon kein Freund mehr war. Es drängte sich an seines und wollte gestreichelt werden. Biomagnetismus. Sie zog es mühsam weg. »Wer ist uns?«

Er ließ das Lenkrad los und schaute sie an. Hinter ihnen

hupte ein Alsterdampfer. Sie traten im Takt. Er lenkte das Boot Richtung Ufer. Das Geständnis musste warten.

»Du hast sicher mitgekriegt, was gestern in deiner Firma los war?«

»Allerdings. Ich habe dich auf dem Überwachungsmonitor gesehen. Und mich gewundert, wie schnell ein Wirtschaftsjournalist zum Kälberpaparazzo werden kann.«

»Du hast mich gesehen? Dann musst du wirklich sauer sein.« Ein ungläubiges und freudloses Lachen.

»Warum? Nur weil du mich für dumm verkauft hast? Das steckt eine Nina Mirow doch locker weg. Du bist ein prima Schauspieler. Und durchaus kameratauglich.«

Es hatte aufgehört zu regnen. Katharina faltete den Schirm zusammen und warf ihn auf die Rückbank. Sie lehnte sich zurück, verschränkte die Hände hinter dem Kopf, schaute in den Himmel, wie in der Mondnacht am Lago. Direkt über dem Boot gab es einen winzigen Wolkenriss, hinter dem Optimisten etwas Blaues hätten vermuten können.

Ein Achter mit Steuermann zog an ihnen vorbei. Ein Kommandant mit Schnarrstimme. Acht nasse Muskelmänner im Gleichtakt.

Simon drehte sich zu ihr hin. »Es ist sogar noch schlimmer als Schauspielerei. Ich mache sozusagen Regiearbeit.« Er legte ihr eine Hand auf die Schulter. Warum fühlte sich das so gut an? Sie warf ihm einen drohenden Blick zu. Er zog die Hand weg. »Ich wusste einfach nicht, wie ich es dir beibringen soll. Ich gehöre zu den Bösen. Zu denen, die solche Happenings planen. Die Inszenierung gestern ist allerdings in die Hose gegangen.«

Katharina hörte auf zu treten. Simon war Mitglied der ESSkalation? Nun hatte er es doch noch geschafft, sie zu überraschen. Aber es ergab Sinn. Die Tarnung als Journalist. Das Inkognito. Der Pförtner hatte von Männern in Kitteln gesprochen, die den Lieferwagen gefahren hatten. Katharina hatte einen der Kittel gefunden. Sie hatte sogar gesehen, aus wessen Tasche er stammte, und nur nicht bis zum Ende kombiniert. Nicht zu Ende kombinieren wollen.

»Das Brüllen eurer Opfer wird euch in den Ohren klingen, wenn ihr zulasst, dass unschuldige Kreaturen getötet werden ... – bist du für diese Schmalzlyrik verantwortlich?«

Er stöhnte. »Nein. Ich gebe ja zu, dass es sich in diesem Zusammenhang blöd anhört. Aber das verlogene Gesülze von eurem Herrn Sweenie ist wahrlich auch nicht besser.«

Katharina fing wieder an zu strampeln. Wütend. Schnell. Sie hatte Lust auf eine Szene. Sie würde das Ruderboot einholen, rammen und neun greinende Männlein plus Simon den Schwänen zum Fraß vorwerfen. »Als Experte für Ethik und Ehrlichkeit wirst du das sicher am besten beurteilen können. Wie kommt es überhaupt, dass du dich mit einer wie mir abgibst, die sich in diesem blutrünstigen Gewerbe verdingt?« Sie war in Fahrt und wartete keine Antwort ab. »Oh, ich verstehe. Du hast dich auf der Messe geopfert, um den Feind auszuhorchen, und ich habe leider nicht funktioniert. Glücklicherweise sind Weiber ja auch noch für etwas anderes gut.«

Sie beurteilte ihre Ereiferung mit den Ohren der Therapeutin. Noch war sie nicht perfekt. Eher beleidigte Leberwurst als Medea. Aber sie würde sich steigern. Es war noch reichlich Wut in ihr übrig, die rauswollte. »Lass sie zappeln! Leg sie flach! Hat es wenigstens Spaß gemacht?«

Sie richtete sich auf und funkelte ihn an. Simon griff neben sich ins Wasser, schöpfte eine Hand voll Alster heraus und spritzte sie ihr ins Gesicht. Paradoxe Intervention nannten die Psychologen so etwas. Für einen Augenblick kam der schelmische Gesichtsausdruck vom Lago zum Vorschein. Er kniff ein Auge zu. »Hat es, Prinzessin, hat es. Dir auch.«

In diesem Augenblick mogelte sich ein tapferer Sonnenstrahl durch den Wolkenberg und streichelte erst sein Gesicht, dann ihres.
Dann setzte das Grau sich von neuem durch. Simon steuerte ans Ufer unter eine Trauerweide. Er wurde wieder ernst. »Du verstehst noch gar nichts. Wenn ich mein Ich aus Locarno zitieren darf: Es ist alles komplizierter. Die Aktion von gestern hatte mit Fosco ursprünglich nichts zu tun. Wir hatten sie bei einem Tiertransporteur geplant. Und der hatte die Schmalzlyrik, wie du sie nennst, wahrhaftig verdient. Aber dann ist jemand von uns verschwunden, ein Freund von mir. Ich kann dir nichts Näheres darüber sagen, aber es kann sein, dass er eine Riesendummheit gemacht hat und deine Chefs ihn dabei erwischt haben. Deshalb erschien es uns als gute Idee, dieses Happening bei Fosco durchzuziehen, um die Firma aus der Reserve zu locken. Es war auch eine Riesendummheit. Geschenkt.«
»Und als du in unserer Tiefgarage gestanden hast, ist dir die Idee gekommen, dass du deine kleine Freundin von der Messe mal wieder anrufen kannst? Weil euer heroischer Auftritt sie bestimmt zu Tränen gerührt hat und sie jetzt zur Fraktion der Helden überlaufen will?«
Sogar sein Zorn klang matt. »Ach, spar dir deinen Zynismus! Es mag ja sein, dass Fosco die große Ausnahme ist. Aber es gibt genügend zweifelhafte Praktiken in eurer Branche. Und weißt du, wie man sich fühlt, wenn man versucht, die Öffentlichkeit darauf aufmerksam zu machen? Ungefähr so, als ob man in einem Boot säße und mit so einem verdammten Schirm paddeln soll.« Er griff sich den Schirm und wühlte mit der Krücke im Wasser herum.
Sie hörte auf zu treten und sah ihm zu. Eine Blässhuhnfamilie beäugte die Szene ebenfalls. Sie drehte wieder ab,

ehe die Demonstration beendet war. Absurdes Theater war in ihrer Prägung nicht vorgesehen.
Katharina hatte Mühe, sich an ihre Wut zu erinnern. »Lenk nicht ab«, knurrte sie. »Was verschafft mir jetzt die Ehre für dieses Rendezvous?«
Simon warf den Schirm wieder auf die Rückbank. »Max' Freundin war so verzweifelt. Da hab ich ihr von dir erzählt; irgendwo muss man seinen Liebeskummer loswerden. Sie hat mich angefleht, ich soll versuchen, dich zu treffen. Jetzt bist du sozusagen unser Strohhalm. Es hört sich für dich sicher absurd an, aber wir dachten, dass du dich vielleicht umhören könntest, ob eine Möglichkeit besteht, dass Max in deiner Firma …« er suchte nach einer passenden Formulierung, »… sozusagen gefangen gehalten wird.«
Sie hatte Schwierigkeiten, den Sinn seiner letzten Aussage aufzunehmen. Ihr Hirn hakte an einem Wort fest, das er vorher benutzt hatte. Ganz nebenbei. Es war ein gefährliches Wort. Ein Wort, das zum alten Simon passte, von dem man sich anfassen lassen durfte. Den man ins Ohrläppchen biss. Katharina befahl sich, ihn keinesfalls mit dem Simon neben sich zu verwechseln. Der hatte sie belogen, betrogen, zum Narren gehalten, für dumm verkauft, getäuscht, verhöhnt. Er gehörte zum selben Klüngel wie sein Freund, der Nieser.
Es fiel ihr schwer, sich vorzustellen, dass die erpresserische Tomate mit Simon befreundet war. Irgendwo gab es noch eine andere Ungereimtheit in der Geschichte, irgendetwas passte nicht. Wenn es stimmte, was Simon gesagt hatte, war Max Groß gar nicht am Happening beteiligt. Es war gar nicht seine Rache gewesen, sondern eine Aktion seiner Mitstreiter.
»Dein Freund, dieser … Max ist noch nicht wieder bei euch aufgetaucht?«

Simon schüttelte den Kopf. Bekümmert.
»Wahrscheinlich hatte er Besseres zu tun. Herumpoussieren zum Beispiel, während seine Freunde und seine Geliebte sich um ihn Sorgen machen. Übt ihr das in eurer Organisation, so wie Greenpeace Schornsteinklettern trainiert? Ich zitiere: ›Ach, Nscho tschi, ich möchte dich wiedersehen ....‹«
»Bitte? Wovon sprichst du?«
»Ich habe deinen sauberen Big Max kennengelernt. Er eignet sich nicht besonders gut zum Erpresser. Aber du kannst dich beruhigen. Wir haben ihm das klargemacht. Er ist wieder abgezockelt. Warum seine Freundschaft nicht so weit reicht, dass er sich bei euch meldet, kann ich dir allerdings nicht verraten.«
Simon ignorierte die Spitzen. »Du hast Big Max gesehen?« Ungläubig.
»Hab ich.«
»Und er ist okay? Da bist du sicher?«
Sie nickte.
»Gott sei Dank! Oh, dieser Idiot!« Simon trommelte auf die Bootsverkleidung. »Oh, WIR Idioten! Wenn du wüsstest, was wir uns alles ausgemalt haben, würdest du mich ins Wasser schmeißen.« Sie sah, wie Härte und Anspannung aus seinem Gesicht verschwanden und das vertraute Glitzern in die braunen Augen trat. »Ich weiß, es gehört sich nicht. Wir spielen in gegnerischen Teams. Aber es muss sein. Nenn es Dankbarkeit!«
Er beugte sich zu ihr hinüber und hauchte ihr einen Kuss auf den Hals. Die Sache mit dem Biomagnetismus führte dazu, dass sie plötzlich Locken in der Hand hatte und ihre Lippen seinen Mund suchten, und das Kitzeln war wieder da, und sie genoss es.
Applaus brachte sie in die Gegenwart zurück. Achtzehn

Hände. Die Ruderer und ihr Steuermann auf dem Rückweg vom Training schrien: »Zugabe!«

»Prinzessin, ich verspreche dir: Irgendwann wird alles nicht mehr so kompliziert sein. Dann fahren wir mit dem Tretboot beim Atlantic vor, und der Bettlerssohn lädt dich ein. Kaffee, Eiswürfel, Ausschweifungen – was uns so einfällt. Jetzt bring bitte unser Schiff zurück und bewahr meine Jacke für mich auf! Ich habe es eilig.«

Auf das, was dann kam, war sie nicht vorbereitet. Er zog die Lederjacke aus und warf sie ihr auf den Schoß. Sein Hechtsprung war sehenswert. Er kraulte quer über die Alster. Die Blässhühner nahmen am Wettschwimmen teil. Sie hatten keine Chance.

In der Jacke fand sie eine Visitenkarte vom neuen Simon. In einem Briefumschlag, der an sie gerichtet war. Ein winziger Zettel lag noch darin. Darauf stand ein Zitat aus einem Märchen, das sie nicht kannte. *»Darum soll keiner sagen, dass, wer albern ist, deshalb nichts Rechtes werden könne.« (Grimm, Kinder- und Hausmärchen, S. 518)*

Es fing wieder an zu regnen. Komischerweise war der Regen salzig. Katharina stellte fest, dass sie salzigen Regen mochte.

Lektion

Was süß schmeckt,
wird oft bitter beim Verdau'n.

William Shakespeare

Nach der dritten Seminarsitzung war Katharina so weit, Sofie Bauer anzusprechen. Sie wartete an der alten Stelle vor den Aushängen und beschaute sich, was künftige Anthropologen lernen durften. Aztekische Sprachen. Deutung von Höhlenmalereien. Nur wenige Veranstaltungen schlugen den Bogen zur Gegenwart. Ziemlich viele hatten mit Knochen zu tun.

Sie war gespannt, ob sie die Professorin würde überzeugen können. In allen anderen Fällen hatte sie wenig Überredungskunst gebraucht. Geld öffnete viele Türen. Sowohl die Bühnenbildnerin wie auch die Akrobaten und Tänzer hatten ihre Teilnahme an der Gala inzwischen fest zugesagt. Keiner hatte Berührungsängste, bei einer PR-Veranstaltung aufzutreten. Die meisten fragten nicht einmal nach, wofür sie werben sollten.

Simon und seine ESSkalation waren eindeutig Auslaufmodelle. Hyperkritische Relikte aus dem vergangenen Jahrtausend. Eigentlich konnte ihr das egal sein. Aber sie hegte den leisen Verdacht, dass die Professorin mit der grauen Mähne auch zu dieser Spezies gehörte. Es war kein gutes Omen, dass sie die Haare heute offen trug.

Nach langem Ringen mit sich selbst hatte sie Simon seine Lederjacke zurückgeschickt, mit einem Grimm-Zitat aus den »Beiden Wanderern« in der Tasche: »Berg und Tal begegnen sich nicht.« Bald darauf lag ein Brief in ihrem Kasten. Ökologisch korrekt grau aus nachwachsendem Altpapier. Er hatte die Fortsetzung des Märchens nachgeschlagen: »... wohl aber die Menschenkinder, zumal gute und böse.«

Sie hatte sich gefreut. Sehr gefreut. Eine Art inneres Glucksen empfunden, eine Schwerelosigkeit und einen Übermut, die das beste Glückskeksrezept wohl nie würde ersetzen können.

Im Märchen begegnen sich Berg und Tal schließlich doch. Arm wird reich. Bettlerssohn wird Prinz. Aschenputtel wird königlich verheiratet. Der böse Wolf kriegt Wackersteine in den Bauch gelegt. Rumpelstilzchen reißt sich mitten entzwei. Es war heilsam, auch das eigene Leben als Märchenstoff zu betrachten. Der Verschwörer gegen die Großkonzerne entbrennt in Liebe zu einer Reklamefee. Nichts selbstverständlicher als das.

Wie würde bei den Gebrüdern Grimm das Happy End solch modernen Märchens aussehen? Früher erhob der König heroische Bettlerssöhne in den Adelsstand und verlieh ihnen die Hand der Prinzessin. Im aktuellen Fall könnte Fosco auf Schmusekurs gegen die Kritiker umschalten. ESSkalation in den Aufsichtsrat! Dort könnte Simon Pauli auf völlig unverfängliche Weise die intelligente Psychologin kennen lernen, die als Moderatorin und rechte Hand des Konzernchefs agierte. Hochzeit in Weiß. Sweenie und Max Groß als Trauzeugen. Tretbootkarawane auf der Außenalster. Hochzeitstorte aus Glücksfett …

Vor der Fitty-Einführung war ein fabelhaftes Ende mit ihrem Tretbootpartner allerdings undenkbar. Fraternisieren mit dem Feind hatte sie sich verboten. Sie hätte Simon das Projekt nicht verschweigen können, aber ihre Loyalität in dieser Sache galt der Firma. Sie hätte ihm genauso schlecht erklären können, worin für sie die Faszination lag, mit Mark Sweenie zusammenzuarbeiten und einen Coup zu initiieren, der einem Verbraucherschützer reichlich fragwürdig erscheinen dürfte.

Also hatte sie Aufschub verlangt. Nicht die magischen sieben Jahre. Sieben lange Wochen, in denen sie sich Briefe schrieben. Wenn die gegnerischen Teams Wettkampfpause hatten, wollten und würden sie sich wieder sehen. Sie waren Angestellte mit Urlaubsanspruch. In den Ferien konnte es nicht verboten sein, Partner fürs Tretboot und für ein Bett im Hotel Atlantic oder anderswo zu finden. Und dann? Sie ließ den Blick über die Aushänge schweifen. Sie könnten einen Kursus zur Radiokarbondatierung von Fossilien belegen, sich als Grabungshelfer verdingen, in Ostafrika einen sensationellen Knochenfund machen und damit reich und berühmt werden.

Die Professorin hatte ein gutes Gedächtnis. »Ah, meine gelehrige Hexe«, begrüßte sie Katharina und lächelte. Ja, Kaffee trinken fand sie eine gute Idee. Sie hatte eine halbe Stunde Zeit bis zu ihrer nächsten Verabredung. Katharina schlug die Cafeteria vor. Sofie Bauer lud sie stattdessen in ihr Zimmer ein. »In der Öffentlichkeit zu hexen ist für Anfängerinnen zu schwierig.«
Auf dem Weg in den zweiten Stock unterhielten sie sich über das wenig bekannte und etwas verwirrende Grimmsche Märchen, das an diesem Tag Seminarthema gewesen war. »Die Rübe« handelt von zwei Brüdern, einer reich, der andere arm bis auf eine Riesenrübe, »die Fürstin aller Rüben«, die in seinem Garten gewachsen ist. Sie ist so groß, dass zwei Ochsen nötig sind, um den Wagen zu ziehen, auf den sie passt. Statt sie zu essen oder zu verkaufen, bringt der arme Bruder sie dem König als Geschenk. Der ist gerührt und beschenkt ihn seinerseits mit »einer Menge Gold, Äcker, Wiesen und Herden«, sodass er reicher als der reiche Bruder wird. Der andere, böse und berechnend, will den Coup imitieren, um den Bruder wieder übertrumpfen zu können. Er bringt dem König Gold und Pferde, in der Absicht, nun ein noch gewaltigeres Gegenge-

schenk zu bekommen, erhält aber stattdessen die Rübe. Verärgert sinnt er auf Rache und bezahlt Mörder, die den Bruder töten sollen.
Was danach kommt, ist ungewohnt, weil die Fronten zwischen dem Guten und dem Bösen verschwimmen. Die Mörder wollen ihr Opfer an einem Baum erhängen. Weil sie gestört werden, schaffen sie es aber nur noch, ihren Gefangenen in einen Sack zu stecken und in die Baumkrone zu hieven. Er kann sich nicht selbst befreien. Es gelingt ihm allerdings, seinen Kopf aus dem Sack zu stecken und einen vorbeireitenden Schüler auf sich aufmerksam zu machen. Dem erzählt er, dass er im »Sack der Weisheit« säße und darin Wundersames gelernt habe. »Ich verstehe die Gestirne und Himmelszeichen, das Wehen aller Winde, den Sand im Meer, die Heilung der Krankheit, die Kräfte der Kräuter, Vögel und Steine.«
Hier hatte Katharina an den Ausflug am Lago denken müssen. Ein sternklarer Himmel über dem Gesicht, ein Simon in Griffweite, in solchen Situationen fügen sich die Dinge so, dass man den Eindruck hat, das Wehen aller Winde zu begreifen.
Im Märchen bittet der neugierig gewordene Schüler darum, selbst in den Sack kommen zu dürfen. Der andere hält ihn listig hin. Irgendwann erlaubt er ihm scheinbar großmütig, ihn am Strick herunterzulassen und selbst in den Sack zu steigen. Dann passiert etwas Merkwürdiges. Der Befreite dankt seinem Befreier nicht. Stattdessen stopft er ihn kopfüber in den Sack, zieht ihn nach oben und verhöhnt ihn: »Siehe, schon fühlst du, dass dir die Weisheit kommt, und machst gute Erfahrung, sitze also fein ruhig, bis du klüger wirst.« Dann reitet er auf dem Pferd seines Retters davon. Das Ende ist halbwegs versöhnlich, denn der Gerettete schickt dem Genarrten »nach einer Stunde je-

mand, der ihn wieder herablassen musste«. Aber die weitere Geschichte der Brüder, der Mörder und der Rübe bleibt offen.

»Mir gefallen Märchen mit offenen Schlüssen besser als die ›Ende-gut-alles-gut‹-Varianten«, sagte die Professorin, als sie die Tür aufschloss, »Ihnen auch?«

Katharina nickte. »In so einem ›Sack der Weisheit‹ säße ich gerne einmal«, sagte sie träumerisch. »Aber wenn ich das Ganze richtig verstanden habe, gibt es ihn gar nicht. Oder jeder Ort kann sich als Weisheitssack entpuppen.«

Die Tür zum Zimmer der Professorin ging auf. Katharina stand und staunte. An zwei Wänden reichten Regale bis zur Decke, die mit Literatur vollgestopft waren. Der Rest war ein Museum. An der dritten Wand und neben dem Fenster hingen Puppen und Marionetten aus aller Welt.

Es gab Handpuppen aus der deutschen Kasperl-Tradition neben massigen Kult- und Fruchtbarkeitsfiguren, wie Katharina sie in Ostafrika gesehen hatte. »Alle Kontinente sind vertreten«, erklärte die Professorin stolz. »Hier ist mein neuestes Mitbringsel.« Es war eine Stoffpuppe, die einen Poncho mit einem Rautenmuster trug. »Damit spielen die Kinder der Quechua-Indianer. Die Webmuster lassen sich bis ins 8. Jahrhundert nachweisen.«

»Darf ich?« Vorsichtig nahm Katharina eine Marionette ab. Es war eine Frau in einem kostbaren brokatbestickten Kleid. Sie war ungefähr einen halben Meter groß und hatte einen Holzkopf. Das geschnitzte Gesicht war mit Lackfarbe bemalt: riesige Augen, ein lächelnder Mund. Behutsam zog sie an den Fäden, die am Scheitel und am Rücken der Puppe befestigt waren. Die wattierten Hände bewegten sich.

Sofie Bauer hatte ihnen Kaffee aus einer Thermoskanne eingegossen. »Das ist meine indische Prinzessin.« Sie

strich ihr über den Kopf. »Mangoholz. Ich habe sie aus Rajasthan mitgebracht. Und ihn auch.« Sie nahm die Nachbarpuppe von der Wand, eine Männergestalt mit Pluderhosen und Turban, die in den Armen ein seltsames bauchiges Blasinstrument hielt. »Der Schlangenbeschwörer.«
Katharinas Blick fiel auf den PC. Statt eines Bildschirmschoners war ein Sternenregen zu sehen, der einem Kind in das ausgebreitete Hemdchen fiel. Nach einer gewissen Zeit verwandelte sich das Wesen selbst in einen Funkenregen und explodierte auf dem Bildschirm. Sterntaler. »Das Geschenk eines Doktoranden«, erläuterte die Professorin. »Auch hübsch, nicht?«
Katharina musste an Zeppeline und Fittybecherdeckel denken. Sie hatte lange überlegt, inwieweit sie Sofie Bauer in das Fitty- Projekt einweihen wollte. Sie hatte sich entschieden, so offen wie möglich zu sein, ohne das Joy-Food-Geheimnis zu lüften.
Sie erzählte, anfangs stockend, dann enthusiastischer, dass sie für Fosco arbeitete und für eine Firmenveranstaltung anlässlich eines neuen Produkts Märchenideen sammelte. Sofie Bauer hörte aufmerksam zu. Sie hatte von der Kälberentführung gelesen und fragte Katharina nach ihrer Meinung. Katharina hatte sich vorbereitet. »Provokant und witzig, aber an der Sache vorbei«, sagte sie. »Ich möchte die Branche, für die ich arbeite, nicht verherrlichen. Aber vor den Schuhgeschäften stehen auch keine Tierschützer, um vom Blut zu reden, das am Leder klebt. Die Verbraucher freuen sich über preiswertes Essen, die Industrie liefert es ihnen. Ich habe Verständnis für jeden, der Vegetarier ist oder nur Koteletts aus artgerechter Haltung kauft. Aber sein Steak zu kaufen und gleichzeitig zu lamentieren, wie unmoralisch es ist, dafür Rinder zu mästen, zu transportieren und zu schlachten, finde ich doppelzüngig.«

Nicht übel argumentiert, fand sie. Schade, dass Simon sie nicht hören konnte. Vielleicht würde sie ihn bekehren. Dann wäre die mühselige Fossiliensucherei überflüssig. Sie würde Topmanagerin bei Fosco in Chicago werden und er Hausmann. In den Ferien würden sie mit dem Tretboot zur Bärenjagd nach Kanada fahren und für Sofie Bauer Püppchen aus Karibu-Geweih schnitzen.

Sofie Bauer lachte. »Sie haben Recht. Selbstbetrug und Illusionen gehören zu den liebsten menschlichen Schwächen.« Katharina gratulierte sich innerlich. Sie hatte intuitiv den richtigen Weg eingeschlagen. Jetzt musste sie nur noch einen eleganten Schlenker zur Gala finden. Sie müsste an das Know-how appellieren, an die *special experience*, wie Rolf sagen würde, allerdings nicht im Marketingjargon. Weisheit wäre das geeignetere Wort. Die Weisheit der Wissenschaft, die man auch der Wirtschaft zugänglich machen müsse.

Katharina spürte Sofie Bauers Blick auf sich. Er war freundlich und forschend wie zuvor. Nichts darin bereitete auf die Attacke vor, die sich anschloss. »Konzerne wie Ihrer scheuen sich allerdings auch nicht gerade, Lug und Trug zu perfektionieren.«

Sofie Bauer setzte ihren Kaffeebecher ab und griff zu einem Stift, der auf ihrem Schreibtisch lag. »Ich bin nicht Mitglied der ESSkalation, aber ich habe ihre Zeitschrift abonniert, weil mich alles über das Essen fachlich interessiert. Wissen Sie, dass Ihre Branche in Deutschland jährlich eine Milliarde Mark allein für Schokoladen- und Süßigkeitenwerbung ausgibt?« Sie malte eine Eins mit neun Nullen auf ein Blatt Papier und begann eine Division. Sie unterstrich das Ergebnis und reichte Katharina das Blatt. »12,50 DM pro Kopf vom Baby bis zum Greis für Schokoladenreklame!« Dann wurde sie ernst. »Davon könnte man eine ganze

Menge hungriger Mäuler in etwas benachteiligteren Weltgegenden stopfen.«
Katharina sah sich die Rechnung an, während die Professorin in ihrer Schreibtischschublade wühlte. Als ihre Hand wieder hervorkam, saß eine Handpuppe darauf. Ein pechschwarzes Teufelchen mit roten Hörnern, das Katharina ein Stück Schokolade entgegenhielt. Eine Stimme flüsterte: »Die zarteste Versuchung seit der Entdeckung, dass Apfelessen gefährlich ist.«
Katharina lachte und seufzte gleichzeitig, als sie das Stück nahm. Sie hatte begriffen. Die Mission, die sie in diesen Raum geführt hatte, war zum Scheitern verurteilt, ohne dass sie je zur Sprache gekommen war. Diese Frau würde sich nicht in eine Reklameveranstaltung einspannen lassen. Also würde Katharina gar nicht erst versuchen, sie davon zu überzeugen, wie wichtig es war, im Meer der 1200 Werbebotschaften den ganz besonderen Coup zu landen. Es war ihr egal. Hier in diesem Raum residierte eine stärkere Hexe.
Sofie Bauer verfolgte ihre eigenen Gedanken weiter. »Wir sollten uns übrigens hüten zu glauben, dass die Armen sich nur um ihr Bröckchen Brot oder ihr Schälchen Reis oder Mais scheren. Sobald Menschen sich etwas einverleiben, geht es schnell um mehr als um das reine Sattwerden. Seit Adam und Eva.«
Sie kamen auf das Thema der verbotenen Früchte zu sprechen. Auf Zaubertränke der Magier in Peru und die modernen Parallelen, Volksdrogen. Katharina fragte, ob Sofie Bauer Nikotin und Alkohol prinzipiell ablehnte. Die Professorin schüttelte den Kopf. »Der eine betrinkt sich und fährt im Suff seinen Nachbarn tot. Fünf andere betrinken sich, weil sie ihre Nachbarn umbringen würden, wenn sie nüchtern blieben.«

Sie nahm den Teufel von der Hand und strich behutsam den schwarzen Samt seines Umhangs glatt. »Die Menschheit hat ihr Leben seltsamerweise so eingerichtet, dass viele auf Drogen angewiesen sind, um zu funktionieren. Fantastinnen wie ich hoffen auf Bedingungen, unter denen es nicht mehr nötig ist, sich zuzuschütten, um dem nächsten Tag ins Auge blicken zu können.«

»Aber könnte es nicht Substanzen geben, die alles ein wenig leichter machen, ohne diejenigen zu benebeln, die damit umgehen? Was halten Sie zum Beispiel von Prozac?«

Die Professorin dachte nach und setzte das Teufelchen auf den PC. »Auch so ein Fall, wo Gut und Böse sich schwer trennen lassen. Es ist sicher wahr, dass Prozac es manchen Menschen erlaubt, aus ihrer ganz persönlichen Hölle aufzutauchen und wieder Fuß im wahren Leben zu fassen. Aber das ist nur die eine Seite.«

Sie ging an ihr Regal und zog eine Arbeit hervor. »Prozac ist ein interessanter Fall, auch und gerade aus anthropologischem Blickwinkel. Es ist für mich einer der fortgeschrittensten Versuche der Hollywood-Weltsicht, Genuss ohne Reue zu propagieren. Meiner Ansicht nach ist das eine etwas unreife und kindliche Sichtweise. Da ist die Geschichte von der Rübe wesentlich realistischer. In Disneyworld hinkt man noch hinter den Gebrüdern Grimm her. Einer meiner Diplomanden hat im letzten Jahr über das Thema geschrieben.« Sie blätterte, um eine bestimmte Stelle zu finden. »Er zitiert eine ganze Menge Studien mit Fällen, die nicht so gelaufen sind, wie sich die Therapeuten das vorgestellt haben. Todesfälle nach Prozacgaben bei Herzkranken. Anfälle von religiösen Wahnvorstellungen. Mysteriöse Selbstmordserien bei Depressiven.«

Sie schob Katharina die Arbeit zu. »Die Hersteller lassen sich den guten Ruf einiges kosten. Es gab einen Amoklauf in Kentucky. Acht Tote. Zwölf Überlebende. Der Täter war ein Langzeit-Prozac-Konsument. Er erschoss sich am Ende selbst. Der Prozess gegen die Herstellerfirma wurde unter seltsamen Bedingungen eingestellt. Die Gerüchte sind nie ganz zur Ruhe gekommen, dass enorme Summen geflossen sind, um die Reputation zu retten.«

Sofie Bauer steckte den Teufel zurück in seine Schublade und stand auf. »Es ist eigentlich genau dasselbe, was Sie vorhin zum Thema Selbstbetrug und Illusion sagten. Jeder will nur das sehen, was ihm selbst nützt. Aber manchmal kann es verheerend sein, den Rest zu ignorieren.« Es klopfte. Die Studentin mit der Coca-Cola-Aversion steckte den Kopf zur Tür herein. »Einen Moment bitte noch«, sagte Sofie Bauer und gab Katharina die Hand. »Sie können sich das hier gern ausleihen. Und ich wünsche Ihnen Augenmaß bei Ihrer Hexerei!«

Katharina verstaute die Arbeit in ihrer Tasche. Gut, dass Fitty kein Prozac war.

Sturzflug

SOS-Nummern für den Notfall . . . . SOS

Rettungsdienst	112
Krankenbeförderung	1 92 22
Krankenhaus Bettennachweis	1 97 21
Ärztlicher Notdienst	22 80 22

Die Zeit rannte. Die Campañeros blieben oft bis neun oder zehn im Büro und gingen dann gemeinsam in irgendein Lokal, um weiter über ihre Etappensiege und Debakel zu sprechen und die nächsten Schritte vorzubereiten. Es war Katharina recht. Ein Privatleben wäre zu kompliziert gewesen.

Zu allem Überfluss behauchte Max Groß neuerdings wieder ihren Anrufbeantworter. Einmal hatte er sie persönlich erwischt. Er sei im Ausland, top secret business. Sie hatte ihn frostig gefragt, ob er denn seine Freundin Lucie schon vergessen habe. Er wirkte kurz verdutzt und hatte dann einen Wortschwall von sich gegeben. Die Episode sei aus und vorbei; sein früheres Leben. Sie, Nscho tschi, sei seine einzige große Leidenschaft. Sie hatte ihn angeschrien. Wie man Freunde so in Ungewissheit lassen könne.

Das hatte ihr eine Zeit lang Ruhe gebracht. Aber gestern hatte er doch wieder ihr Band besprochen. Back home.

Sie hatte schlecht geschlafen. Müde schaute sie über die Dächer auf das Hamburg-Panorama. Der Morgen war noch trübe. Irgendwo zwischen den 1,8 Millionen stapfte er also wieder großfüßig herum. Um einige Illusionen und um ein paar hunderttausend gefälschte Dollars ärmer. Ob er zur ESSkalation zurückging? Ob sie ihn wiederhaben wollten? Ob er in diesem Augenblick mit ihrem märchenkundigen Tretbootfahrer zusammensaß und sich für seine Eskapaden rechtfertigte?

Glockenläuten riss sie aus den Gedanken. Schon elf Uhr.

»Martha, ich verschwinde. Ich habe drüben eine Besprechung zum Bühnenbild.«

In der Fahrstuhlkabine erwartete sie eine Überraschung.

Im elften Stock stieg der dicke Glatzkopf mit der um den Hals herumtätowierten Schlange zu, den sie vor ein paar Wochen bei den Birken ertappt hatte. Er trug heute eine Trainingshose in einer anderen Metallicfarbe, die genauso um den Bauch herum spannte. Es war eindeutig derselbe Mann. Was hatte er in der noblen Communications-Etage zu tun gehabt? Er schaute mit leicht glasigem Blick an Katharina vorbei und schien sie nicht wieder zu erkennen, ja kaum wahrzunehmen. Die ganze Zeit über mahlten seine Kiefer. Als sie an Etage 7 vorbeifuhren, förderte er aus seiner Hosentasche ein paar Krümel hervor, steckte sie sich in den Mund und setzte seine stereotypen Mahlbewegungen fort.
Außer ihnen beiden war niemand in der Kabine. Im fünften Stock hielt der Aufzug. Zwei Buchhalterinnen standen vor der Tür. Katharina hörte, wie die eine zur anderen sagte: »Da ist er ja schon wieder!« Sie wollte einsteigen, aber ihre Kollegin hielt sie ängstlich am Ärmel fest. Die Tür schloss sich. Der Aufzug setzte sich wieder in Bewegung. Katharina blieb mit ihrem Begleiter allein in der Kabine.
Sie spürte eher Mitleid als Angst. Der Dicke verhielt sich zwar an diesem Tag überhaupt nicht aggressiv, aber nicht weniger merkwürdig als bei ihrer ersten Begegnung. Als sie unten angekommen waren, machte er keinerlei Anstalten, den Fahrstuhl zu verlassen. »Erdgeschoss, alle aussteigen!«, rief Katharina ihm aufmunternd zu. Er sah erstaunt zu der Blinkzeile, die die Stockwerke anzeigte. »Aber ich will doch in den Himmel!«, sagte er ernst.
Katharina wartete mit dem Aussteigen und machte eine Handbewegung, um ihm den Vortritt zu lassen. Tatsächlich trottete er nach einiger Zeit gehorsam aus der Kabine, allerdings nur ein paar Schritte, bis zum anderen Fahrstuhl direkt gegenüber. Als Katharina den Empfang passiert hat-

te, drehte sie sich noch einmal um und spähte durch das Foyer. Der Dicke stand immer noch am zweiten Fahrstuhl. Die beiden Buchhalterinnen kamen unten an. Er stieg ein. Die Leuchtzeile zeigte an, dass er wieder die Taste für den 11. Stock gedrückt hatte.
Sie verdrängte den Gedanken, dass der Mann vielleicht Hilfe brauchte. Vielleicht hatten ihn seine Eltern als Kind nicht oft genug Aufzug fahren lassen. Nach ihrer ersten Begegnung hatte sie sich bei Lilli erkundigt, welche Abteilung die Halle G 7 beherbergte, vor der sie ihn das erste Mal getroffen hatte. Dass es sich um das Call-Center handelte, hatte sie einen Moment lang verblüfft. Kundenbeschwerden entgegenzunehmen und Auskünfte zu erteilen erforderte beträchtliches Einfühlungsvermögen. Dem Dicken hätte sie eher handwerkliche als sprachliche Fähigkeiten zugetraut. Und sein Verhalten bei den Birken damals hatte nicht gerade von Ausgeglichenheit gezeugt.
Die Fahrstuhlszene schwand aus ihren Gedanken, als sie die Halle betrat. Sie hatte die Bühnenbildnerin schon kennen gelernt, eine große imposante Frau mit einer großen Schildpattbrille, die gern wallende Gewänder trug. Sie fand es herrlich, in einer Original-Industriekulisse zu arbeiten: »Wie auf Kampnagel in den frühen Jahren«, schwärmte sie. Heute stand die Entscheidung an, wie groß das Bühnenpodest und wie hoch das Gerüst für die Akrobaten sein sollte sollte und auf welcher Bühnenseite die Packstraße am wirkungsvollsten zur Geltung kam.
Sie waren fast zwei Stunden damit beschäftigt, verschiedene Möglichkeiten durchzuspielen. Das einzige Mobiliar in der Halle war zur Zeit das mächtige Förderband. Es stand allerdings ungünstig, mitten im Raum. Für die ideale Lösung müsste es diagonal in die Kulisse hineinragen. Sie holten den Techniker dazu, der alle handwerklichen Ar-

beiten für die Gala betreuen würde. Er sah sich die Skizze an und seufzte, aber er war hilfsbereit. »Sagen Sie mir, was Sie wann wo haben wollen, und ich organisiere es Ihnen!« Er zeichnete die Skizze ab, notierte, wie viele Tischler, Elektriker und Staplerfahrer er brauchen würde, und zeigte ihnen, bevor er ging, wie sich die Packstraße in Gang bringen ließ.

Mit Ächzen und Klackern setzte sich die Apparatur in Bewegung. Katharina hatte einige Original-Lebensmittelverpackungen organisiert. Sie legten sie auf das Endlosband und probierten verschiedene Geschwindigkeiten aus. Das Geklacker nahm an Lautstärke zu. Als sie das Band abstellten, verabschiedete es sich mit einem beleidigten Quietscher. »Ah, diese Industrieromantik, einfach wunderbar!«, rief die Bühnenbildnerin begeistert.

Als sie ins Freie traten, hörten sie die Sirenen.

Die Halle, vor der sie standen, war so weit vom Büroturm entfernt, dass Katharina zuerst nicht begriff, was anlag. Bis sie nach oben schaute. Auf dem Dach stand eine Gestalt, die aus der Entfernung winzig aussah. Trotzdem erkannte man, dass sie dick war. Sehr dick. Die Feuerwehrleute zerrten gerade eine Decke aus ihrem Wagen.

Es war zu spät.

Katharina konnte sehen, wie die kleine Figur sich von dem großen zwölfstöckigen Kasten löste. Wie sie eine Winzigkeit nach oben abzuspringen schien, wie um der Schwerkraft zu trotzen. Wie sie die Arme ausbreitete. Durch die Luft flog wie ein Bungeespringer ohne Seil. Den Aufprall mitzuerleben blieb ihr von ihrem Standort aus erspart. Aber sie kannte den Boden, auf den er gesprungen war. Er war mit Steinplatten gepflastert.

Die Bühnenbildnerin hatte stumm und reglos neben ihr gestanden. Nun nahm sie die Brille ab, schloss die Augen und schlug die Hände vor den Kopf. »O nein!«, murmelte sie.

Katharina war es nicht vergönnt, ihre dreifache Distanzierung vom Geschehen nachzuahmen. Sie trug keine Brille, die sie hätte abnehmen können. Ihre Hände waren wie gelähmt. Und ihre Augen starrten weit offen zum Hochhaus hinüber. »Ich hab ihn doch noch gesehen«, stammelte sie. »Das ist doch keine zwei Stunden her, im Fahrstuhl. Er hat gesagt, er will in den Himmel.« Sie merkte, dass ihre Begleiterin ihr nicht zuhörte, aber sie redete weiter. »Mit unserem Fahrstuhl kann man doch gar nicht bis aufs Dach kommen. Man kommt doch nicht einmal bis in den Zwölften ohne unseren Schlüssel ... O Gott!«

Sie verabschiedete sich nicht. Sie rannte auf das Bürohochhaus zu. Als sie dort war, bedeckten die Feuerwehrmänner den Toten gerade mit einer silbernen Decke.

Nach und nach erfuhr sie von den Umstehenden, was passiert war. Der Dicke hieß Ulrich Hansen. Er hatte seinen Platz im Call-Center am Morgen unentschuldigt verlassen. Mehrere Angestellte aus dem Bürohochhaus hatten ihn anschließend beim Fahrstuhlfahren beobachtet. Irgendwann hatte jemand den Pförtner benachrichtigt. Der hatte ihn aus dem Foyer gewiesen, doch Hansen musste sich in einem unbeobachteten Augenblick wieder an ihm vorbeigemogelt haben.

Danach hatte er seine Strategie geändert. Er war einem Systemtechniker aus der EDV-Abteilung in das normalerweise verschlossene und kaum benutzte Treppenhaus gefolgt, das den Handwerkern Zugang zu den Versorgungsleitungen bot. Er hatte sich wohl an dem Techniker vorbeigeschlichen, als der auf seine Arbeit am Serverschrank konzentriert war. Danach war alles ganz schnell gegangen. Die Stahltür, die zum Notausgang auf dem Dach führte, war mit einem Hebel gesichert. Sobald man ihn bediente, setzte er eine Alarmanlage in Gang. Als die Mitarbeiter der Haustechnik den Alarm registrierten, war Hansen bereits oben.

Die Communications-Abteilung stellte der Polizei ein improvisiertes Büro für Vernehmungen zur Verfügung. Befragt wurden der Pförtner, der Elektriker, Hansens Kollegen aus den Nachbarboxen im Call-Center und die Mitarbeiter, die ihn im Fahrstuhl gesehen hatten. Katharina war als eine der Letzten dran. Sie gab seinen Ausspruch mit dem Himmel zu Protokoll. Sie fühlte sich miserabel. Der Polizist war ein älterer Jahrgang und wollte sie wohl trösten. »Er war ein schweres Kaliber. In jeder Hinsicht. Sie sind wahrscheinlich zu jung, um von ihm gehört zu haben. Er war für die ›Fatman‹-Bankraubserie in den 70ern verantwortlich. Er arbeitete grundsätzlich maskiert, aber jeder erkannte ihn sofort. Er war damals schon so dick.« Der Polizist reichte Katharina die Hand. »Ein trauriges Ende. Ich finde es bewundernswert von Ihrer Firma, dass sie ihm und den anderen Bewährungsfällen eine Chance gibt.«
Als sie fertig war, wurde die Vorletzte in der Reihe hereingerufen. Nun wartete nur noch ein ziemlich junges Mädchen mit Punkfrisur auf ihre Vernehmung. Katharina zögerte. Dann setzte sie sich neben sie und sprach sie an. Es war eine von Hansens Kolleginnen aus dem Call-Center. »Wie der Dicke so war? Klasse. Wirklich, ein prima Kerl. Nannte sich neuerdings abwechselnd Ernst Engel und Konrad Kobra. Wegen seiner Schlange.«
Die Punkerin merkte, dass Katharina sie nicht verstand. »Wir dürfen uns unsere Namen aussuchen. Ich bin zum Beispiel zur Zeit Karla Klitschko, wegen meiner Power. Egal, die Arbeit ist jedenfalls nicht schuld an dem, was mit Uli passiert ist. Er mochte den Job. Wie wir alle.« Die Pun-

kerin beugte sich zur Seite, um Katharinas Ohr näher zu sein, und sprach leiser. »In letzter Zeit hat er allerdings ein bisschen zu viele von den Keksen genascht.« Sie schaute, ob Katharina ihr diesmal folgen konnte. Dann kniff sie ein Auge zu, deutete auf die Tür und flüsterte mit Verschwörermiene: »Das sagen wir natürlich drinnen bei denen nicht.«
Sie zog ein verknittertes Tabakpäckchen aus der Jeans und rollte sich eine Zigarette. Erst als sie das Päckchen wegstecken wollte, besann sie sich auf Höflichkeit und hielt es Katharina hin. Die schüttelte den Kopf. »Ich hab verlernt, wie man dreht.«
Die Punkerin gab ihr die fertige Zigarette und drehte sich eine neue.
Katharina nahm einen tiefen Zug. Er hatte nicht die erhoffte Wirkung. Das Bild vom dicken Bungeespringer ohne Seil drängte sich in ihr Hirn. Die Sekunden zwischen Leben und Aufprall. Ulrich Hansen alias Fatman alias Konrad Kobra alias Ernst Engel. Ein toter schwerer Junge auf den Steinplatten.
Ob der Kommissar den anderen Befragten auch erzählt hatte, dass der Selbstmörder ein stadtbekannter Bankräuber gewesen war? Es war tatsächlich anständig von Fosco, ihm eine Chance zu geben. Der Kommissar hatte sogar von mehreren Bewährungsfällen gesprochen. Katharina musterte verstohlen die Punkerin. Sie sah harmlos aus. Fast verträumt. Katharina erinnerte sich an die Birkenszene. Eine Sekunde lang hatte auch Ulrich Hansen verträumt ausgesehen.
Sie schnippte Asche auf den Flur. Das Rauchen schmeckte jetzt schon wieder besser. Aber ich will doch in den Himmel ... Schwer in Ordnung, dass die Firma ihnen eine Chance gibt ... Zu viele von den Keksen genascht ... Das sagen wir natürlich nicht ... Es gibt keinen Genuss ohne

Reue … Die Gedankenfetzen, die in Katharinas Kopf wirbelten, formten sich langsam zu einem Bild. Wurden überlagert von einer älteren Botschaft. *Corpus für die Wissenschaft. Geist bleibt lebendig. Amen.*
Die andere Frau kam aus dem Vernehmungszimmer und sagte zu der Punkerin: »Du bist dran. Sie sind nett. Nicht wie die früher.« Die Punkerin drückte ihre Zigarette aus und machte ein Victory-Zeichen in Katharinas Richtung.
Katharina sprach die Frau an. »Arbeiten Sie auch im Call-Center?«
Die andere musterte sie mit einer Mischung aus Neugier und Misstrauen. »Ich dachte, die Vernehmung ist zu Ende.« Sie war klein und stämmig, vielleicht Anfang fünfzig und trug einen zu engen und zu grellen rosa Pullover über einer braunen Wollhose. Ihr Gesicht hatte eine teigige Farbe, aber die Augen darin wirkten wach.
»Ich mache mir Vorwürfe«, sagte Katharina schnell. »Ich habe Ihren Kollegen heute Morgen im Fahrstuhl gesehen. Er fuhr mit mir runter. Aber eigentlich wollte er aufs Dach. Ich habe es nicht begriffen.«
Die andere zuckte die Schultern. »Was hätten Sie schon tun können?«
»Er hat Kekse gegessen.«
»Ist das verboten?« Die Haltung der Frau wurde jetzt feindlich. »Wir bekommen unser Deputat. Wir machen unseren Job. Wir kümmern uns nicht um andere, also kümmern Sie sich nicht um uns.« Sie verließ den Raum.

Es war drei Uhr. Katharina ging durchs Treppenhaus den einen Stock hoch in den zwölften. Sie hatte gar nicht gewusst, dass es noch ein zweites Treppenhaus gab, von dem aus man das Dach erreichen konnte. Dieses hier endete in der Vorstandsetage.

Ihr Büro war leer. Auf dem Schreibtisch lag ein Zettel, auf den Martha einen Mark Sweenie mit ernster Miene gemalt hatte. »Sondersitzung bei M. S.«
Lilli saß im Vorzimmer. »Gehen Sie rein. Sie haben gerade erst angefangen.« Alle waren da, auch die Juristen und die Szientifisten. Sweenie begrüßte Katharina mit einem Nicken und fuhr dann in seinem Satz fort. »... wichtig sicherzustellen, dass sich für uns keinerlei Änderungen in Bezug auf den Projekt-Zeitplan ergeben.«
Er fasste für Katharina kurz zusammen. »Die Polizei ist sehr kooperativ. Die Befragungen sind Routine. Man hat uns zugesichert, die Ermittlungen heute noch abzuschließen. Soweit sie wissen, hat der Mann vorher noch keine Suizidneigungen gezeigt, war aber anscheinend psychisch labil.«
Er wandte sich wieder an die gesamte Gruppe.
»Wie kommt es eigentlich, dass das Call-Center hier auf dem Gelände untergebracht ist?«, fragte Katharina. »Normalerweise mieten Firmen doch dafür dezentral irgendwelche Leiharbeiter bei Fremdfirmen auf der grünen Wiese an?«
Sweenie tat etwas, was er noch nie zuvor getan hatte. Er fuhr fort, als ob die Frage nicht gestellt worden wäre. »Wir haben den Beamten klarmachen können, dass es kontraproduktiv wäre, Fosco in irgendeiner Weise in die Sache hineinzuziehen. Erst Kälberentführung, nun dies – selbst wenn wir in beiden Fällen unschuldige Opfer sind, ist es nicht angebracht, dass sich Negativschlagzeilen mit unserem Namen verbinden. Es wird eine kurze Erwähnung des Zwischenfalls im Polizeibericht geben, aber keinen Ort des Geschehens.«
Er sah Katharina direkt in die Augen, als er sein Schlusswort formulierte. »Ein wirklich bedauerlicher Vorfall. Wir

können stolz darauf sein, dass wir ein Produkt auf den Markt bringen, das so etwas in Zukunft zu vermeiden hilft.«

Die anderen waren schon aufgestanden, als Katharina noch eine Frage stellte: »Stimmt es, dass die Mitarbeiter im Call-Center Fitty-Kekse bekommen?«

Mark Sweenie antwortete nicht sofort. Er lehnte sich auf seinem Sitz zurück und verschränkte die Hände hinter dem Kopf. Seine Offenheitspose. In leicht amüsiertem Ton fragte er zurück: »Wie kommen Sie auf die Idee?«

Martha und Rolf setzten sich zuerst wieder. Dann die anderen.

Katharinas Stimme überschlug sich. »Also stimmt es?«

Sweenie beugte sich nach vorn und stützte sein Kinn in die Hand und wandte sich Katharina zu. In seiner Stimme klang jetzt eine betrübte Note mit. »Es hat sich vorzüglich bewährt. Dass in Einzelfällen selbst unsere Kunst nicht ausreicht, um das Schlimmste zu verhindern, ist eine schmerzliche Erkenntnis.«

Katharina beugte sich jetzt ebenfalls vor. Sie funkelte ihn an. »Sie füttern diese armen Menschen mit Keksen, damit sie bei dieser Scheißtelefonierererei nicht durchdrehen?«

Er behielt seinen überlegenen Ton. »Katharina, ich sehe ein, dass Sie möglicherweise Schuldgefühle haben, weil Ihnen dieser Herr Hansen heute begegnet ist, bevor er seinen Flugversuch gestartet hat. Aber bitte werden Sie nicht unsachlich. Bisher hat sich noch keiner von diesen angeblich armen Menschen beschwert.«

Katharina sah in die Runde. Die anderen schienen unbeteiligt. Martha kritzelte wie üblich etwas auf ihren Block. Rolf musterte kritisch sein neues Tattoo am Handgelenk. Im Gegensatz zu dem von Ulrich Hansen war es ein Kunstwerk. Ein Panter, der sich geschmeidig bewegte, wenn man ge-

lernt hatte, bestimmte Muskeln am Handballen zu aktivieren.
Katharina explodierte. »Ist euch das egal? Hier bringt sich einer um, der von dem Zeug gefressen hat, das ihr auf den Markt bringen wollt, und ihr seid brav bestrebt, den Zeitplan einzuhalten?« Sie merkte, dass ihre Stimme schrill zu werden drohte. »Verdammt, ist euch nicht klar, dass wir hier vielleicht mit Leben und Tod spielen?«
Rolfs Augen drehten sich samt Spiegelbrille von seinem Handgelenk weg und nahmen Katharina ins Visier. Seine Lippen lächelten mit leisem Triumph. Endlich hatte er den Beweis, dass sie beim Coolnesstest durchfiel. Dieter flüsterte demonstrativ halblaut mit einem Juristen. Die Szientifisten, die am nächsten bei der Tür saßen, winkten dem Boss zu und verließen den Raum. Katharina blickte Martha, die neben ihr saß, flehend an.
Martha tätschelte ihr das Knie. »Katha, nimm's nicht so tragisch. Du weißt doch, dass wir alle hinter Fitty stehen.«
Jetzt redete Katharina wie gehetzt. »Aber ihr wisst doch gar nicht alles. Es gab doch schon einen Selbstmord. Im Schlaraffenland damals. Er hieß Koniezko. Die Firma hat es vertuscht. Und ich glaube inzwischen, dass das alles nicht trotz Fitty, sondern wegen Fitty passiert ist. Kennt ihr die Studien über Prozac, unser großes Vorbild? Immer wieder Selbstmorde ...«
Einer der Juristen meldete sich. Brav, wie ein Klassenprimus in der Schule. »Aber Katharina, Prozac ist seit Ewigkeiten auf dem Markt. Wenn es so wäre, hätte es schon Tausende Klagen gegeben. In den USA würde sich kein Anwalt eine solche Chance entgehen lassen. Außerdem ist Fitty nicht Prozac. Es ist völlig natürlich.«
Sie lachte hysterisch auf. »So natürlich wie Opium, Fingerhut und Fliegenpilz.« Sie begann über den Amokläufer

in Kentucky zu reden. Verhaspelte sich. Und bemerkte Mitleid in den Gesichtern um sich herum. Nicht mit dem Massenmörder oder seinen Opfern, sondern mit ihr.
Sie sah Mark Sweenies leichte Kinnbewegung. Wie auf Befehl verließen alle außer ihr den Raum. Es hatte keinen Zweck. Sie erhob sich ebenfalls.
Die leise Stimme hielt sie fest. »Ngoja kidogo.« *Einen Augenblick.*
Sie war allein mit ihm. Er stand auf und ging zu ihr. Berührte sie leicht am Kinn. Sie drehte den Kopf weg. Er legte den Arm auf ihre Schulter. »Simana ana mitapaiga kelele«, zischte sie. *Halt, oder ich schreie.* Er lockerte den Griff und führte sie am Ellenbogen ans Fenster. So standen sie wie damals bei ihrer ersten Begegnung.
Sie blickten eine Weile herunter.
»Sie müssen Fitty stoppen!«, verlangte Katharina.
Er blieb geduldig. »Sie wissen, dass das nicht geht.«
»Aber Sie können doch nicht zulassen, dass Unschuldige zu Tode kommen! Sie müssen diesen Verdacht ausräumen. Neue Testreihen machen.«
»Nehmen wir einmal einen kurzen Moment an, es stimmt, was Sie sagen. Die beiden Personen hätten sich nicht deswegen umgebracht, weil sie armselige, psychisch labile Kreaturen sind, sondern weil sie Fitty nicht vertragen haben. Glauben Sie wirklich, wir sollten unser Projekt deswegen verschieben? Es mag Ihnen zynisch vorkommen, aber täglich kommen Menschen auf tragische Weise zu Tode. Zum Beispiel weil sie so angespannt sind, dass ihr Herz nicht mehr mitspielt. Was wir durch Fitty verhindern können. Zum Beispiel, weil sie so kaputt sind, dass sie Alkohol und harte Drogen brauchen. Was im Fitty-Zeitalter sehr viel seltener nötig sein wird.«
»Meinen Sie das ernst? Sie sind doch größenwahnsinnig!«

Er lachte. »Nennen Sie es so. Ich würde sagen, ich strebe nach Größe. Und ich habe einen anderen Überblick als andere. Ich halte das nicht unbedingt für ehrenrührig.«

»Aber wenn Sie so sicher sind, warum untersuchen Sie nicht, was in den beiden Fällen geschehen ist? Vielleicht gibt es Wechselwirkungen mit anderen Substanzen, an die bisher keiner gedacht hat. Wozu hat Fosco eine Forschungsabteilung? Machen Sie das Zeug um Himmels willen so, dass Sie wirklich stolz darauf sein können. Verschieben Sie die Einführung einfach ein paar Monate!«

»Liebe Katharina, ich schätze Ihren kreativen Geist. Sie haben für die Gala Großartiges geleistet. Sie mögen auch eine gute Psychologin sein, wenn Sie nicht gerade übererregt sind. Aber von wirtschaftlichen Aspekten unserer Tätigkeit verstehen Sie nichts. Unsere Konkurrenten aus Dänemark sind uns bei der Fettfraktionierung dicht auf den Fersen. Wir können die Einführung nicht verschieben.«

Sie sah ihn an und wurde für einen Moment realistisch. Kisuaheli-Geplänkel oder nicht – er war der große Manna-Mann, sie war die kleine Lohnempfängerin. Eine Frau ohne Einfluss. Oder nicht?

»Sie haben damals gesagt, dass es in meiner Hand liegt, ob ich mit der Geschichte von Koniezko an die Öffentlichkeit gehe. Oder zur ESSkalation. Jetzt werde ich es tun.«

Er setzte sich auf die Fensterbank und deutete nach unten. Die übliche Feierabendszene. Grüppchen und Einzelne verließen das Gelände. Jede Spur von den Ereignissen des Tages war getilgt. Vielleicht waren die Steine etwas sauberer als sonst. »Bilden Sie sich wirklich ein, dass Sie die Welt anhalten können?«

Sie blieb stumm.

Er fuhr fort: »Ich würde Ihnen nicht raten, es zu versuchen. Die ESSkalation wird nicht ein zweites Mal so dumm sein, sich mit uns anzulegen. Und die Medien werden sich wundern, dass Sie zwei Monate nach diesem angeblichen ersten Selbstmord Alarm schlagen. Wenn die Journalisten recherchieren, werden sie merken, dass es sich um eine Ente handelt: Herr Koniezko hat sich vor drei Wochen in England bei der Polizei gemeldet. Er hat dort den Verlust seines Ausweises angegeben. Der Ausweis ist später aufgefunden worden.«

Katharina starrte ihn ungläubig an. »Sie haben irgendeinen Strohmann nach England geschickt, der sich als Koniezko ausgegeben hat, und der Polizei anschließend seinen Ausweis zugespielt?«

Sweenie lächelte sie überlegen an. Sie hatte ihn unterschätzt. Aber er sie auch. Einen letzten Trumpf hatte sie noch. »Damit werden Sie nicht durchkommen. Es gibt Beweise für Koniezkos Tod bei Fosco.«

Die grünen Iren-Augen funkelten. Sie hätte Überraschung erwartet oder Unverständnis. Aber er wirkte immer noch fast vergnügt. »Katharina, Sie sind heute wirklich übernervös. Ich rate Ihnen, sich die Angelegenheit zu Hause in aller Ruhe durch den Kopf gehen zu lassen.«

Er ging hinter seinen Schreibtisch und setzte sich, ohne sie eines weiteren Blicks zu würdigen. Zur Abwechslung nicht die milde, sondern die strenge Vatertour: Liebesentzug. Stubenarrest.

Sie fuhr nach Hause und begriff. Keine Negative. Keine Fotos. Kein Koniezko-Testament. Sweenie war nicht nur skrupellos, er war anscheinend allwissend.

Sie ging hinunter zum Zigarettenautomaten und stand lange davor. Sie hatte vergessen, welche Marke wie schmeckte. Von Freiheit und Abenteuer hatte sie genug. Kamele waren zu geduldig. Sie würde durch kein Nadelöhr mehr

gehen. Prince klang gut und kam aus Dänemark. 0,7 Milligramm Nikotin, 7 mg Kondensat in der Leichtversion. Das deutete eine Wendung vom Märchen zum Drama an. Hamlet statt Hänsel. Sein oder Nichtsein.
Sie ging zurück in ihre Wohnung. Das verkokelte Prinzenkraut schmeckte nicht übel. Sie zwang sich, nüchtern zu überlegen. Kein Mensch war allwissend. Aber die Fotos waren fort. Fotos, von denen keiner wusste. Verschwunden aus einem ziemlich todsicheren Versteck. Wem hatte sie davon erzählt? Niemandem. Doch, Gina. Am Telefon. Sie sah den Apparat an. Er sah nicht anders aus als gestern. Sie würde Verbündete brauchen. Drei ausgiebige Zigarettenlängen überlegte sie, welche Spielräume ihr geblieben waren. Dann schlug sie den Berlitz-Führer auf. Fand das Zitat, das sie suchte. Seite 37, Thema Hotelrechnung. Sie sprach es Nasreddin laut vor. »Umefanya makosa katika hesabu hii, nafkin, bwana Sweenie. *Ich glaube, Sie haben sich verrechnet, Bwana Sweenie.*«
Sie ging zum Spiegel. Äußerlich sah auch sie nicht anders aus als gestern. Sie würde ihn überraschen.

Totenfeier

Der Bauch versteht keinen Spaß.

Jugoslawisches Sprichwort

Kostas Psolakis stand am Fenster und trommelte auf die Fensterbank. Seit er von dem Todessturz gehört hatte, überlegte der Forschungschef fieberhaft, wie er sich bei einem Verhör verhalten sollte. Sweenie war zuversichtlich gewesen, dass er verschont bleiben würde, weil die Kekse gar nicht zur Sprache kämen. Aber Sweenie war – im Gegensatz zu ihm selbst – immer optimistisch. Sweenie war der Typ, der bei gegnerischem Aufschlag im Tiebreak aufdrehte, auf volles Risiko spielte und dann einen Netzroller platzierte.

Der alte kleine Verätzung am Daumen machte sich bemerkbar. Außerdem registrierte er eine Unebenheit am Nagel des Mittelfingers. Einer dieser Widerhaken, die aus dem Nichts in der Ritze zwischen Fleisch und Fingernagel auftauchten, hatte sich gebildet. Er rieb daran herum, bis er lang genug geworden war. Dann führte er den Finger zum Mund und versuchte mit den Zähnen, das widerspenstige Teil zu entfernen. Dabei geriet ein Fussel in seinen Mund. Er nahm ihn von der Zunge, dann bekam er das Nagelstück zu fassen. Es tat wohlig weh, er hatte ein Stück Haut mit weggerissen. Er leckte die kleine Wunde. Betrachtete prüfend die Hand. Musste feststellen, dass sein Daumennagel abgekaut war. Dabei hatte Mimi ihn erst vorgestern manikürt.

Unten tat sich etwas. Endlich. Die beiden Polizisten stiegen in das Auto, das im Halteverbot vor dem Bürohochhaus stand. Es war kein Streifenwagen, sondern ein unscheinbarer schwarzer Opel, allerdings mit einer auffälligen Antenne auf dem Dach. Sweenie hatte wieder einmal Recht behalten. Eine weitere Hürde war überwunden. Offenbar hatte der Dienst habende Aufpasser die Rolle der Forschung im Call-Center aus dem Spiel gelassen. Es war derselbe gewesen, den er damals auf der Wiese ertappt hatte. Mit genau diesem Dicken, den alle Meister Proper nannten und der jetzt tot war. Wahrscheinlich hatte der Laborant aus Selbstschutz nichts gesagt. Möglicherweise fühlte er sich schuldig, weil ihm damals die Panne mit den Keksen passiert war.

Ihn selbst quälten weder Schuldbewusstsein noch Gewissensbisse. Selbstmörder waren Weichlinge und Feiglinge. Wenn man es sich recht überlegte, war es nicht erstaunlich, dass der Dicke einer von dieser Sorte gewesen war, trotz seiner kriminellen Vergangenheit. Schon dieses kindische Spiel auf dem Rasen hatte darauf hingedeutet. Vielleicht hätte man ihn damals fristlos hinauswerfen sollen.

Aber selbst diese Lösung half nicht immer. Das hatte sich bei dem anderen Mann gezeigt, der das Projekt trotz Abfindung an die ESSkalation verraten hatte. Anders war nicht zu erklären, wie Max Groß an das Material aus dem Sonderforschungsbereich gekommen war.

Warum fuhren sie nicht endlich los? Das Fingertrommeln ging in ein Stakkato über. Überlegten sie, wen sie bei ihrer Fragerei vergessen hatten? Nein, wahrscheinlich wussten sie es schon und dokterten gerade gemeinsam an raffinierten harmlosen Formulierungen herum. »Ach, Herr Dr. Psolakis, wir sind chemische Laien, könnten Sie uns vielleicht kurz erklären, um welche Substanzen es sich bei diesem Backwerk handelt, von dem die Mitarbeiter des Call-Centers so schwärmen?« Falls sie von ihm etwas zum Thema Kekse hören wollten, würde er sie auf das Chemielexikon von Römpp, Stichwort Lipide verweisen. Wenn sie nicht lockerließen, würde er Betriebsgeheimnisse ins

Spiel bringen, die nur Sweenie oder Chicago Außenstehenden gegenüber lüften dürften.
Sein Blick schweifte zum Bürohochhaus. Bis in den Zwölften und dann aufs Dach. Der Dicke hatte sich ja nun sozusagen selbst hinausgeworfen, im wahrsten Sinn des Wortes. Ein böses Zeichen. Der Job, das Leben – alles konnte im Fluge vergehen.
Er schaute auf die Uhr. Polizisten waren Beamte und begannen ihren Dienst doch sicherlich um acht. Also war für sie jetzt Feierabend. Sie sollten endlich losfahren. Sie fuhren nicht. Eine Tür öffnete sich, und der auf der Beifahrerseite stieg wieder aus. Er wandte sich allerdings nicht in Richtung Labortrakt, sondern ging wieder zurück zum Bürohochhaus.
Psolakis befahl sich, seinen Blick zu lösen. Er ging zum Papierkorb, um Fussel loszuwerden, die auf der Fensterbank lagen. Dann begann er seinen Aktenkoffer zu packen. Es war zwei Stunden früher als sonst, aber keiner hatte ihn angewiesen zu bleiben. Seine Konzentration war sowieso dahin. Er war mit wichtigen Projekten im Verzug. Seit drei Wochen drängte ihn der Product Manager Ingredients, endlich die Aromakompositionen für die neuen Far-Food-Linien »Sushi« und »1001 Nacht« abzusegnen. Die Entscheidung über die Anlage für aseptische Verpackungen stand an. Aber sein Stellvertreter hatte sich daran gewöhnt, ihm den Rücken freizuhalten.
Mimi würde toben. Sie hatte ihn am Vormittag bereits zweimal erinnert, dass heute die Ausstellung in ihrem Kulturclub eröffnet wurde. Drei ihrer Fotografien würden zu sehen sein. Er hielt sie für Gräko-Kitsch, was er ihr allerdings verschwiegen hatte. Immerhin waren sie schwarzweiß. Zwei Kinder mit einem Kätzchen am Hafen von Hydra. Ein Stall auf Paros, hoch aufgestellte Eselsohren hinter

einem Holztor. Und eine Ansicht von Skiathos im Morgengrauen. Wer es wusste, konnte ihre Sommervilla erkennen, zumindest das Dach hinter den Limonenbäumen, nicht den Pool und den Tennisplatz.
Normalerweise reisten sie im Mai dorthin. In diesem Jahr war daraus wegen Fitty nichts geworden. Nun würden sie erst im August fahren können, wenn es zu heiß zum Tennisspielen war und zu voll von Touristen, deutschen und griechischen. Am schlimmsten waren die vielen Kinder. Kinder waren Mimis schwache Stelle. Wenn sie irgendein Kleinkind zwischen null und drei sah, bekam sie feuchte Augen, weil ihr eine Niederkunft in diesem Leben nicht vergönnt sein würde. Dabei war das eher ein Segen. Er hatte nicht den Eindruck, dass sie eine gute Mutter abgäbe. Über seine Vatertalente machte er sich auch keine Illusionen.
Wenn er ehrlich mit sich war, hatte er keine Lust zu der Ausstellung und auch keine Lust, nach Griechenland zu fahren. Überhaupt wenig Lust. Es kostete ihn mitunter regelrechte Anstrengung, seine anspruchsvolle Geliebte zu befriedigen. Fitty zerrte an seinen Nerven. Wenn die beiden da unten sich entschließen würden einzusehen, dass sie genug für die Steuerzahler getan hatten, war ein Leben nach Fitty absehbar. Der entscheidende Termin lag nur noch eine gute Woche entfernt. Am 20. war die Einführung. Dann würde sich zeigen, ob ihnen der Coup gelungen war.
Der Polizist kehrte zurück. Endlich setzte sich das Auto unten in Bewegung. Psolakis zupfte am Jackett und sah dem Wagen nach. Seltsamerweise verschwand seine Beunruhigung nicht völlig. Eins würde er noch tun, bevor er das Haus verließ. Er würde noch einmal im Call-Center anrufen, um sich zu vergewissern, dass alles wieder ruhig war. Die Tagschicht hatte nach dem Vorfall für den Nachmittag

Sonderurlaub bekommen; auch diejenigen, die nicht verhört worden waren. Aber inzwischen war es fünf Uhr. Die Abendschicht war eingetroffen.

Er tippte den Spezialcode ein, mit dem er von seinem Apparat aus die Einzelplätze gezielt anwählen konnte, ohne dass man im Call-Center merkte, dass das Telefonat aus dem Haus kam. Er nahm Nummer 24, eine Blonde, die ihn ein wenig an Mimi erinnerte. Sie hatte allerdings eine weniger behütete Vorgeschichte. Sie war früher drogenabhängig gewesen, auf den Strich gegangen, dort durchgedreht und hatte einige Freier übel zugerichtet ...

»Ihre Firma ist ein Scheißladen!«, bellte er in den Hörer, bevor sie eine Chance hatte, sich zu melden.

»Nicht doch, nicht doch. Hier ist die Abteilung, die alles wieder gutmachen will. Mein Name ist ...«, beschwichtigte sie.

»Ein dreckiger, korrupter Scheißladen, da kann so eine Fotze wie du auch nichts dran ändern.«

»Mein Name ist Asta Nielsen. Was haben Sie für Sorgen mit uns?«, flötete es unbeirrt zurück.

Er improvisierte. »Schimmel auf dem Jogurt, dicker, grüner, pelziger Schimmel.«

»Schimmel auf dem Jogurt? Das sollte wirklich nicht sein«, bedauerte seine Gesprächspartnerin. »Wir haben schon etliche dieser Beschwerden gehabt und sind der Sache nachgegangen ...«

Er entspannte sich. Beinah hätte er aufgelegt. In diesem Augenblick hörte er ein Gelächter im Hintergrund. Kein fröhliches Gelächter, sondern ein triumphierendes. Und dann regelrechtes Gebrüll.

»... kein Fosco-Versagen, sondern ein Lagerfehler im Handel. Aber das hilft Ihnen natürlich nichts. Aber wenn Sie mir Namen und Adresse hinterlassen, werde ich sofort ver-

anlassen, Ihnen eine kleine Wiedergutmach…«, spulte seine Gesprächspartnerin ab.
Sie schaffte es nicht mehr, den Satz zu beenden. Stattdessen drang eine bellende Männerstimme an Psolakis' Ohr.
»Was gibt's?«
Was konnte das bedeuten? Wer war das? »Ich habe mich beschwert, über Schimmel auf dem Jogurt«, wiederholte Psolakis. »Darf ich fragen, wer Sie sind?«
»Hört ihn euch an! Schimmel auf dem Pimmel, Schimmel auf dem Pimmel!«, grölte es auf der anderen Seite. »MMMhhh, lecker. Tu ihn dir rein. Noch mal. Ja. Gut so. Und kotz!« Im Hörer waren Gurgelgeräusche zu vernehmen.
Psolakis legte auf und wählte die Boxen systematisch durch. Immer wieder kam die Ansage »Leider sind alle unsere Leitungen belegt«. Zur Abwechslung läutete es ewig, ohne dass jemand abnahm. Endlich hatte er noch einmal Glück. Nummer 17.
»Hallöchen, hier Fosco, Gloria Girotti am Apparat.«
Ehe er etwas sagen konnte, fuhr sie fort: »Leider ist die Beschwerdestelle heute geschlossen. Wir feiern. Ciao, arrivederci, adios!«
Psolakis warf den Hörer auf die Gabel.

Schon in einiger Entfernung von der Stahltür des Monitoring-Raums hörte er ein dumpfes Klopfen. Ein nicht sehr rhythmischer Klang, der lauter wurde, als er sich an der doppelt gesicherten Tür zu schaffen machte.
Als sich die Tür schließlich öffnete, erhielt er einen schmerzhaften Stoß ans Schienbein und taumelte zurück. Das Grunzen, das sich anschloss, war unverständlich, klang aber nach einer Entschuldigung. Es kam von dem Laboranten, der auf dem Rücken auf dem Boden lag und mit

gefesselten Füßen gegen die Stahltür gehämmert hatte. Psolakis befreite ihn von Fesseln und Knebel.
Der Keksschrank war geplündert. Auf der anderen Seite der Trennscheibe bot sich ein Bild aus einem Alptraum. Es gab inzwischen niemanden mehr, der in seiner Box saß und arbeitete. Irgendwie hatten die Telefonisten es geschafft, die Hocker loszuschrauben, die fest am Boden installiert gewesen waren. Die meisten Neonlampen waren zerschlagen. Die wenigen, die noch brannten, waren mit buntem Papier aus den Manuals verklebt und sorgten für Schummerlicht. Tag- und Abendschicht zelebrierten gemeinsam eine Keksparty.
Die Hocker standen dicht gedrängt in einer Ecke des Raumes um Kekskartons herum. Wer keinen Platz gefunden hatte, saß bei einem Kollegen oder einer Kollegin auf dem Schoß, manche hockten oder lagen auf dem Boden. Von Zeit zu Zeit brandete Gelächter auf. Aus einem Ghettoblaster tönte Popmusik in Überlautstärke. Zwei Männer und drei Frauen tanzten entrückt auf den Tischen zwischen den Boxen. Eine von ihnen war die Blonde, mit der er eben noch telefoniert hatte. Oben ohne. Auch ihre keck vorstehenden Brüste ähnelten denen von Mimi.
Der Laborant hatte sich aufgesetzt und rieb abwechselnd Hand- und Fußgelenke. »Er war's.« Er zeigte auf einen der Tänzer, den Hooligan, dessen schlanker Körper mit einer gewissen lässigen Eleganz rhythmisch zuckte. »Und die mit den gestreiften Hosen.« Die Frau, auf die er wies, saß lächelnd in der Runde und bediente sich aus dem Kekskarton. Sie hatte ein blasses Gesicht mit spitzer Nase und war Psolakis noch nie vorher aufgefallen.
»Sie haben mich überrumpelt. Standen plötzlich im Raum. Er hatte ein Messer und hat es ihr an die Kehle gesetzt. Er hat gesagt, wenn ich den Schrank nicht aufmache, bringt er

sie um. Haben Sie je Stephen King gelesen? Sie hätten seine Stimme hören sollen. Ich hab jedenfalls eine Gänsehaut gekriegt. Und die Frau hat hysterisch geheult. Was sollte ich denn tun?«

Psolakis starrte auf das Debakel. Was er sah, glich keineswegs einem Horrorfilm. Eher einer ausgelassener Teenagerfete.

Der Laborant massierte immer noch seine Gelenke. »Hinterher kam heraus, dass alles Show war mit der Geiselnahme. Sie haben sich schlapp gelacht, dass es geklappt hat. Sie haben an alles gedacht. Ich musste noch die Ablösung anrufen, dass sie nicht zu kommen braucht. Dann hat der junge Mann gemeint, es sei wohl besser für meine Karriere, wenn ich nicht mitfeiere.«

Psolakis schaute den Laboranten an. Ein Häufchen Elend im weißen Kittel. Und er selbst? Einen Moment lang dachte er an seine eigene Karriere. Sein Schienbein schmerzte. Er fing an, auf seinen Fußsohlen zu wippen. »Aber sie hatten doch weder eine Schlüsselkarte noch den Code.«

»Sie hatten einen Dietrich und kannten die Kombination. ›Meister Propers Vermächtnis‹, hat die Frau gesagt. Sie erleben dort drüben sozusagen die erste Totenfeier des Joy-Food-Zeitalters. Man kann sagen, was man will, Fitty wirkt. Sie sind echt gut drauf. Was wollen Sie jetzt tun?«

Die Frage war Psolakis auch durch den Kopf gegangen. Der alte Spruch von Edison fiel ihm ein. »Es gibt eine Lösung. Finde sie!« Er fand sie nicht. Er rief Mark Sweenie an.

Der schickte die Szientifisten. Sie fanden die Lösung. Sie lag nah. Es war dieselbe, die sich schon bei der Kälberfrage glänzend bewährt hatte: Sie setzten die Sprinkleranlage in Gang.

Von der plötzlichen Dusche überrumpelt, sammelten sich die Feiernden in den Ecken, die trocken blieben. Die

Szientifisten stellten das Radio aus, sammelten die Kekse ein und halfen der Blonden und einigen anderen, sich wieder anzuziehen. Zum Schluss bugsierten sie die feuchten Gestalten grüppchenweise in Lieferwagen und fuhren sie nach Hause. Die Betroffenen ließen sich alles gut gelaunt gefallen. Als sie hörten, dass sie ab sofort zwei Wochen bezahlten Sonderurlaub erhalten würden, gab es Ovationen. Psolakis wurde nicht einmal zum Rapport bestellt. Mark Sweenie verabreichte seine Schelte per Telefon. Dass der Chef ernstlich verärgert war, merkte man nur am Tonfall; er sprach noch leiser und noch deutlicher als sonst. »Sie haben Glück, Kostas. Es gibt den weisen Rat, nicht mitten im Fluss die Pferde zu wechseln. Ich will nicht wissen, warum das passieren konnte. Aber ich verlange von Ihnen, dass Sie die Dosierung in den Griff bekommen. Unsere Konsumenten im Ausland sind zwar besser bewacht als die Damen und Herren heute Abend, aber auch in den sichersten Institutionen soll es schon zu Pannen gekommen sein.«

Mark Sweenie wartete nicht auf eine Erwiderung seines Gesprächspartners. Er legte auf und sah sinnend aus dem Fenster zum Labor hinüber. Psolakis war kein Mann für Krisenzeiten. Ihn allzu sehr zu bedrängen war unklug. Was hätte Henri Nestlé in dieser Situation getan? Er versetzte seinen Drehstuhl in Bewegung und schaute seinem Meister tief in die Augen.

Nach einiger Zeit nahm er den Hörer wieder auf. Vielleicht wurde es Zeit, an einem Alternativplan zu feilen. Doch zuerst würde er ein paar Aufträge erteilen müssen. Außerdem war er begierig zu erfahren, wie seine Gipfelstürmerin den Schock über die fehlenden Fotos verdaut hatte.

»Welch reizende Überraschung. Was verschafft mir die Ehre?«
»Ich mache mir Sorgen um meine Mitarbeiterin. Hat unser Schützling heute Abend irgendwelche besonderen Telefonate geführt?«
»Wie man es nimmt. Sie hat sich ein wenig ausgeweint.«
»Bei wem?«
»Bei der Kollegin, die Martha heißt. Sie hat gesagt, dass sie nicht mehr weiß, was sie denken soll. Dass sie mit den Nerven fertig ist. Dass Sie sicher von ihr enttäuscht sind, weil sie sich danebenbenommen hat.«
»Das hat sie allerdings. Ich hätte ihr allerdings kaum zugetraut, dass sie es einsieht. Hat sie die Fotos erwähnt?«
»Sie hat nur gesagt, dass sie beinah einen Riesenfehler gemacht hätte, aber das Schicksal ihr das erspart hat. Aber dass Sie sicherlich trotzdem unzufrieden sind, weil sie sich unprofessionell benommen hat.«
»Wie hat Martha reagiert?«
»Sie hat gesagt, dass Sie fair sind und so schnell nichts übel nehmen. Und schwesterlich angefragt, ob Katharina vielleicht in Sie verliebt ist.«
»Was hat sie geantwortet?«
»Dass das nicht zum Thema gehört.«
»Und Martha?«
»Hat gekichert und erzählt, dass so manche Dame in Ihrer Nähe diese Phase durchmacht. Und dass sie es sich aus dem Kopf schlagen soll, weil außer Universalfett-Visionen höchstens noch Knäblein à la Backstreet Boys Ihre erotische Fantasie beflügeln.«
»Es ist immer wieder interessant, ein deutliches Feedback von den eigenen Mitarbeitern zu bekommen. Wie hat sie reagiert?«
»Wollte es kaum glauben. Dann haben die beiden rumge-

blödelt und sich eine nicht jugendfreie Szene mit Ihnen und einem Kollegen aus ihrer Abteilung ausgemalt. Sie fängt damit an, dass Sie ihm mit Fittyfingern ein Herz und ein Fragezeichen auf seine Spiegelbrille malen.«

»Ersparen Sie mir den Rest.«

»Schade. Ihr Seidenschal spielte noch eine fesselnde Rolle. Und die Brille landet auf einem anderen Körperteil, bevor ...«

»Ich habe gesagt, Sie sollen aufhö...«

»Schon gut. Übrigens hat Fräulein Quast inzwischen einen neuen Verehrer. Einen gewissen Max. Ziemlich aufdringlich. Typ großspuriger Heimlichtuer. Er kriegt in der Regel nur ihren Anrufbeantworter zu fassen. Ich bin noch nicht schlau daraus geworden. Gehört er auch irgendwie zu Ihrer Firma?«

»Max und wie weiter?«

»Keine Idee. Einmal hat er von sich als Big Max gesprochen.«

»Der ruft sie an? Interessant.«

»Ich fürchte, er hat keine Chance. Sie wird Ihnen trotz Ihrer kleinen Fehler treu bleiben. Verdient haben Sie es nicht. Trotzdem viel Spaß mit den Knaben in den Backstreets.«

»Halten Sie mich weiter auf dem Laufenden. Zwölf Tage sind Sie noch engagiert.«

»Kein Problem mehr. Inzwischen habe ich Ihr Fräulein regelrecht lieb gewonnen. Vielleicht sollte ich selbst bei ihr mein Glück probieren, wenn ich wieder mehr Freizeit habe.«

Kehraus

Der Bau von Luftschlössern kostet nichts.
Aber ihre Zerstörung ist sehr teuer.

François Mauriac

Nach dem Anruf bei Martha holte Katharina ihr Geldstück für schwierige Entscheidungen aus der Schublade. Die Pfundmünze leistete ihr seit Jahren gute Dienste. Ihr hatte sie zum Beispiel zu verdanken, dass sie im Tierheim Nasreddin gewählt hatte und nicht seine Schwester. Sie war nicht so abergläubisch, dass sie sich dem Urteil von ein paar Gramm Metall immer beugte. Sie warf und begriff anschließend, was sie wirklich wollte, auch wenn die Münze etwas anderes anzeigte.

Wappen war Simon, Kopf bedeutete Sofie Bauer. Sie würde beide brauchen; es ging um die Reihenfolge. Das Geldstück schien sich nicht recht entscheiden zu können. Es trudelte und rollte dann auf dem breiten Rand. Nasreddin sprang ihm nach und spielte mit seiner rechten Tatze Vollstrecker. Der gekrönte Kopf von Queen Elizabeth II. in jüngeren Jahren lag oben. Schade, aber diese Wahl war wohl tatsächlich weiser.

Das Telefon zu Hause war für vertrauliche Gespräche vorerst tabu, und das Handy war immer noch bei Eleftheria. Aber die Vespa stand frisch betankt und chromglänzend vor der Tür. Die erste Zelle war kaputt. In der nächsten hatte ein Dauertelefonierer sich häuslich eingerichtet. Das dritte Telefon war in einem Lokal neben dem Automaten mit den Kondomen angebracht. Ob sie sich doch noch eigenmächtig für Wappen entscheiden sollte? Simon und mehr? Nein.

Dieses Telefon schluckte ihre Neuschwanstein-Karte. Ohne Dank und Gegenleistung.

Katharina schaute auf die Uhr. Es war noch hell, aber inzwischen schon halb zehn. Keine ideale Zeit, um eine Professorin zu Hause zu überfallen. Auch wenn sie ihr zutraute, großzügig zu sein, wenn eine Hexenschülerin in Dramen verwickelt war. Dass Sofie Bauer unter eigenem Namen im Telefonbuch stand, war immerhin ein gutes Zeichen. Anscheinend war kein Gatte in Sicht, der über späte Störungen verärgert sein würde. Andererseits konnte man nicht sicher sein, sie zu Hause anzutreffen. Und vergeblich bis nach Othmarschen zu fahren kostete Zeit, mindestens eine halbe Stunde mit der Vespa.

Die Telekomrallye hatte sie in die Nähe der Universität geführt. Vielleicht war ein Ausflug in die Elbvororte ja gar nicht nötig. Katharina gehorchte einem spontanen Impuls und wechselte auf die linke Spur, ohne zu blinken. Hinter ihr hupte es. Sie bog auf den Parkplatz ein und zählte noch während des Bremsmanövers die Fenster im zweiten Stock ab. Das Viereck, in dem Licht brannte, war das richtige.

Sofie Bauer saß am PC, die Silberhaare offen, ein Glas Rotwein neben sich. Überraschung über ihren späten Besuch zeigte sie nicht. Sie schaute kurz, wer zur Tür hereinkam, und konzentrierte sich dann wieder auf das, was sie schrieb: »Hätten Sie gewusst, dass Primaten eine Art Esskultur haben, die sie von Generation zu Generation weitergeben? Verschiedene Gorilla-Gruppen im selben Biotop nehmen ganz unterschiedliche Pflanzen zu sich. Wenn ein vorwitziges Jungtier einmal etwas Neues ausprobiert hat, was sich als bekömmlich erweist, lernen es die Nachkommen der Sippe.« Sie tippte etwas in die Tastatur und sagte dann: »Ich bin sofort fertig. Wenn Sie etwas trinken mögen, Gläser sind im Schrank.«

Katharina goss sich Wein ein und nahm einen Schluck. »Darf ich rauchen?«

Ohne von ihrer Arbeit aufzusehen, schob ihr Sofie Bauer

einen Aschenbecher zu. Er war unbenutzt. Katharina verzichtete. Cabernet war auch nicht übel.
Sie war zu unruhig, um sitzen zu bleiben, und ging vor die Wand mit den Puppen. »Suchen Sie sich eine aus, die zu Ihrer Stimmung passt, und verhandeln Sie mit ihr«, riet Sofie Bauer. »Das klingt nach Hokuspokus, aber oft hilft es.«
Katharina ging an der indischen Prinzessin vorbei auf eine hakennasige Hexe zu. Nein, sie war trotz ihrer abstoßenden Grinse-Grimasse zu harmlos. Alle europäischen Puppen kamen ihr zu niedlich vor, der belanglose Polizist, der feixende Pinocchio, die plumpe Matrjoschka mit dem Kopftuch. Die afrikanischen Figuren waren sehr viel beunruhigender, aus dunklem Holz grob geschnitzt, wuchtig, verstörend, mit grotesk überzeichneten Gliedmaßen. Aber sehr fremd. Zu fremd.
Zum Schluss wählte sie eine nur handgroße Puppe mit besticktem Stoffkleid über einem Körper aus Blech. An den Holzkopf waren schwarze wirre Haarfransen geklebt. Das mit Glanzlack aufgemalte Gesicht war zu einer Fratze verzerrt. Auf den ersten Blick wirkte sie Furcht einflößend und bösartig. Aber bei längerem Hinschauen offenbarte das Wesen eine provozierende Anziehungskraft.
Sofie Bauer trat hinter sie. »Oje, das muss ernst sein. Kennen Sie seine Bedeutung?« Katharina verneinte. »Ein tibetischer Teufelstänzer«, erklärte die Anthropologin. »Diese Puppen verkörpern die Wesen, denen die Seelen nach dem Tod begegnen.«
Katharina fixierte das breite blutrote Gesicht. Die Augen waren überdimensioniert. Fangzähne und Zunge ragten weit aus dem aufgerissenen Mund. Sie hielt sich den Tänzer nah vor die Augen und spürte, wie Sofie Bauer sie leicht an der Schulter berührte und zurück zu ihrem Stuhl

führte. Die Stimme der Professorin bekam den suggestiven Ton wie beim Märchenerzählen im Seminar. »Halten Sie ihn einen Moment auf dem Schoß. Wippen Sie ein wenig hin und her.«

Noch bevor Katharina die Augen schloss, blitzte ein Anflug von Zuversicht auf. In diesem Feld war sie zu Hause, nicht in der großen Manna-Show. Sich Menschen widmen, Einfühlungsvermögen zeigen, Wärme weitergeben – hierin lag vermutlich der Unterschied zwischen guten und bösen Hexen. Böse zwangen ihren Opfern ihren Willen auf. Gute Hexen und Feen halfen anderen, selbst den richtigen Weg zu finden. Es war ihre eigene innere Stimme, die sie jetzt mit sanfter Souveränität sagen hörte: »Loslassen. Ruhig atmen ...!«

Nebel vor ihren Augen. Rot wie die Maske des Teufelstänzers. Die Bilderflut, die aufstieg, entstand über der Nasenwurzel, genau an derselben Stelle der Stirn, wo er einen weißen Fleck trug. Aus dem Nebel löste sich die Gestalt des dicken Hansen. Zuerst sah Katharina den kahlen Schädel über dem enormen Stiernacken. Wie in Großaufnahme drängte sich die tätowierte Schlange ins Bild, wand sich wie eine lebendige Kette um seinen Hals, züngelte gefährlich.

Dann wandte der Dicke den Kopf. Seine Augen blitzten zuerst tückisch wie damals auf der Wiese bei den Birken, dann erschlafften die Muskeln um die Wangen. Sein Blick verschwamm, war nun auf unsichtbare Horizonte gerichtet, wurde entrückt. Die Lippen bewegten sich murmelnd wie die eines Betenden. Und Katharina hörte ein Flüstern: »... in den Himmel, ... in den Himmel.« Das Gesicht wurde kleiner, jetzt kam der gesamte massige Körper ins Blickfeld. Sprang ab, löste sich vom Untergrund und schwebte, nicht im freien Fall, sondern mit Schwingen wie ein

Vogel. Er entfernte sich in Richtung auf einen Kamin. Von dort stieg eine Rauchsäule auf. Der Wind spielte mit dem Rauch, malte eine fließende Silhouette in den Himmel, einen Umriss von Koniezko, dessen erhobener Arm zu winken schien, bevor sich alle Rauchspuren verflüchtigten.
Es war noch nicht vorbei. Der rote Nebel erschien wieder und mit ihm die Tänzermaske. Ihr starrer Gesichtsausdruck verwandelte sich in Sweenies Miene, die sich hämisch verzog. »Bilden Sie sich wirklich ein, dass Sie die Welt anhalten können?« Sie stöhnte auf. Die grünen Verführeraugen ruhten auf ihr. Forschend. Mitleidig. Schillernd. Streng. Fanatisch. Sie wippte stärker und fing an zu schluchzen. Dann verlor sie das Zeitgefühl. Irgendwann war es vorbei.
Danach erzählte sie Sofie Bauer die ganze Geschichte. Es dauerte fast eine halbe Stunde.
Die Professorin hörte konzentriert zu. »Selbstmorde, Vertuschung, Erpressung, Entführung, Verschwörer, Glückskekse«, rekapitulierte sie am Ende bedächtig, »die Geschichte hat wahrhaftig genug Substanz für ein Märchen!« Sie strich dem Teufelstänzer über das Haar. »Und der Ausgang ist noch offen, wie ich es mag. Sie wollen jetzt also die Rolle wechseln?«
Auch Katharina streichelte die Puppe. »Sweenie benutzt die Menschen. Er zieht an den richtigen Fäden. Bei mir hat er es ziemlich lange geschafft, obwohl ich normalerweise ziemlich aufsässig bin. Bei anderen noch länger.«
»Sind Sie sauer, weil er bei Ihnen eingebrochen hat? Wie soll er das übrigens bewerkstelligt haben?«
»Es muss Helfer geben. Bei der Entführung waren auch mindestens zwei beteiligt. Natürlich bin ich sauer. Wären Sie das nicht?«
Sofie Bauer kniff ein Auge zu. Dasselbe wie Simon, wenn

er therapeutisch tätig wurde. »Es ist immer gut, sich über alle Motive im Klaren zu sein. Vielleicht wollen Sie ja Rache, weil er Sie nicht erwählt hat? Und weil Sie sich gedemütigt fühlen, seitdem Sie wissen, dass Sie nie ernste Chancen hatten?«

Katharina schaute dem Teufelstänzer in die Augen. Sie musste plötzlich grinsen. »Nein, ich bin drüber weg.« Sie schaute die Professorin an. »Ich hab eine ganz annehmbare Alternative. Wenn Sie weiter die gute Fee spielen, werden Sie Simon wohl noch kennen lernen; er wird Ihnen gefallen. Ich fürchte, ich werde alle Verbündeten brauchen, die ich zu fassen kriege. Oder glauben Sie, dass die Polizei oder die Staatsanwaltschaft mein Märchen schluckt?«

Sofie Bauer wiegte zweifelnd den Kopf. Sie zählte auf, was Katharina auf der Fahrt schon selbst durch den Kopf gegangen war. Die Beweise für Koniezkos Tod waren verschwunden. Max Groß befand sich offensichtlich irgendwo in Freiheit. Die Polizei hatte den Fall des Dachspringers ad acta gelegt. Und es gab keinen Straftatbestand, der Kekskonsum verbot. Zumindest, solange nicht erwiesen war, dass von Fitty irgendeine Gefahr ausging.

»Dieser Kommissar war nicht unnett. Aber bevor ich zu ihm gehe, muss ich etwas in die Hand bekommen. Die Unterlagen von der Erpressung würden die Polizei vielleicht überzeugen. Ich bin inzwischen sicher, dass die Originale etwas mit dem Call-Center zu tun hatten. Würden Sie mir helfen?« Katharina stockte. »Ich meine, noch mehr helfen?«

Sofie Bauer stand auf, nahm die beiden Gläser und trug sie zum Waschbecken. »Wird in diesem Call-Center nachts gearbeitet?«

»Nein, nur bis zehn.« Sie schaute auf die Uhr. Es war inzwischen Mitternacht.

»Gibt es eine Chance, in das Gebäude hineinzukommen?«
Katharina hängte die Puppe mit einer angedeuteten Verbeugung an ihren Platz zurück. »Wahrscheinlich ja. Dieser Psolakis hat mir damals so eine Plastikkarte überlassen, die als Universalschlüssel fungiert. Würden Sie denn …?«
Die Professorin nickte.
Sie fuhren mit der Vespa. Es war inzwischen dunkel und leicht diesig. Über dem Dunst hing ein gelber Vollmond. Sofie Bauer hatte es abgelehnt, den Helm zu nehmen. Aus Solidarität trug Katharina ihn selbst auch nicht. So wehten vorn schwarze und hinten graue Haare im Wind.
Das Werk lag nicht ganz im Dunkeln. Im Kekswerk und in der Far-Food-Produktion wurde rund um die Uhr gearbeitet. Scheinwerfer beleuchteten den Asphalt. Der Nachtwächter am Hinterausgang war noch derselbe etwas grantelige Alte, den Katharina von ihren Spätdiensten im Schlaraffenland her kannte. Sie zückte ihren Hausausweis. »Dr. Psolakis hat mich gebeten, etwas für ihn abzuholen, weil ich hier um die Ecke wohne. Ich nehme meine Mutter kurz mit.«
Der Alte nickte mürrisch und murmelte: »Das is ja heute ein Auftrieb hier … Muss wohl am Mond liegen.«
Katharina fand den Weg ohne Probleme. Kurze Zeit später standen sie vor der Stahltür an der Seitenfront des Call-Centers.
Die Tür war doppelt gesichert. Ein Schlitz für die Karte plus Codetastatur. Katharina gab den Tagescode aus dem Bürohochhaus ein. Die Tür blieb zu.
»Es ist ein anderer Code als im Büro«, sagte Katharina niedergeschlagen. »Sechs Stellen, da können wir ewig probieren.«
»Denken Sie nach. Es muss ein System geben. Sicherlich haben einige Leute in mehreren Gebäuden zu tun. Sie kön-

nen nicht täglich neue Ziffernkombinationen lernen. Woher wissen die Büroleute, welcher Code gilt?«
»Monat, Tag und davor 00.«
»Also sind hier wahrscheinlich die ersten beiden Stellen anders.«
Sofie Bauer blickte sich um. Ihr Blick blieb an dem großen Schild hängen, das das Gebäude kennzeichnete. »Probieren Sie 15.«
»Warum?«
Sofie Bauer zeigte auf das Schild. H 7. »Der Zahlenwert von H plus 7«, flüsterte sie.
Sie hatte Recht.
Die Tür öffnete sich. Der Raum dahinter war fensterlos und stockdunkel.
Die beiden tasteten sich vorsichtig hinein. Katharina fand den Lichtschalter. Sie zog die Stahltür von innen zu, bevor sie das Licht anknipsten.
Der Raum war lang gestreckt, vielleicht zehn Meter lang, aber höchstens drei Meter breit. Eine Längsseite bestand aus einer Glasfront. Außerdem führte eine Tür in einen Einbauschrank. Die Tür war offen. Der Schrank war leer. Das Zimmer selbst auch. Sehr leer. Es gab keinen Tisch, keinen Stuhl. Nichts außer der Lampe.
Die Leere und die Stille waren unheimlich. Katharina senkte unwillkürlich die Stimme. »Das ist die falsche Tür. Das Call-Center muss hinter der Glaswand sein.«
Und dann hörten sie ein Motorengeräusch. Autotüren wurden geöffnet und geschlossen. Kurze Zeit später ging hinter der Trennscheibe Licht an.
Es gab keine Möglichkeit, in Deckung zu gehen. »Scheiße«, murmelte Katharina. Sie schaltete das Licht aus, aber mit Sicherheit zu spät. Die beiden Männer, die in den Raum hinter der Trennscheibe traten, mochten Mitte dreißig

sein. Beide hatten dunkelgrüne Latzhosen an, die auf der rechten Brustseite das Emblem eines Lastwagens trugen. Einer hatte einen Vollbart, der andere war glatt rasiert. Wenn sie nicht blind waren, würden sie sich jetzt über die unerwarteten Besucherinnen wundern. Die beiden Männer mussten sie durch die Glasfront genauso deutlich gesehen haben, wie sie selbst zu sehen waren.
Anmerken ließen sie sich nichts. Der Raum, in dem sie standen, war groß, ein regelrechter Saal. Aber in einer Hinsicht ähnelte er dem anderen: Er war ebenfalls völlig leer. Die beiden schauten sich prüfend um. An der Wand klebten ein paar Poster. Der Bärtige riss sie ab und faltete sie achtlos zusammen. Der andere wollte einen Stift vom Teppichboden aufheben. »Aua, verdammt.« Er leckte sich Blut vom Finger.
Obwohl der Mann nicht laut fluchte, war seine Stimme im Nachbarraum deutlich zu hören.
Jetzt sprach sein Kompagnon. »Sieh dich vor. Wir haben gesaugt, aber aus dem Teppich kriegt man nicht alle Splitter raus. Und hier ist reichlich zu Bruch gegangen.« Er deutete auf einige Neonröhren, die nicht leuchteten. »Aber du musst zugeben, dass wir gute Arbeit geleistet haben, wenn du bedenkst, wie es vor zwei Stunden hier noch aussah!«
»In Rechnung stellen wir ihnen vier!«, sagte der Glattrasierte. Er verband seinen Finger mit einem Taschentuch.
»Meinst du? Der Nachtwächter hat doch genau gesehen, wann unsere Leute fertig waren!«
»Die Typen kenn ich. Für einen Fuffi und eine Pulle vergisst er das großzügig.«
Die beiden waren jetzt direkt an der Glaswand angekommen. Doch statt in den dunklen Nachbarraum zu spähen, stellte sich der Bärtige mit dem Profil zur Trennscheibe hin

und bedeckte Kinn und Backen mit den Händen. »Was meinst du, ob mir ein Schnauzer stehen würde?«
Der andere zuckte mit der Schulter. »Frag deine Frau, nicht mich! Aber denk dran, wie viel Zeit du jetzt sparst, weil du dich nicht rasieren musst. Und nun komm, ich will los.«
Sie gingen zur Tür und löschten das Licht. Eine bange Minute war ungewiss, ob sie ihre Inspektion im anderen Raum fortsetzen würden. Dann hörte man das Auto starten.
»Eine Einwegscheibe, die drüben als Spiegel fungiert. Das hier muss eine Art Überwachungsraum gewesen sein.« Sofie Bauer schaltete das Licht wieder ein.
»Und nebenan war das Call-Center«, sagte Katharina. »Bis vor kurzem jedenfalls. Wir sind zu spät gekommen.«
»Ja. Es scheint einen ziemlich überstürzten Aufbruch gegeben zu haben.«
Als sie beim Nachtwächter vorbeikamen, wischte er sich gerade über den Mund. Er machte sich nicht die Mühe, die Flasche zu verstecken. Katharina beugte sich zu dem kleinen Sprechdurchlass herunter und klopfte auf ihre Tasche. »Vielen Dank, wir haben alles gefunden, und gute Nacht noch.« Wie im Vorbeigehen schloss sie ihre Frage an: »Was war denn hier eigentlich heute für ein Trubel?«
Der Alte sah sie an. »Ich denk, Sie ham mit Pschscholakis gesprochen. Wenn er Ihnen nichss erssählt hat …« Der Ärger gewann Oberhand. »Randaliert ham sie! Paady gefeiert! Und ich bin der Dumme. Schtändig Schschranke auf, Schschrranke zu.« Er schwenkte seine Flasche. »Dieser Pschscholakis hat doch seine Leute nicht im Griff!«

Katharina brachte die Professorin mit der Vespa nach Hause und kam noch mit in ihre Wohnung. Sie saßen auf dem Balkon und überlegten gemeinsam, wie eine Gretel vorgehen würde. »Sie hat das Spiel weiter mitgespielt, bis sie ihre Chance bekam«, sagte Sofie Bauer. »Trauen Sie sich das zu?«

Katharina nickte langsam.

Es wurde noch eine lange Nacht. Zum Schluss duzten sich Gretel und die gute Fee. Und sie hatten in groben Zügen einen Plan entwickelt, wie sie dem bösen Zauberer ein Schnippchen schlagen und für das Manna-Märchen ein neues Ende arrangieren konnten. Ohne Polizei. Ohne Medien. Mit der ESSkalation.

Strategiesitzung

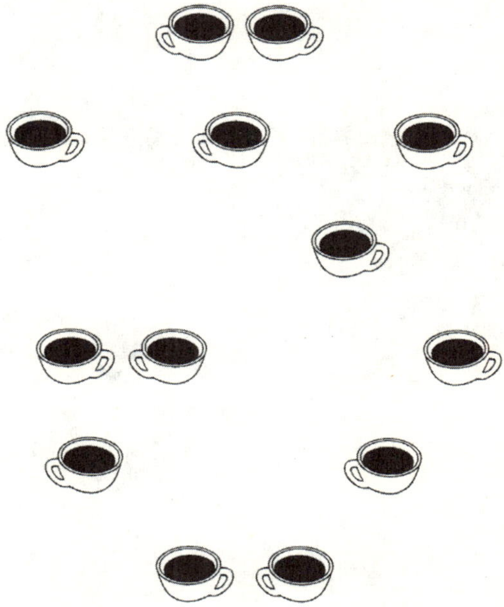

Wohltätig ist des Feuers Macht,
wenn sie der Mensch bezähmt, bewacht.

Friedrich Schiller

Das Treffen würde bei der ESSkalation stattfinden. Sofie hatte alles arrangiert.
Simon sollte Katharina abholen. Er klingelte eine Stunde zu früh.
Sie hörte seine Schritte im Treppenhaus, ging in die Küche, setzte sich auf das Fensterbrett, die Hand auf Nasreddins Hals. Vom Treppenhaus her machten sich Feldlinien breit oder irgendwelche anderen unbekannten Turbulenzen, auf denen Biomagnetismus beruhte. Influenzströme. Induktionswellen. Kardioschwingungen. Eine Grundelektrisierung, zu messen in Kiloherz, Megaherz, Gigaherz, Klopfherz, alles ohne tz. Irgendwann trat der Verursacher in die Wohnung und hängte die Lederjacke an die Garderobe.
Er fand die Küche und blieb im Türrahmen stehen. Sie spielten das Blauaugen-Braunaugen-Spiel. Ließen sich eine gute Weile Zeit.
Nasreddin schnupperte. Ohren richteten sich auf, Haare sträubten sich. Dann sprang er von der Fensterbank und verließ den Raum, sorgsam bedacht, den Abstand zu den Beinen des Mannes im Türrahmen so groß wie möglich zu halten. Dabei war an den Schuhen diesmal wenig auszusetzen. Es waren Turnschuhe. Die gleiche Airplus-Version, wie Katharina sie trug.
Simon schaute dem Kater nach. »Das wird wohl Machtkämpfe geben. Aber wir werden uns arrangieren.« Die Schuhe kamen ein Stück näher. Nah genug für ein nächstes Stadium von Kardiowellenflimmern. Nicht zu nah.
Er legte ein Päckchen auf den Küchenschrank. »Ich habe Kaffee mitgebracht. Nicht ganz uneigennützig. Ich trinke nicht jeden.« Er öffnete und schloss Schranktüren.

»Ist Kaffee überhaupt mit deiner Weltanschauung vereinbar, wenn du nicht gerade auf feindlichen Messen rumschnüffelst?« Sie hatte wieder die heisere Elsterstimme.
»Transfair. Er kommt von einer ökologisch korrekten Plantage. Du wirst es schmecken.«
Sie blieb auf der Fensterbank sitzen, während er mit ihren Utensilien herumwerkelte. Sie mochte ihm zuschauen. Sie hatte es vorher noch nie sexy gefunden, wie ein Mann den Wasserhahn aufdrehte. Wie er Schubladen aufzog. Wie er einen Kaffeefilter auf die Kanne setzte. Nicht einmal bei Marvin. Das war ungerecht, mit Marvin hatte sie Tee getrunken. Simon kochte Kaffee, wie Martha zeichnete. Mit Hingabe. Systematisch, lässig, spielerisch, ernst, von allem etwas.
»Wo soll ich servieren, Prinzessin?«
Im Bett, hätte Nina geantwortet. Katharina zögerte.
»Lieber nicht!«, sagte er, bevor sie etwas erwidern konnte. Er sah sie kurz an und kniff ein Auge zu. Dann trug er das Tablett ins Wohnzimmer und prostete ihr mit der Kaffeetasse zu. »Lass uns noch ein bisschen sublimieren!«
Er trank. Sie trank. Der Kaffee schmeckte. Er hätte auch geschmeckt, wenn er ihr Abwaschwasser vorgesetzt hätte.
»Deine Freundin hat von einer Wanze erzählt.«
Katharina nickte.
Simon stand auf und nahm etwas aus seiner Tasche.
»Jetzt wirst du praktische Seiten an mir kennen lernen. Ein Vorteil von Beziehungen mit Männern aus der Alternativszene: Wir sind Allroundtalente.« Er legte den Finger auf den Mund und signalisierte Schweigen. Dann zog er den Telefonstecker ab und begutachtete den Apparat. Es war ein moderner, bei dem die Tastatur im Hörer integriert war.
Er kam zu ihr an den Sessel, zeigte auf einen Kratzer oben

am Hörer und formte die Worte stumm mit den Lippen.
»Warst du das? Oder dein Kater?«
Sie zuckte mit den Schultern und antwortete ebenso stumm: »Keine Ahnung. Ist mir nie aufgefallen.«
Er stand gefährlich nah bei ihr. Falls es ihm einfiel, sich auf die Lehne zu setzen, würde ein Feldlinien-Crash unvermeidlich werden.
Er trat einen Schritt zurück und griff zu seinem Schraubenzieher. Die Wanze saß unter der Ohrmuschel. Ein unscheinbares Plättchen. »Wir können wieder reden«, sagte er. »Es ist ein Sender, der mit Telefonstrom arbeitet. Das Ausstöpseln legt ihn lahm.« Er kam wieder näher, um ihr den Fund zu zeigen. Er ähnelte der Batterie einer Digitaluhr.
»Und dann?«
»Sobald du den Hörer abhebst, aktivierst du ihn. Das Ding hat an die 800 Meter Reichweite. Ein Empfänger irgendwo in diesem Radius und ein Tonband sind alles, was du noch brauchst. Beliebt sind Verstecke in parkenden Autors.«
Es gab wichtige Dinge, die man Psychologiestudentinnen nicht beibrachte. Andere Dinge lernten sie früh. Zum Beispiel, dass Körperwärme bei vielen Gelegenheiten erstaunlichen Trost bot.
Simon spielte mit den Telefontasten.
»Big Max ist wieder aufgetaucht. Vorgestern«, sagte er.
Katharina war nicht erstaunt. Er hatte zweimal ihr Band besäuselt. »Habt ihr das verlorene Schaf wieder in die Herde aufgenommen?«
Er hob den Hörer an den Mund und blies Staub zwischen den Tasten weg. »Max hat sich tatsächlich eingebildet, er könnte wiederkommen, als ob nichts gewesen wäre. Er hat uns eine Geschichte von einem Nervenzusammenbruch aufgetischt. Über Fosco wollte er sich nicht äußern. Für

Lucie ist es schwierig. Sie verzeiht ihm.« Er wandte sich wieder dem Sender zu. »Und du willst, dass das Ding drinbleibt?«

»Ja. Sonst schöpfen sie Verdacht.«

Ein anerkennendes Lächeln. »Du könntest bei uns anfangen.« Er begann wieder zu schrauben. »Ich werde nicht schlau aus Max. Er ist mein Freund. War mein Freund. Seit ewigen Zeiten. Wir haben gestern drei Stunden geredet. Das heißt, er hat fast pausenlos geredet, die unterschiedlichsten Sachen. Dass sich unsere Organisation längst überlebt hat. Dass man es ganz anders anstellen muss, wenn man wirklich was erreichen will. Dass er selbst schon wüsste, wie, und etwas viel Besseres gefunden hat.«

Er stöpselte das Telefon wieder ein und lächelte leise in sich hinein. »Es war ja ziemliches Glück, dass ich meine Beichte nicht per Telekom abgelegt habe. Ich war nach Locarno oft genug nah dran.« Er stellte den Apparat auf das Regal, steckte den Schraubenzieher weg. Blieb stehen und wusste nun nicht mehr, wohin mit den Händen.

»Augen zu«, sagte sie und stand auf. Er gehorchte und wartete, bis sie bei ihm war. Lehnte sich leicht gegen sie. Wellen und Feldlinien und Induktionsströme verbündeten sich. Katharina nahm seine Brille ab. Sie fuhr Simon mit den Fingerspitzen über Stirn, Augenlider, Mund, Kinn. Sie hatte einen Doppelkörper, eine zweite Nase im Gesicht, Lippen am Hals, Locken in den Fingern, Hände auf der Haut, eine Erektion zwischen ihren Beinen.

Die Attacke kam ohne Vorwarnung. Sechs Kilogramm Kater landeten auf einem Männerrücken. Es war ein ungeschützter Rücken, weil die Hände der Frau gerade damit beschäftigt waren, ihre neuen Zusatzschenkel zu betasten. Der Angriff hinterließ ein zerfetztes T-Shirt und eine Krallenblutspur auf der Haut.

Das Opfer brüllte, fluchte, lachte, stöhnte. Eine Hand griff nach hinten, bekam den Kater zu fassen, riss ihn los und setzte ihn auf den Boden.

Nasreddin schritt würdevoll in seine Ecke.

Katharina stand da und blickte vom einen Liebhaber zum anderen. »Tut mir Leid«, sagte sie. Es war nicht ganz klar, wen sie meinte. Dann streifte sie Simons T-Shirt hoch und begutachtete die Schäden.

»Wirkt reparabel.« Sie fuhr an den Kratzspuren entlang, erst mit den Fingern, dann mit der Zunge.

Simon ächzte. Nicht nur aus Wonne. »Baust du ihn immer in deine Lustorgien mit ein, Prinzessin?«

Sie dementierte. »Eine Premiere. Sonst nehme ich eine Gabel, wenn mir nach Fremdzerfleischung zumute ist.«

»Jetzt muss ich mindestens drei Wochen lang nachts oben liegen«, sagte er. Vorwurfsvoll.

»Nicht so schlimm«, erwiderte sie. Rücksichtsvoll.

»Im Augenblick trau ich mir nicht einmal das zu. Vielleicht sollten wir die Generalprobe verschieben.« Wehmütig.

Sie tupfte Salbe auf den Kratzer. Er suchte sich eins von Katharinas T-Shirts aus, lila mit Pailletten. Dann gingen sie zu ihrem konspirativen Treffen.

Katharina begrüßte Sofie. Simon stellte ihr die anderen vor. Andrea würde bei der Aktion für die Teilnehmerrekrutierung zuständig sein. Sie musterte erst Katharina, dann Simon, dann sein T-Shirt, dann wieder Katharina. Der Blick war alles andere als freundlich. War sie sein Garderobenfräulein? Neben Andrea saß Norbert, klein und bärtig. Er schaute kurz von einem Buch auf und gab Katharina die Hand. »Unser Technikgenie«, sagte Simon. Der dritte Mann, Martin, war der Koordinator. Er beachtete Katharina nicht. »Bitte bring du Andrea zur Vernunft!«, verlangte er von Simon. »Sie sieht nicht ein, was es für ein Risiko ist, Lucie einzuweihen.«

Andrea äffte ihn nach. »›Bring Andrea zur Vernunft!‹ Bin ich ein Baby, oder was? Dass Lucie nächsten Dienstag nicht mitmachen soll, nur weil sie mit Max zusammen ist, ist doch wohl das Allerletzte«, rief sie. »Haben wir hier Sippenhaft, oder was?« Sie funkelte Martin an. »Dann müsstest du auf unseren großen Verführer hier auch verzichten. Simon steht ja wohl genauso unter dem Verdacht der Feindberührung!«

Sie schaute herausfordernd zu Katharina herüber. Die konterte: »Oh, Entschuldigung, ich wusste nicht, dass hier die Selbsterfahrungsgruppe tagt. Bevor ich weiter störe, ich habe einen Termin mit den Leuten, die über die Aktion bei Fosco reden wollen …«

Sofie Bauer rettete die Situation. »Könnten Sie Ihrer Lucie die Entscheidung nicht selbst überlassen? Erzählen Sie ihr, dass es eine Aktion geben wird. Wenn sie teilnehmen will, gilt die Spielregel, dass sie ihrem Freund nichts anvertraut. Sonst ist es besser für sie, dass sie auch nichts weiß.«

Der Techniker brummte zustimmend. Andrea überlegte und nickte langsam. Simon wandte sich an Martin: »Das ist fair.«

Martin murrte und murmelte dann sein Okay. »Und wer spricht mit ihr?«

»Andrea«, entschied Simon.

Nach dem Geplänkel änderte sich die Situation schlagartig. Katharina begann zu begreifen, wie die ESSkalation zu ihrem Ruf gekommen war. Sie hatte es mit einem gut eingespielten Team zu tun. Es erinnerte sie ein bisschen an ihre Zwölfermafia.

Insgesamt würden ein Dutzend Aktivisten an der Aktion teilnehmen. Sofie hatte Kopien von Katharinas Plan des

Fosco-Geländes verteilt. Katharina referierte kurz über die Möglichkeiten, Fremde bei der Gala einzuschleusen. Schwierig würde es nicht sein, denn neben 200 geladenen Gästen und Journalisten waren diverse Helfer von außen engagiert: Die Band. Die Engel-Akrobaten und die Tänzer in den Märchenfiguren-Kostümen. Die Kellner, die das Essen servieren würden, das aus der Versuchsküche kam. Notfalls konnte Katharina bei den Communications-Assistenten zusätzliche Helfer anmelden.

Der Techniker schaute sich ihren Universalschlüssel an und zog eine Lupe aus der Tasche. »Keine größere Hürde«, befand er. »Darf ich das Ding zwei Tage behalten? Ich kenne jemand, der uns Duplikate liefern kann.«

Martin legte eine Vergrößerung des Plans auf den Boden. »Lasst uns erst einmal schauen, wo wir aktiv werden müssen. Wo findet die Veranstaltung statt? Und wo müssen wir hin?«

Katharina zeigte auf die Halle, in der die Gala vorgesehen war. »Es gibt zwei neuralgische Punkte. Das Margarinelager ist das Gebäude K 7, im Siebener-Areal, ziemlich direkt am Ausgang. Dort lagert der gesamte Fitty-Vorrat, der am Tag nach der Gala mit Bahn und LKWs in die Supermärkte gebracht werden soll. Der andere ist das Enzymwerk auf der anderen Seite, J 13.« Sie zeigte auf das Produktionsgebäude, den Vorratsraum und das kleine Kühlhaus. »Wenn es gelingt, die Enzyme zu vernichten, ist die Produktion auf Monate gestoppt.«

Sie kamen überein, dass Katharina Norbert an einem der nächsten Tage ins Werk mitnehmen würde, damit er sich die Leitungssysteme ansehen und die optimalen Positionen für die Feuerwerkskörper festlegen konnte. Mit Blaumann und Helm würde er kaum auffallen.

Die Grundidee, die sie mit Sofie ausgetüftelt hatte, bestand darin, mit Feuerwerk, Trockeneis und und gefälschten Sirenen zu agieren. Sobald das Chaos perfekt war, ging es darum, die Kühlleitungen zu den beiden wichtigen Lagerhallen zu kappen und dort echten Alarm auszulösen. Ziel war es, die Haupt-Zerstörungsarbeit der Werksfeuerwehr zu überlassen. Sie sollte die Lager einschäumen und den Inhalt unbrauchbar machen.

»Eine Sache stört mich. Am Anfang müssen eine ganze Menge von uns auf dem Gelände herumlaufen«, gab Martin zu bedenken. »Das halte ich für riskant. Der Werkschutz wird an diesem Abend mit Sicherheit besonders wachsam sein.«

Katharina musste ihm Recht geben.

Es war Simon, der auf die Idee mit dem zusätzlichen Sicherheitsdienst kam. »Unsere Männer könnten Uniformen einer Extra-Wachmannschaft tragen, die speziell für diesen Abend angeheuert worden ist. Damit könnten wir uns im Werk frei bewegen. Kannst du da etwas drehen, Katharina?«

Sie überlegte. Wenn sie den Pförtner und den Werkschutzleiter informierte, war das machbar.

Die Frauen würden sich unter die Gala-Gäste schmuggeln und die Halle neugierig verlassen, sobald draußen die ersten Böller ertönten. Das würde eine Sogwirkung auslösen. Mit Sicherheit würden bald andere folgen und das Chaos auf dem Werksgelände vergrößern.

»Das Gute ist, dass die anderen Besucher damit zu unfreiwilligen Mitspielern werden«, erklärte Sofie. »Wenn draußen das Feuerwerk beginnt, werden alle davon ausgehen, dass es dazugehört. Und diejenigen, die wissen, dass es nicht so ist, werden völlig überrumpelt sein.«

Andrea taute auf. »Sie haben keine Ahnung, was hinter dem Geknatter steckt, und eine Heidenangst, dass sich nun

vor den Augen der Prominenz etwas Schreckliches abspielen wird. Was dann ja auch passiert. Perfekt!«
Als sich alle verabschiedeten, schaute Andrea noch einmal zwischen Katharina und Simon hin und her. »Das mit der Selbsterfahrungsgruppe war nicht schlecht«, meinte sie zu Katharina gewandt. »Ich geb es ungern zu: Feindberührung scheint ihm zu bekommen.« Sie schlug Simon kumpelhaft auf den Rücken. Er zuckte zusammen.

Feuerprobe

Wenn der Nil um ein Geheimnis weiß,
wird es bald die Wüste kennen.

Abessinisches Sprichwort

Die letzte Woche vor dem großen Termin kroch dahin. Katharinas Stimmung war gedämpft. Die Gretelrolle schlug ihr aufs Gemüt. Sie fühlte sich eher wie ein Aschenputtel, ungeliebt und ausgestoßen, während die Umgebung sich auf Fest, Vergnügen und Erfolg vorbereitete. Sie wusste, dass das eine reine Projektion war – schließlich war sie selbst diejenige, die ihre Loyalität aufgekündigt hatte. Sie würde ihre Industriekarriere nicht mit Ruhm und Reichtum beenden, sondern als Verräterin und Deserteurin. An ein polizeiliches oder gerichtliches Nachspiel glaubte sie nicht. Sie hatte Mark Sweenies Wort aus einer unbeschwerteren Zeit noch im Ohr: *Die Schimanski-Spezies ist im Wirtschaftsleben verpönt …*

Es war ihr recht, dass so viel zu erledigen blieb, dass sie nicht zum Grübeln kam. Sie versuchte, emotionslos zu funktionieren. Bald würde mehr als genug Zeit sein, über ein Leben nach Fosco nachzudenken. Am 18.07. um 17.08 Uhr war sie mit Simon verabredet. Privat. Am Alsteranleger. Die Planung sah erst Tretboot, dann Atlantic vor, anschließend ein paar Wochen Berg oder Tal, Land oder Wasser. Für Nasreddin war schon ein Pensionsplatz bei Eleftheria reserviert.

Bis dahin schlief sie allein und stand »früh vor Tag« auf wie die Heldinnen der Brüder Grimm. Die hatten in einer Zeit gelebt, als Hektik und Stress noch Wasser tragen, Feuer machen und Linsen auslesen bedeuteten. Dass das so viel mühsamer gewesen war, als notorisch unzuverlässige Künstler an Termine zu erinnern und mit Miss Plappermaul über Details einer Schlaraffenland-Gala zu konferieren, wagte Katharina inzwischen zu bezweifeln.

Martha führte Katharinas Einsilbigkeit auf die Anspannung zurück und las ihr zur Aufmunterung E-Mails von Dieter vor. Der tourte mit dem Vertriebsleiter durch Supermärkte der Republik und mailte aus Plön, Bad Sooden-Allendorf, Delitzsch und Zwickau regelmäßig »Szenen aus der Provinz«. Rolf hatte den härtesten Job; er koordinierte vom Büro aus die Black-&-White-Aktivitäten. Immer häufiger nahm er die Spiegelbrille ab und rieb sich seine geröteten Augen. Er hatte einen Futon mit silberschwarzem Seidenbezug neben seinen Schreibtisch legen lassen und verließ den zwölften Stock nur noch zum Essen.
Martha selbst war in ihrem Element. Sie blühte erst richtig auf, wenn es turbulent wurde, und lieferte sich hitzige Telefongefechte mit ihren ehemaligen Kollegen in der Agentur. Selbstverständlich ließen sich Annoncen auch noch eine halbe Woche nach dem offiziellen Anzeigenschluss unterbringen. Natürlich musste die Druckerei Überstunden schieben, wenn die Farben nicht richtig kamen. Aber sicherlich galt für Fosco bei RTL noch die Rabattstaffel aus dem letzten Jahr.
Es gelang Katharina weitgehend, Sweenie aus dem Weg zu gehen. Nur einmal war sie allein mit ihm gewesen. Sie hatten im Fahrstuhl eine Talfahrt lang irritierend nah zusammengestanden. »Siku za dharuba«, hatte er angemerkt. *Stürmische Periode.* Berlitz, Seite 181, Monate und Jahreszeiten. Sie hatte sich gezwungen, unbefangen zu antworten. »Unafikiri ita toka jua kesho?« *Glauben Sie, dass es morgen sonnig wird?* Er hatte sie angeschaut und langsam genickt.
Sie hatte lange nachgedacht, wie sie seinen Gesichtsausdruck deuten konnte. Überlegen und leicht arrogant wie immer. Aber doch anders. Wissend traf es am besten. Was wusste er? Was konnte er wissen, jetzt wo sie alle wich-

tigen Gespräche von ihrem Telefon zu Hause vermied? Nichts. Sie hatte dennoch ein mulmiges Gefühl.
Der Tag des Manna-Regens und der Gala war ein Dienstag. Am Donnerstag vorher flog Sweenie kurzfristig nach Chicago. Auf dem Rückweg machte er einen ungeplanten Umweg über Belfast. Dass er ausgerechnet zu diesem Zeitpunkt einen privaten Besuch einschob, kam allen im Team merkwürdig vor. Katharina war erleichtert, weil so die letzte Keksrunde vor der Gala ausfiel. Aber das seltsame Gefühl hielt an.
Der Countdown lief. Plakate, Anzeigen und Aufkleber sorgten für erste Aufmerksamkeit. Black & White hatten noch einige Überraschungen aus den schwarz-weißen Ärmeln geschüttelt. Kids überschwemmten den Onlinezugang von Fosco, weil es einen Videoclip bei Viva und MTV gegeben hatte. Computerfans verschickten Ketten-E-Mails. Wer eine elektronische Mailbox besaß, wusste inzwischen, dass am 17.07. um 17.07 Uhr irgendetwas Weltbewegendes in Gang kommen sollte.
Für die Gala waren 231 Zusagen eingetroffen. Die Communications-Abteilung stand Kopf. Der Innensenator und die Sozialsenatorin wollten kommen, drei lokale Bankchefs. Miss Plappermaul hatte sich passend zum Anlass eine gewagte perlenbestickte Versace-Robe namens »Dornröschen« geleistet.
Zur Generalprobe am Sonntagnachmittag trug sie glücklicherweise ihr normales Outfit, ein enges strenges Nadelstreifenkostüm. Dafür benahm sie sich wie Teufels Großmutter, die an allem herumzukritteln hatte. Die Bestuhlung war nicht gut genug gepolstert; die Vorhangfarbe passte nicht zur »Fosco-Identity«. Das Bühnenpodest war zu hoch, die Beleuchtung hing zu niedrig.
Erst als der Vorhang aufging, verstummte sie. Das Bühnen-

bild war fantastisch geworden. Der finstere Hexenwald auf der linken Seite bestand aus einer Mischung echter und künstlicher Fichten und Koniferen. Üppig drapierte Moose und Flechtenfäden lieferten eine ziemlich wirklichkeitsgetreue Urwaldanmutung; Flackerbeleuchtung und wabernde, mit Trockeneis gezauberte Nebelschwaden taten ein Übriges. Der Wald ging in eine Lichtung über und mündete dann in eine gemalte Schlaraffenland-Kulisse. Von der anderen Seite her ragte das Förderband ins Bild, das der Szenerie den erwünschten exotischen Reiz verlieh.

Der Mann am Mischpult nickte Katharina zu. Sie nickte zurück. Die Probe konnte starten. Er drückte einen Knopf, und das Förderband setzte sich gemächlich in Bewegung, während die Musiker mit einer Instrumentalversion von »Strawberry fields« begannen.

Zuerst hüpften die sieben Zwerge auf die Bühne, Acht- bis Zehnjährige aus einer Ballettschule. Die erwachsenen Tänzer in ihren Märchenkostümen folgten. Auf der Packstraße erschienen in loser Folge alle möglichen Lebensmittel: Jogurtbecher, Fertiggerichte, Konfekt, Schokoladentafeln, Kartons mit Reis und Nudeln, Senftuben, Eintopfdosen, Tüten mit Erdnüssen und Chips. Die Tänzer bewegten sich in einer Zeitlupen-Choreografie anmutig um das Band herum, drehten Pirouetten und übergaben die Delikatessen den Zwergen. Die stapelten sie vor der Schlaraffenland-Kulisse.

Die Musik war ein buntes Potpourri aus Klassik und Pop. Alles hatte entfernt mit Märchen und/oder Lebensmitteln zu tun. Humperdincks »Hänsel und Gretel« und Prokofjews »Peter und der Wolf« waren eingearbeitet. »No milk today« war herauszuhören und – als Hommage an Sweenie – etwas Irisches, »Bread and roses«. Jede Figur hatte ein kleines Solo: Rumpelstilzchen, Schneewittchen, die Hexe, der Fischer und seine Frau. Rotkäppchen walzte mit einem zweibeinigen Wolf zu »Please, don't wear red tonight«. Nur bei Hans im Glück gab es eine kleine lustige Panne, weil das dressierte Schwein einen Cornflakes-Karton aufs Korn genommen hatte und ihn nicht freigeben wollte, als sein Auftritt zum Song »Happy Jack« beendet war.

Unmerklich steigerte sich die Geschwindigkeit des Förderbands. Außerdem nahm die Anzahl der Objekte darauf zu; die Bewegungen der Tänzer wurden schneller, hektischer. Die Zwerge hetzten sich ab und kamen mit dem Auftürmen kaum noch nach. Schließlich ratterte das Band laut und bedrohlich. Als das Spitzentempo erreicht war, ertönte eine verzerrte Version von »I can't get no satisfaction«. Große und kleine Tänzer mühten sich nun nur noch pantomimisch und vergeblich – die Köstlichkeiten purzelten auf den Boden.

Dann, im Moment des größten Chaos, plötzliche Stille. Die Tänzer erstarrten, bewegten sich langsam an den Bühnenrand, setzten sich und blickten nach oben. Zwei Trapeze und einige Seile wurden herabgelassen. Daran schwebten die Engel ein und begannen mit einer Nummer mit gewagten Würfen. Dann sprangen sie ab und kickten alle Schachteln und Dosen weg, die noch auf dem Bühnenpodest lagen. Das Scheinwerferlicht erleuchtete die Szene in mystisch changierenden Rot- und Blautönen. Der Keyboardspieler intonierte leise Meditationsmusik, und die Engel-Akrobaten demonstrierten die Leichtigkeit des Seins in der Joy-Food-Epoche: mit Flickflacks, Salti, Pyramiden.

Von der Idee der Fitty-Fabel war nur eine kurze Botschaft übrig geblieben. »Eine Epoche geht zu Ende. Ein neues Zeitalter beginnt. Joy-Food.« Die rauchige Stimme des Ersatzmannes gehörte dem beliebtesten Hamburger Rund-

funkmoderator. Sie hatte genau das richtige Erwartung weckende Timbre. Die drei Sätze kosteten Fosco 10 000 Mark. Die leise Hintergrundmusik, die die Worte begleitet hatte, ging jubelnd in die »Ode an die Freude« über. Bei der Gala selbst würden nun die Kellner kommen und Häppchen mit Hummer, Lachs, Kaviar und mehr reichen. Dazu Champagner. Ganz zum Schluss Mokka und Fittygebäck.
Bei der Probe gab es nichts zu essen, aber Applaus von den Beteiligten und den wenigen Zuschauern. Martha nahm Katharina in den Arm. »Wow, grandios, Katha!« Das gequälte Lächeln nach diesem Kompliment interpretierte sie als Lampenfieber. »Kopf hoch, es wird übermorgen genauso gut klappen!« Katharina nickte und wandte sich der Communications-Chefin zu, die sich mit einem »Nun ja, ganz nett« verabschiedete. Die Zwerge tobten über die Bühne und plünderten alle Verpackungen, die Süßigkeiten und Schokolade enthielten.

Der Wetterbericht hatte für den 17. Heiterkeit versprochen. Tatsächlich war schon der Morgen strahlend und vielversprechend. Auf dem Weg ins Büro warf Katharina ihre Kündigung ein. Hinter dem Briefkasten hing ein schwarzweißes Plakat, das für den heutigen Tag das Unerwartete versprach.
Ab fünf standen alle im Zwölften am Fenster und sahen zu, wie ein Ballon über die Moorweide schwebte und seine Ladung entlud. Auch vom Michel regnete es herab. Um halb sieben meldeten Black & White stolz den erfolgreichen bundesweiten Vollzug von Phase 1: Fast eine Million Fitty-Becherdeckel waren auf Deutschland herabgesegelt. Nur in Nordfriesland war es so windig gewesen, dass das gecharterte Sportflugzeug nicht hatte abheben können.
Die Gala startete abends um halb neun. Die ersten Gäste

trafen eine halbe Stunde vorher ein. Die Zwerge-Darsteller rannten überdreht herum. Katharina hatte alle Mühe, sie zu beruhigen. Die zusätzliche Wachmannschaft einzuschleusen war kein Problem gewesen. Sie hatte sich als Sweenies Sekretärin ausgegeben und die entscheidenden Stellen telefonisch informiert, dass das Chefbüro nach einem Vorstandsbeschluss kurzfristig zusätzliche Sicherheitskräfte hatte anheuern lassen. Deren Uniformen waren nicht nur täuschend ähnlich, sondern echt. Der Kostümverleih hatte sie aus Konkursbeständen einer Werkschutzfirma. Am Revers trugen sie eindrucksvolle Security-Schilder.
Simon machte als Werkschützer eine gute Figur. Er schlenderte über das Gelände, als wolle er die Halle inspizieren, und fand Katharina hinter der Bühne. Er trat ihr sanft auf den Fuß und flüsterte ihr ins Ohr: »Bleib tapfer, Prinzessin!« Sie stöhnte und nickte. Im Publikum entdeckte sie Sofie, die ihr aufmunternd zuwinkte. Sie saß neben einer auf Girlie gestylten Frau mit nabelfreiem Top, schwarzem Lederminirock und Federboa. Andrea.
Die Aufführung lief so perfekt wie die Probe. Es gab Szenenapplaus für das Schwein, das den Gag mit dem Cornflakes-Karton wiederholte, und viel Beifall für die Zwerge. Die Stimmung war bestens. Alle gratulierten Katharina, sogar Rolf klopfte ihr anerkennend auf die Schulter. Sie hatte lange überlegt, wie sie Sweenie nach der Aufführung ausweichen konnte. Es war unnötig. Er beachtete sie nicht, sondern schlenderte von Grüppchen zu Grüppchen und ließ sich beglückwünschen. Das ungute Gefühl meldete sich wieder. Ihr aus dem Weg zu gehen passte nicht zu ihm.
Als die Häppchen alle und die Gäste von Champagner beschwipst und von Keksen beschwingt waren, spielte die

Band zum Tanz auf. Miss Plappermaul legte mit dem Chef der Akrobatentruppe einen Tango hin. Martha griff sich den schwarzen Zwilling. Der weiße forderte Katharina auf, und bald war eine heiße Tanzerei im Gange. Zwischendrin quirlten die Zwerge mit ihren roten Mützen.
Es war zwei Minuten nach zehn, als sie den ersten Böller hörte. Nun hatten Sofie und die ESSkalations-Damen ihren Auftritt. Sie strebten nach draußen und beklatschten den neuen Programmpunkt. Die Wirkung des Feuerwerks war so ähnlich, wie sie es sich auf der Sitzung ausgemalt hatten, allerdings noch gewaltiger. Zuerst waren bunte Leuchtraketen zu sehen. Ein Funkenregen setzte ein, dann Flammen, denen man nicht ansah, ob es sich um echtes Feuer und echten Rauch oder um Pseudofeuer und Trockeneis-Rauch handelte. Sirenen aus den Lautsprechern, die Martin und Norbert aufgestellt hatten, mischten sich mit den Sirenen der anrückenden Werksfeuerwehr.
Die meisten Gäste sammelten sich auf der Rückseite der Halle, in der die Gala stattgefunden hatte, und schwankten, ob sie in Panik oder Bewunderung ausbrechen sollten. Weil einige Frauen heftig klatschten, entschied sich auch der Rest für Bewunderung. Katharina ging an dem Pulk vorbei. Sie kannte eine einsame Stelle, von der aus die Aussicht auf das Margarinelager gut war, jene Bank unter Birken.
Sie war nicht die Erste dort. Mark Sweenie lehnte an der Tür des ehemaligen Call-Centers, von flackernden Flammen beleuchtet. Einsam. Sie beobachtete ihn. Er nahm die Niederlage wie ein Krieger, stand gebannt und schaute. Zu gelassen. Fast erwartete sie, dass er die Hände hinter dem Kopf verschränkte. Irgendetwas stimmte hier nicht.
Der erste Löschzug rollte an. Feuerwehrmänner brachten sich in Positur.

Ihre Füße führten sie wie von selbst zu ihm hinüber. Da war eine andere Art von Biomagnetismus im Spiel als bei Simon. Sie war die siegreiche Gretel, aber trotzdem war sie noch nicht ganz zufrieden. Sie wollte sein Eingeständnis, dass sie wirklich gewonnen hatte. Und sie wollte so etwas wie Absolution. Einen Freispruch vom Hexenmeister, den sie gelinkt hatte.

Sie stellte sich neben ihn und spürte den Widerschein der Flammen auf ihrem Gesicht. Sie waren zu weit entfernt, um zu wärmen, aber nah genug, um die Szene in Glutlicht zu tauchen. Sweenies rote Haare wirkten gespenstisch; er sah aus, als stünde er selbst in Flammen. Der Leinenanzug, den er für den heutigen Abend gewählt hatte, war schwarz. Sie selbst hatte ihr Ochsenblut-Kostüm an. Rot und schwarz, schwarz und rot – kleidungsmäßig harmonierten sie wieder.

Er hatte sie kommen hören, wandte den Kopf aber nicht vom Geflacker. »Ein verzehrendes Feuer, das von allen Sünden reinigt – das müsste Ihren Sinn für Archetypen befriedigen. Haben Sie je über die Doppelbedeutung des Wortes Scheiterhaufen nachgedacht?«

Jetzt drehte er sich zu ihr um. Belustigt. Gepflegte Konversation zu treiben, wenn die eigenen Träume in Schutt und Asche fielen, grenzte an Masochismus. Das passte ganz und gar nicht. Er war kein Masochist.

Sie dachte nach und fand sich in der Schülerinnenrolle wieder. »Von Scheitern?« Ein anderes Wortspiel fiel ihr auf. »Da ist eine interessante Steigerung möglich: gescheit, gescheiter, gescheitert.«

Leitern wurden ausgefahren.

»Sind Sie zufrieden?«, fragte er.

Der Feuerwehrchef fragte einen der Werkschutzleute etwas. Glücklicherweise war es ein echter Sicherheitsmann.

Simon und die anderen schienen sich zurückgezogen zu haben. »Ja. Nein. Ich weiß nicht«, antwortete sie.
Sweenie sah sie wieder an. »Ich versuche, Vorurteile zu vermeiden. Aber das Sprichwort, dass man einer Frau nicht trauen darf, bewahrheitet sich immer wieder.«
Also war er doch beleidigt. »Wahrscheinlich kommen deshalb noch immer keine weiblichen Feuerwehrkräfte zum Einsatz«, kommentierte sie. Schläuche wurden entrollt. Kommandos ertönten. Aus der Spritze kam nicht Wasser, sondern Schaum, ganz wie sie es erwartet hatten. Irgendeine Entschuldigung hatte er verdient. »Ich konnte nicht anders. Das Tricksen habe ich von Ihnen gelernt.«
Er überging das Kompliment. »Seltsamerweise beherzigen die Frauen selbst diese Wahrheit am wenigsten. Obwohl sie sie am besten kennen müssten.«
Einer der Feuerwehrtrupps drang samt Schläuchen in die Halle ein. Die Männer schienen nicht zu merken, dass der Rauch dort nur Trockeneisnebel war. Sehr gut.
»Was meinen Sie damit?«, fragte sie.
»Lucie«, antwortete er. »Sie sind noch längst nicht so trickreich, wie Sie glauben, Katharina. Sie hätten Lucie den Plan nicht verraten dürfen.«
Er hatte sie seit jenem Nachmittag, an dem sich Hansen umgebracht hatte, nicht mehr beim Vornamen genannt. Ihr wurde bewusst, dass sie es vermisst hatte. Sie starrte ihn an. »Woher wissen Sie …?«
Er antwortete nicht. Sie standen eine Weile und schauten schweigend zu, wie der zweite Trupp der Behelmten das Lager in Schaumwolken hüllte.
Lucie? Woher kannte er diesen Namen? Es gefiel Katharina nicht, darüber nachzusinnen, warum er ihn erwähnt hatte. Sie suchte ein anderes Thema. »Was werden Sie jetzt tun? Wird Fosco Sie in die USA zurückbeordern?«

Er lächelte fein. »Nein. Ich habe andere Pläne. Die Kollegen aus Chicago sind genauso wankelmütig wie Sie. Sie schrecken vor der letzten Konsequenz zurück. Sie haben entschieden, die Fitty-Einführung zu stoppen.«
Das war allerdings eine Überraschung. Deshalb also die Amerikareise. »Und Sie haben trotzdem weitergemacht?«, fragte sie ungläubig. So ließ sich sein Gleichmut erklären. Er hatte von Vornherein mächtigere Gegner gehabt als sie. Nun konnte er das Feuer für das Scheitern des Fitty-Projekts verantwortlich machen. Aber was hatte Lucie damit zu tun?
»Ich konnte Chicago überzeugen, dass sich die Angelegenheit kostenneutral abwickeln lässt, wenn wir den heutigen Abend abwarten.«
Sie starrte ihn verständnislos an.
»Die Versicherung wird für den Schaden aufkommen«, erklärte er. »Es gibt da interessante Klauseln. Geschäftsausfall, entgangene Gewinne, ziemlich komplizierte Formeln.«
»Das ganze Spektakel wäre also gar nicht nötig gewesen.«
Jetzt lächelte er. »Oh doch. Für die Zukunft von Joy-Food und für meinen persönlichen Kurs war Ihre kleine Inszenierung ungeheuer hilfreich.«
Er griff in die Innentasche seines Sakkos, zog einen Umschlag hervor und zeigte damit in Richtung des Feuerwehreinsatzes. »Das Lager ist leer, Katharina. Das gilt auch für die Vorräte im Enzymbereich. Unsere Spedition hat Großes geleistet. Die Container sind auf dem Weg zu einem Standort, an dem weniger Schwierigkeiten zu erwarten sind.«
Sie war so fassungslos, dass sie zu stottern anfing. »W-wo-woher w-w-wussten Sie?« Sie gab sich die Antwort selbst. »M-a-m-m-ma-max Groß.«

Er schaute sie gespielt bekümmert an. »Aber wer wird denn gleich nach der Mama rufen? Keine Angst, Ihre Mutter wird wie üblich zufrieden mit Ihren Entscheidungen sein. Ihre Freundin Gina vielleicht nicht, aber auch sie wird Sie letztlich trösten. Vielleicht haben Sie und Ihr neuer Freund ja Zeit, nach Marseille zu fahren und die Patenschaft für das Ungeborene zu übernehmen.«
Sie schloss die Augen. Er wechselte die Rolle und mimte den gekränkten Chef. »Man kann mit seinen Mitarbeitern nicht immer wählerisch sein. Mitunter enttäuschen einen gerade diejenigen, an denen das Herz besonders hängt. Ihre Gala hat mich beeindruckt.« Er seufzte. »Aber man muss flexibel bleiben. Ja, Max Groß ist seit einigen Wochen mit im Boot.«
Katharina hatte noch nie einen Mann geschlagen. Es knallte. Es gefiel ihr. Es hätte ihr noch besser gefallen, wenn nach dem Knall das Grinsen aus seinem Gesicht verschwunden wäre. Aber die grünen Augen funkelten mit dem alten Iren-Spott, als er ihr den Umschlag überreichte. »Sie sollen mich nicht als nachtragend in Erinnerung behalten, Katharina. Mein Dankeschön an Sie ganz persönlich.« Er rieb sich die Backe. »Ina thamani kubwa. Nitaondoka kesho mapema.«
Es ist sehr wertvoll. Ich reise morgen früh ab … Sie riss das Kuvert auf. Es war zu dunkel, um etwas entziffern zu können. Sie ging unter die nächste Leuchte. Es war ein englischsprachiges amtliches Dokument. Aktienoptionen. 500 für Katharina Quast, Hamburg, zum Vorzugspreis …. Die Firma hieß Superfood und hatte ihren Sitz in Belfast. Unterschrieben hatten Mark Sweenie und Kostas Psolakis.
Sie ließ das Papier sinken. Als sie aufblickte, war der Platz, wo Sweenie eben noch gestanden hatte, leer, der Mann

verschwunden. Sweenie hatte Recht. In puncto Inszenierungen konnte sie von ihm noch reichlich lernen.
Es war schade, dass es keine Brüder Grimm mehr gab, um ein Ende à la Fitty ins Repertoire aufzunehmen. Das Schürzchen wird ausgeschüttelt, und statt Perlen und Edelsteinen winkt die Dividende, und Gretel alias Katharina und Hänsel alias Simon leben in Freude zusammen. Aber alle Sorgen sind noch längst nicht vergessen.
Denn einen kleinen Schönheitsfehler gibt es: Der Hexenmeister ist entkommen und baut sein Schlaraffenland mit dem fittygebackenen Knusperzeug anderswo wieder auf. Im Gefolge trotten brav der nervöse Molekülzauberer und ein Mann mit riesigen Füßen, der zur Karnevalszeit sein Tomatenkostüm aus dem Schrank holt. Finanziert werden die krisensicheren Joy-Food-Arbeitsplätze, mit denen sie sich brüsten, mit Europa-Subventionen für benachteiligte Regionen …
Katharina riss das Dokument sorgfältig in Fetzen. Sie klopfte ihre Taschen nach Streichhölzern ab, um einen eigenen kleinen Scheiterhaufen zu installieren. Die Schachtel war leer. Die Psychologin in ihr wachte auf. Was hatte sie sich beigebracht? An bittere Lektionen sollte man ein Andenken bewahren. Sie steckte die Schnipsel in das Kuvert zurück.
Sie setzte sich auf die Bank. Und sah, dass unter den Birken die sieben Zwerge Ringelreihen tanzten. Sie riefen im Chor: »Sie hat ihn verhaut, sie hat ihn verhaut!« Jubelnd liefen sie auf sie zu. Hinter dem kleinsten und letzten Zwerg trottete das folgsame Schwein. Es blieb vor der Bank stehen, schnupperte und grunzte Katharina freundlich an. Da holten die Zwerge Kekse aus ihren Täschchen. Erst nachdem alle aufgegessen waren, verschwanden sie.
Als in der Morgendämmerung ein Sicherheitsbeauftragter

mit geliehener Uniform vom erfolgreichen Einsatz kam, fand er die Prinzessin und das Schwein träumend, mit seligem Lächeln.
Obwohl es ganz windstill war, raschelten für einen kurzen Augenblick die Birkenblätter. Denn ein Geist, der dem Ort und dem Geschehen bis zu diesem Moment verbunden geblieben war, entfernte sich endgültig ins Unbekannte.

Epilog

***** HOROSKOP *****

WIDDER
21.3.–20.4.

Am heutigen Tag dürfte es Überraschungen geben. Aber Sie müssen aufpassen, um sie zu bemerken.

Hamburger Abendblatt

Der Mann blätterte in der Zeitung. An seinem Horoskop blieb er hängen. Nichtssagend wie üblich.

Ein paar Überraschungen wären ihm durchaus lieb gewesen. Die Geschäfte liefen nicht schlecht. Aber er vermisste Sweenies Aufträge. Nicht nur aus finanziellen Gründen. Es war eine Abwechslung gewesen. Untreue Ehefrauen zu fotografieren und Krankfeierern nachzuschleichen war auf die Dauer eintönig.

Er blätterte weiter zur Rubrik »Vermischtes«. In Arkansas hatte es einen Aufstand im Gefängnis gegeben: 400 Häftlinge hatten samt ihren Wärtern den Direktor überwältigt und waren Arm in Arm hinausspaziert. Mit dem Lied »Oh when the Saints go marching in« auf den Lippen waren sie singend Richtung Little Rock marschiert. Es war letztlich blutig ausgegangen.

Der Teil »Küche und Haushalt« interessierte den Mann nicht. Sonst hätte er erfahren, dass Max Groß, deutscher Pressesprecher der Firma Superfood Inc. mit Sitz in Belfast, auf der Lebensmittelmesse Anuga die Sensation im Foodsektor angekündigt hatte: Kartoffelchips mit Relaxfaktor.

Nachbemerkung

Alle in diesem Buch handelnden Personen sind reine Erfindung, die Firma Fosco mit ihrem Glücksfett ist es auch. Ein einfaches Verfahren, um Hirnchemie per Nahrungsaufnahme zu beeinflussen, gibt es (noch) nicht. Allerdings ist die Lebensmittelindustrie tatsächlich eifrig bemüht, »funktionelle« Nahrung mit Zusatznutzen zu entwickeln. Die im ersten Kapitel erwähnten Patentschriften und Verfahren sind authentisch. Dasselbe gilt für Prozac und die Nebenwirkungen, die bei der Einnahme auftreten können.

Ich bedanke mich bei allen, die geholfen haben, kriminalistische Energie in Prosa zu verwandeln: Meike Born und Kristina Gerhardt von der Bertelsmann-Stiftung, die sich das Vergnügen leistet, Fortbildungen für Spannungsroman-Autoren zu organisieren. Den Kollegen von der Autorengruppe Neuntöter, die sich dabei gefunden hat. Bernhard Matt und Gabriele Dietze, die uns gelehrt haben, mit destruktiver und konstruktiver Kritik umzugehen. Carlo, Dieter, Gabi, Krysztyna und Roger für beherzigte und nicht beherzigte Tipps. Alfutur und Carolin Graehl, die dafür gesorgt haben, aus losen Blättern ein Buch zu machen.

Inhalt

Paul Johnston

Die kalte Stadt

Roman

Stellen wir uns Edinburgh nach dem Millennium vor – keine Autos, kein Fernsehen, keine Romantik. Eine Stadt ohne Vergnügen und ohne Kriminalität, verwaltet von eiserner Hand. Plötzlich aber geschieht ein Mord, und es droht das absolute Chaos. Privatdetektiv Quint Dalrymple juckt es in allen Fingern. Doch das Verbrechen scheint ebenso perfekt wie das System …

»Eine ungeheuer unterhaltsame Sache – spannend und durchdacht.«

The Times

»Ein faszinierendes und äußerst anregendes Debüt, das auf viele weitere Bücher hoffen lässt.«

Val McDermid

Knaur

Julie Parsons

Mary, Mary

Die Ärztin Margaret Mitchel wird mit dem Undenkbaren konfrontiert – ihre geliebte Tochter Mary fällt einem Gewaltverbrechen zum Opfer. Für Margaret beginnt eine qualvolle Reise in die eigene Vergangenheit: Was hat sie falsch gemacht im Leben, und welche Geheimnisse hat ihre Tochter vor ihr verborgen? Als der Mörder ihrer Tochter mit ihr Kontakt aufzunehmen sucht, lässt sie sich auf das gefährlichste Spiel ihres Lebens ein.

»Ein Debüt von unglaublicher krimineller Energie.«
Hamburger Morgenpost

»Julie Parsons ist ein raffinierter, verstörender Psychothriller gelungen, der sehr viel mehr über ihr Leben offenbart, als sie ursprünglich preisgeben wollte. Man wird diese Geschichte so schnell nicht vergessen.«
Der Spiegel

Knaur

Val McDermid

Das Lied der Sirenen

Als die Polizei männliche Leichen findet, die vor ihrer Ermordung grausam gefoltert wurden, wird das Leben des Psychologen Tony Hill gefährlich aufregend – denn bei seinen Bemühungen, dem Mörder auf die Spur zu kommen, wird eines immer deutlicher: Er könnte sehr gut das nächste Opfer sein!

»Val McDermids Fähigkeit, in die gestörte Psyche eines Kriminellen einzudringen, ist furchterregend!«

The Times

» … der roaring Ferrari unter den englischen Krimiautoren.«

Die Welt

Knaur

P. D. James

Was gut und böse ist

Der Bestseller der »Queen of Crime«!

Die nicht sehr beliebte, aber äußerst erfolgreiche Londoner Anwältin Venetia Aldridge erkämpft den Freispruch eines Mordverdächtigen. Keine vier Wochen später stellt ihr ihre achtzehnjährige Tochter diesen Mann als zukünftigen Schwiegersohn vor. Und eineinhalb Tage danach findet man die Staranwältin erstochen an ihrem Schreibtisch auf.

»P. D. James hat ihren bislang besten Roman geschrieben.«

Der Spiegel

»Ein Meisterwerk der subtilen Suggestion.«

Brigitte

Knaur

Patricia Cornwell

Das geheime ABC der Toten

Ein Kay-Scarpetta-Krimi

Gerichtspathologin Kay Scarpetta ist wieder im Einsatz: Diesmal hat sie den grausamen Mord an einem kleinen Mädchen aufzuklären, doch fast sieht es so aus, als sei sie mit ihrem Latein am Ende.
Die letzte Chance ist die »Body Farm«, das forensische Forschungsinstitut des FBI, das durch seine spektakulären Experimente an Toten schon so manchen scheinbar unlösbaren Fall geknackt hat …

»Souverän eingestreute Spannungseffekte … raffinierte psychologische Porträts … Der ideale Roman für nervenstarke, naturwissenschaftlich interessierte Krimi-Freunde.«

Der Spiegel

Knaur